**Jochen Krohn**
**Zwei *feine* Damen**

Impressum

Herstellung und Verlag: BoD – Books on Demand, Norderstedt
ISBN 978-3-7568-9477-2

Lektorat            Renate Krohn, Leverkusen
Coverbild           BoD

Illustrationen      Jochen Krohn, Leverkusen


Satz                Renate Krohn, Leverkusen

Jochen Krohn

**Zwei *feine* Damen**
Erzählungen und Gedichte

lebensnah, realistisch, zum gruseligen
Schmunzeln und ein wenig auch zum
Nachdenken

*Jochen Krohn* *1938 in Dresden, verbrachte seine Kindheit in Potsdam. 1953 Übersiedlung nach Köln.

Seine Liebe zum Schreiben entdeckte Jochen Krohn erst spät; wobei kritische, romantische, aber auch humorvolle Gedichte, Erzählungen und Kurzgeschichten Vorrang haben. Dabei wird sowohl offen als auch verdeckt Kritik an unserer Gesellschaft deutlich.

Jochen Krohn versteht es auch, mörderische Geschichten so zu verpacken, dass man beim Gruseln eher schmunzeln muss.

Das zeigt unter anderem die Geschichte *Zwei feine Damen…*

Der Autor lebt mit seiner Frau in Leverkusen.

## Seine Stadt

Es ging ein Mann durch seine Stadt
Die einst vielen Menschen Arbeit gab
Mit Rathaus, Gericht, Gefängnis und Polizei
Mit Schulen und exklusiven Geschäften allerlei

Einem Bahnhof mit gar vielen Gleisen
In alle Welt konnte man verreisen
Es rollten die Güter in der Nacht ganz schnell
Zu Zügen wurden sie zusammengestellt

Der Reparaturbetrieb lief reibungslos
Die Menschen verdienten gutes *Moos* (Geld)
Was ist aus seiner Stadt geworden
Leer stehende Geschäfte allerorten

Den Fahrkartenschalter machten sie einfach zu
Keine Auskunft mehr, ein Automat steht da nun
Auch Gleise gibt es nicht mehr viele
Auseinander geschweißt wurden die Lokomotiven

Die Menschen, die einstmals hier Arbeit fanden
Zerstreuten sich im ganzen Lande
Und dann das größte Trauerspiel
Seine Stadt in die Hände des Nachbarn fiel

Noch schlimmer kam es in letzter Zeit
Die große Stadt Köln schluckte die Polizei
Nun freuen sich auch noch die Ganoven
Es bleibt keine Zeit mehr, sie zu verfolgen

Was ist positiv ihm aufgefallen
Es gibt noch eine Postfiliale
Wie lange noch – das weiß er nicht
In den Orten drumrum ist schon alles dicht

Ein Haus mit Bekleidung steht noch am Ort
Ein Strumpfgeschäft und eines mit Stoff
Zwei richtige Metzgerläden hat er auch noch gefunden
Einen reinen Bäckerladen sucht er seit Stunden

Fabriken liefern heute den fertigen Teig
In jedem Laden steht ein Backautomat bereit
Was ist geblieben, wie in alter Zeit
Ein paar Kneipen, über den Ort verteilt

Auch ist ihm da noch aufgefallen
Die Kunst hat sich in der Stadt gehalten
Es gibt nach wie vor einen Bücherladen
Und in einigen Läden kann man Bilder haben

Doch ein Teil der Stadt hat bis heute Glück gehabt
Ob vielleicht nur wegen des Wupper-Verband's
Nicht umgeleitet – nicht zugedeckt
Fließt sie weiter in ihrem alten Bett

Das gibt Hoffnung für seine Stadt
Sie noch nicht ganz verloren hat
Und wenn er dann geht in Pension
Freut er sich doch, in seiner Stadt noch zu wohn'.

# Stadtgeflüster

Es war schon dunkel als Klaus aus dem Kino kam; dicke Wolken zogen am Himmel in rasender Geschwindigkeit an unserem Erdtrabanten vorbei. Gerade lachte ihm der volle Mond noch ins Gesicht; gleich darauf verschwand er wieder. Durch die Sparwut der Politiker konnte man auf dem Gehweg kaum etwas sehen; Laternen gab es genug, nur hatte man sie mit einem roten Streifen versehen. Das bedeutete: um zweiundzwanzig Uhr wurden sie ausgeschaltet. Sparen war Klaus in Fleisch und Blut übergegangen; er lief zu Fuß, statt mit dem Bus oder gar mit einem Taxi zu fahren.

Klaus wollte eine Abkürzung durch die Felder nehmen, als er stehen blieb und sich mit der Hand über die Augen fuhr. Im Mondlicht sah er, weit weg und schemenhaft, eine Stadt. Mit einer richtigen Mauer herum; sogar eine Kirchturmspitze guckte oben raus. Eine Fata Morgana?
Gab es die eigentlich immer schon? Das musste er genauer untersuchen. Klaus wich vom Wege ab und ging querfeldein darauf zu. Je näher er kam, desto bedrohlicher empfand er die Umgebung. Hörte er in der Ferne eine Stimme?
Er blieb abermals stehen und horchte angestrengt. Da... da war sie wieder. Hilfe – Hilfe!!!, rief jemand. *Offensichtlich war dort ein Mensch in Not.* Klaus ging einen Schritt schneller. Jetzt wurden die Worte deutlicher. Hilfe! Ich werde ermordet! – die Stimme war eindeutig weiblich. Er ging ein Stück an der Stadtmauer entlang. Nirgendwo ein Eingang. Doch halt, da war ein dickes, eichenes Tor, an dem er heftig rüttelte. Doch es tat sich nichts. Jetzt besann er sich auf seine außergewöhnliche Gabe und marschierte einige Schritte zurück, nahm Anlauf, breitete die Arme aus und schwebte wie ein Vogel über die Begrenzung. Weit hinten sah er ein erleuchtetes Fenster, dahinter zwei Figuren, die miteinander rangen. Klaus

nahm Kurs darauf, zog den Kopf ein und stand plötzlich zwischen den beiden Kämpfenden. Er schrie den Angreifer an: „Lass die Frau in Ruhe" und wollte ihm zugleich das Messer aus der Hand schlagen. Der Mann, mit einer Maske vor dem Gesicht, drehte sich um und stieß Klaus das Messer entgegen. Wieder schrie er auf und … fiel mit einem dumpfen Schlag aus dem Bett!

Blitzartig war Klaus wach.

„Was schreist du denn mitten in der Nacht hier herum?", fragte seine Mutter, die im Türrahmen stand. „Und was suchst du auf der Erde, statt in deinem Bett zu schlafen?"

„Ich habe irgend etwas Blödes geträumt", murmelte er, schlurfte nachdenklich aufs Örtchen und legte sich anschließend wieder hin. Durch die Ritzen des Rollos grinste ihn hinterhältig der Vollmond an…

*

# Eigentum verpflichtet

Es trafen sich nach langer Zeit
Die Petra und die Adelheid
Nach dem Hallo und wie es so geht
Jede staunend vor der Anderen steht…

Beide schauen auf Frisur und Gewandung
Dann beginnen sie mit der Befragung
Fragt Adelheid zu Petra gewandt:
Du siehst schlecht aus – bist du krank?

Ich hab da ein Problem, erwidert sie
Meine Finanzen stehen schlecht wie nie
Die Häuser, sie sind beide alt
Ich müsste sie sanieren halt

Warum? Fragt Adelheid zurück
Ich kenne da 'nen tollen Trick
Die Zuschüsse aus Steuergroschen
Sind doch sicher längst erloschen

An einen Investor verkaufst du alles
Schon sind die Sorgen weg – ich sag' es
Den Erlös legst du dann an
Und von den Zinsen…
Kannst du leben und wieder grinsen

Verantwortung für die Familien?
Sollen sie doch kaufen, die Immobilien
Und ob sie dazu in der Lage sind
Ist dann nicht mehr dein Bier – mein Kind!

Petra meint zu Adelheid
Was machen dann die armen Leut'
Die kaum die Miete können zahlen
Und keinen Euro haben zum Sparen?

Und die, die schon ewig bei mir wohnen?
Soll ich sie mit einem Auszug belohnen?
Die Adelheid dann zu ihr spricht –
Hast du nun Sorgen oder nicht!

Deine Lage ist kein Einzelfall
Menschen verkaufen Häuser überall
Sogar ganze Siedlungen werden verschoben
Politiker sich dafür auch noch loben.

Bei Petra glätten sich die Sorgenfalten
Sie spricht… ein Haus werde ich behalten
Mit dem Erlös des Einen werde ich das Andere
In ein kleines Schmuckstück verwandeln

Gut, dass wir beide uns getroffen
So bleiben ein paar Sorgen weniger offen
Wir sollten uns viel öfter sehen
Versprachen sie sich – beim Auseinandergehen

**Eine unglaubliche Geschichte**
*Nach einer wahren Begebenheit...*

Es begab sich im Februar des Jahres 2007; der Monat war wärmer als üblich... Ich glaubte eigentlich, dass in unserem Land ein solches Vorkommnis nicht möglich sei – oder vielleicht doch?

Bei der Feuerwache ging morgens gegen neun Uhr dreißig ein Notruf ein. Eine junge Frau meldete, ihre achtundsiebzigjährige Mutter hätte plötzlich starke Kreuzschmerzen und bekäme schlecht Luft. „Wir schicken einen Krankenwagen", bekam sie zur Antwort. Zehn Minuten später fuhr ein Rettungsfahrzeug, ohne eingeschaltetes Blaulicht und ohne Sirene, vor.

In der Unfallstation des Hospitals wurde sie von einer Krankenschwester in Empfang genommen. „Kreuzschmerzen", murmelte sie, „dafür kommen die Leute heute schon zu uns...!"
Kurz darauf erschien der Dienst habende Arzt und befragte die Patientin bezüglich ihrer Beschwerden genauer.
„Der Rücken und der linke Arm schmerzt", antwortete die Frau. „Ich bin aber nicht gefallen." Sie hatte kaum ausgesprochen als sie aufstöhnte: „Oh Gott – mir wird so übel; ich glaube ich muss mich übergeben."
Noch ehe jemand eine Brechschale zur Hand hatte, war es schon passiert und der Mageninhalt ergoss sich auf den Fußboden. Abgesehen von dem unerträglichen Geruch, hatte er eine äußerst seltsame Farbe. Rötlich...
Der Arzt wetterte los: „Was haben Sie denn am frühen Morgen gegessen?"
„Nudelsuppe und Rotwein; so frühstücke ich immer!"
Der Doktor schaute die mitgekommene Tochter der Patientin an und fragte sie, wie sie das denn zulassen könne.

Die wiederum bemerkte etwas schnippisch zum Arzt: „Ich wohne zwar im gleichen Haus, in der ersten Etage und habe heute zufällig frei – aber ich bin nicht das Kindermädchen meiner Mutter."
„Das ist aber doch kein normales Frühstück! Nun, aber was ist heute schon normal?"

Noch während der Arzt weiter diskutierte, statt endlich eine eingehende Untersuchung einzuleiten, fiel die Patientin von der Trage. Jetzt entstand Hektik. Die Frau wurde wieder hochgehoben und auf den Untersuchungstisch gelegt. Nach Abschluss der Untersuchung konnte der Arzt nur noch ihren Tod feststellen – Ursache: Herzinfarkt!

Der Fahrer, der den Rettungswagen vom Roten Kreuz fuhr, änderte im Nachhinein seine Transportpapiere. Fahrt mit Blaulicht, aber ohne Sirene. Man kann ja nie wissen, dachte er …

Diese Geschichte ist genauso vorgefallen und ich denke, der Tod der alten Dame wäre zu verhindern gewesen. Auch wenn das Frühstück *Nudelsuppe und Rotwein* sicher nicht üblich war, hätte man jedoch die Aussage *Schmerzen im linken Arm und im Rücken* richtig gedeutet, würde sie gewiss noch leben.

Ich erinnere mich, dass es in Deutschland vorkam, dass ein Patient, der mit einem Krankentransport eingeliefert werden sollte, mit den Worten *wir sind belegt* abgewiesen wurde. Der Fahrer und seine Begleitung mussten das nächste Krankenhaus ansteuern…
Da kann sich ein Patient wohl glücklich schätzen, sollte er in einem, nach den neuesten Erkenntnissen eingerichteten, Wagen befördert werden und an einen Arzt geraten, der nicht nur kompetent ist, sondern die Beschwerden seines Patienten ernst nimmt… auch wenn dieser nur gesetzlich krankenversichert ist!

## Eine Zahlenspielerei

1,2,3,4,5,6,7,8,9,10
die Zahlen für sich allein geseh'n
und auch hintereinander gelesen
sind es zehn Zahlen nur gewesen

Doch ein kleines Kreuz zwischen der Zahl
verändert alles kolossal
und ich finde es ganz witzig
plus 15 sind's genau dann 70!

Teilt man die 70 nun durch zehn
eine berühmte Zahl bleibt stehn
unmöglich alles aufzuzählen
nur einige werde ich erwähnen

Die 7 Weisen – die 7 Weltwunder
7 Bitten des Vaterunser
7 Tugenden und 7 Todsünden
da gibt es vieles zu ergründen

Es gibt die 7 Wochentage
auch im Märchen gibt's sie – ohne Frage
die 7 Geißlein, die 7 Raben
und es gab 7 Schöpfungstage

Nun genug der Zahlenspielerei
Denn dazu fällt mir nichts mehr ein
Ein kleines Kreuz, jetzt etwas schräg
Zwischen 7 und 10…
Schon macht die **70** wieder ihren Weg!

## Wie das Leben so spielt

Roswitha und Jürgen wagten einen Neuanfang; beide Ehen waren aus unterschiedlichen Gründen gescheitert. Ein gütiger Mensch, der in Dünnwald Eigentum besaß, überließ ihnen ein Zimmer mit Bad zu einer erschwinglichen Miete. Sie besaßen jeder nur ein paar persönliche Sachen, die alle in einem Schrank Platz fanden. Ein etwas breiteres Bett, ein Nachtschränkchen und eine zweiflammige Elektrokochplatte, die auf einer kleinen Leiter stand, komplettierten die Einrichtung.

Geld war natürlich Mangelware, die Anwaltskosten, Unterhaltszahlungen und vieles mehr, zehrten am Geldbeutel. Aber, so dachten sie, wir arbeiten ja in *Unserem Werk*, da wird sich schon eine Wohnung finden lassen. Zumal es früher – wie sich das anhört – dort ein Büro gab, das etliche werkseigene Wohnungen betreute.

Sie besorgten sich einen Antrag, füllten ihn aus, schickten ihn ab und begannen zu warten. Nach ein paar Wochen wurde Jürgen im Betrieb angeschrieben, er möge doch im Wohnungsbüro vorstellig werden.

Die erste Frage des Mitarbeiters in der Vergabestelle lautete dann auch: „Sind Sie verheiratet? Dann habe ich etwas für Sie."

Spontan antwortete Jürgen: „Noch nicht. In etwa vier Wochen ist es soweit."

„Gut. Wenn Sie mit der Heiratsurkunde wiederkommen, können wir darüber reden."

Als er am Abend mit dieser Nachricht nach Hause kam, war ihm ein wenig mulmig. Hatte er doch über Roswithas Kopf es als Tatsache verkauft, dass sie heiraten würden und auch noch so bald. Roswitha schaute ihren Jürgen an und grinste. „Ja dann müssen wir wohl. Bei uns hat das nur eine andere Bedeutung als allgemein bei dem Wort *müssen* angenommen wird." (Dabei sollte man wissen, dass es in den neunzehnhundertsechziger Jahren keine Wohnung gab, wenn man nicht verheiratet war).

14

Acht Wochen später – es hatte doch ein wenig länger gedauert – konnten sie sich dann eine Wohnung anschauen. Um die siebzig Quadratmeter sollte sie sein. Zwar nur mit einem Wannenbad, aber damit konnte man zunächst mal leben. Mit dem Vormieter machten sie aus, dass sie die Tapete besorgen würden – darum brauchte er sich nicht zu kümmern. Der allerdings übernahm die Renovierung; auch das war damals noch so.

Also zogen die Beiden los, Tapete besorgen. Ihnen wurde ein Geschäft in Schlebusch empfohlen. Das klappte. Auch mit der Lieferung in ihre neue Wohnung. Per Anruf informierte man sie, dass die Wohnung nunmehr renoviert sei und sie sich den Schlüssel abholen könnten.

Als sie dann ihre neue Bleibe besichtigten, traf Roswitha fast der Schlag! Das Wohnzimmer war mit himmelblauer Lekrustatapete beklebt. Auf die Frage warum, kam die Antwort prompt: „Das wurde so geliefert. Wir haben zwar gedacht, dass Sie einen komischen Geschmack haben, aber darüber lässt sich ja bekanntlich streiten oder auch nicht."

„Hätten Sie uns doch mal angerufen", bemerkte Jürgen.

Mit der Rechnung marschierten sie am nächsten Tag in den Tapetenladen. Nach eingehender Prüfung gaben die Inhaber zu, dass ihnen wohl ein Versehen unterlaufen sei. Die von Roswitha und Jürgen ausgesuchte Ware lag neben der gelieferten. Vergriffen!

Man einigte sich darauf, den Schaden unentgeltlich zu beheben. Leider machten es sich die Mitarbeiter der Firma denkbar einfach. Sie überklebten die falsche Tapete. Vielleicht sahen sie es positiv… es diente zur Isolierung der Außenwand.

*

Die Jahre vergingen. Man lebte in einer relativ guten Hausgemeinschaft. Einen Querulanten gibt es überall, den der Kinderwagen, das Fahrrad oder im Winter der Schlitten im Treppenhaus stört. Auch wurde viel und gerne umgestaltet; zum Beispiel Decken verkleidet, Bäder bekamen neue Kacheln, und so weiter. Einmal passierte es, dass Samstagabend noch gebohrt wurde. Es war Sportschauzeit und Jürgen verstand am Fernseher kein Wort mehr. Eine kräftige Schimpfkanonade im Treppenhaus beendete diesen Lärm schlagartig.

*

Irgendwann verkauften die Werksoberen die komplette Siedlung an eine Versicherung. Für die Mieter änderte sich angeblich nichts. Vorläufig.

Eines schönen Tages, Jürgen und Roswitha kamen von der Arbeit nach Hause und leerten den Briefkasten. Bei Durchsicht der Post fand er einen Brief von einer ihm unbekannten Wohnungsgesellschaft. Darin wurde ihnen mitgeteilt, dass die Wohnungen ab sofort dieser Gesellschaft gehörten und sie würden demnächst in Eigentum umgewandelt. Zum Trost, las Jürgen zwischen den Zeilen, hätten die jetzigen Mieter Vorkaufsrecht.

„Na toll!" Das fand auch Roswitha als sie dieses Schreiben gelesen hatte. Ihre erste Reaktion: „Wir wollten nie Eigentum und eine Eigentumswohnung gleich gar nicht. Und was nun? Wir wohnen seit achtzehn Jahren hier! Wer denkt denn an so was."

Jürgen beruhigte seine Frau zunächst einmal: „Gemach! Raussetzen kann uns ja so schnell keiner."

„Hast du eine Ahnung! Es braucht nur jemand die Wohnung zu kaufen und Eigenbedarf anzumelden... Ruck, zuck kannst du dir was anderes suchen!"

Diese Ahnung sollte sich bestätigen. Als feststand, dass der Kauf für sie nicht in Frage käme, erschien ein Käufer, der den Zuschlag erhalten hatte und erhöhte im darauf folgenden Monat die Miete um fünfzig Prozent!

Am darauf folgenden Wochenende waren die Beiden bei ehemaligen Arbeitskollegen eingeladen. Natürlich drehten sich die Gespräche immer wieder um die Wohnung. Plötzlich stand der Hausherr auf und ging zum Telefon. Nach dem Gespräch nahm er wieder Platz, schaute Roswitha und Jürgen an und sagte: „Ich habe was für Euch."

„Wie – du hast was für uns?", kam es wie aus einem Mund.

„Ja. Ich habe gerade mit *unserem* Vermieter gesprochen. Die Wohnung über uns – genauso groß wie diese – wird zum März frei. Die könnt Ihr haben. Morgen Abend trefft Ihr Euch mit dem Besitzer. Solltet Ihr Euch sympathisch sein, unterschreibt Ihr; dann werden wir Nachbarn."

Es klappte tatsächlich. Sie bekamen die Wohnung. Zwar lag die Miete um Etliches über dem, was sie bislang zahlten, doch sie verdienten gut und hatten nun außerdem noch zwanzig Quadratmeter mehr.

Wie das Leben so spielt. Kurze Zeit nach ihrem Einzug erkrankte der Vermieter schwer und verstarb.

Die Mieter wechselten; vor allem im Nachbarhaus. Das machte viel Arbeit und Kummer; so wurde es in den Jahren der Besitzerin zuviel.

Jürgen und Roswitha wohnten nun schon sechzehn Jahre in dieser Wohnung und fühlten sich s..wohl. Roswitha hatte Geburtstag und das Telefon stand an dem Tag nicht still. *Alle nutzen die neuen Medien. E-Mail und Fax; immer weniger Menschen schreiben mal eine schöne Karte...* dachte sie, als wieder das Telefon bimmelte.

Sie nahm den Hörer ab. „Hallo! – Oh, hallo ... Frau Römer. Das ist aber eine Überraschung." Im Laufe des Gesprächs stellte Roswitha fest, die Vermieterin wollte ihr gar nicht gratulieren. Vielmehr wartete sie mit einer nicht ganz so erfreulichen Botschaft auf. Sie sei schwer krank, hätte mit ihren Kindern gesprochen und deren Einverständnis eingeholt… Die Häuser werden verkauft!

Jürgen sah, wie seine Frau etwas konsterniert in den Hörer lauschte und eine leichte Blässe über ihr Gesicht zog. Sie betätigte den Knopf zum Mithören und Jürgen lauschte stumm dem Gespräch. Drei Tage später sollten sie sich einen Termin freihalten. Frau Römer wollte mit einem Menschen von der Bank kommen, um die Wohnung zu besichtigen. Als Roswitha wieder aufgelegt hatte, erinnerten sich beide an den Verkauf ihrer letzten Wohnung. „Und was machen wir jetzt?"

Jürgen meinte: „Wir warten erst einmal ab. Sechzehn Jahre sind ja nicht so einfach vom Tisch zu wischen, obwohl… heute geht es nur noch darum, Geld zu machen; die soziale Komponente bleibt auf der Strecke. In acht Tagen treffen wir uns mit Freunden; wer weiß, vielleicht finden wir da wieder eine Lösung." Doch der Geburtstagsabend hatte einen Knacks bekommen.

„Weißt du was?", meinte Jürgen ganz spontan, „wir weihen jetzt unsere neuen Sektgläser ein. Zuerst trinken wir auf dich und dann auf den neuen Eigentümer. Man soll ja immer erst einmal an das Gute im Menschen glauben!"

Staunend schaute Roswitha ihren Mann an. „Du bist und bleibst ein Optimist. Na dann… Zum Wohl!"

\*

Mit dem neuen Eigentümer wurde es dann so eine Sache …
Aber das ist wieder eine andere Geschichte.

## Keine schöne Behausung

Er buddelte für sein neues Haus
Zielsicher eine Grube aus
Um später dann darin zu wohnen
Und sich von schwerer Arbeit zu erholen

Er kam zu Kräften und begann
Zu graben einen neuen Gang
Traf sich auch mit Gleichgesinnten
Bei der Suche, Nahrung zu finden

Keiner sah, was über der Erde geschah
Plötzlich war der Regen da
In die Behausung drang er ein
Er musste sich ganz schnell befrei'n

Überall sah man ihn nun
Den nass gewordenen Regenwurm
Denn eine Haustür war ihm fremd
Zu seinem dunklen Appartement

Doch nun gab es ein Problem
Von weitem hatte er ein Huhn geseh'n
Und das kam mit offenem Schnabel
Es wollte ihn als Mahlzeit haben

Als der Hühnerschnabel kurz über'm Wurm
Kam zum Regen noch ein Sturm
Eine Bö erfasst das Huhn
Es ließ ab vom Regenwurm

Der wiederum raffte sich auf
Und schlängelte sich im *Dauerlauf*
Zu einem Reisighaufen hin
Ruckzuck verschwand er flugs darin

Die Erde darunter war noch trocken
So konnte das Würmchen still frohlocken
Dass das Huhn nicht wieder da
Bis ein neues Loch gegraben war

# Eine Sonntagsgeschichte

Es gibt Tage, da bleibt man besser im Bett. Am Abend zuvor war es etwas später geworden; Axel wollte nur ein paar frische Kölsch in seiner Stammkneipe trinken. Aber wie das so ist! Einige Kumpels standen an der Theke und alle guten Vorsätze waren dahin!
Jetzt wurde er wach, weil es im Bauch zwickte. Das letzte Bierchen war wohl doch schlecht; er quälte sich aus dem Bett und hielt sich den Kopf. In dieser Haltung schlurfte er ins Bad, hoffte, dass seine Frau ihn nicht beobachtete und ließ sich aufatmend auf der Toilette nieder. Dann griff er zum Toilettenpapierspender und, um es mit Jürgen von der Lippe zu sagen: *ha, wo ist das Papier...?*
Seine Hilde wollte er nun nicht gerade wecken, deshalb schaute er zum Ablageplatz für die Papiertaschentücher. Gott sei Dank, dass da immer ein Vorrat greifbar war.
Axel wanderte wieder ins Bett und blickte kurz auf den Wecker. Zweieinhalb Stunden blieben ihm noch bis zum Aufstehen. Und im Nu war er wieder eingeschlafen. Er träumte gerade von Sonnenschein und netten Mädchen am Strand, als es neben ihm klingelte. Die Augen noch halb geschlossen, hob er den linken Arm in Richtung Wecker. Statt jedoch die Weckuhr abzustellen, wurde die Musik lauter. *Mist... falschen Knopf erwischt*, dachte Axel.
Nach der Morgentoilette dackelte Hilde in die Küche und bereitete das Frühstück vor. Axel zog sich eine Jacke über und machte sich auf den Weg zum Kiosk, um die Sonntagslektüre zu holen. Den Schlüsselbund noch in der Hand, ging er langsam durchs Treppenhaus, steckte den Haustürschlüssel ins Schloss und wollte aufschließen. Nicht nötig. Es war gar nicht abgeschlossen. Axel trat auf den Gehweg. In dem Moment öffnete Petrus seine Schleusen. Verfl... – zurück in die Wohnung, den Schirm holen. Als er dort ankam, fragte Hilde zu allem Überfluss, ob er schon wieder zurück sei. „Es regnet", grummelte er, nahm den Schirm und verschwand erneut.

Nach fünf Minuten erreichte Axel das Büdchen. Nanu? Dunkel! An der Eingangstür prangte ein großes Schild mit den Öffnungszeiten: Montag bis Freitag von … bis; Samstag und Sonntag von sieben Uhr dreißig bis…

Axel guckte auf seine Uhr. Acht Uhr zwanzig. Wieso ist hier noch zu? Haben die vielleicht verschlafen?

Es blieb ihm nichts anderes übrig, als weitere fünf Minuten Fußmarsch unter die Schuhsohlen in Kauf zu nehmen und durch den Regen zur nächsten Tankstelle zu pilgern. Wieder daheim durfte er sich, trotz des Schirms, erst einmal umziehen. Hose, Hemd und Jacke waren pitschnass. Am Frühstückstisch sagte Axel dann zu seiner Frau: „Ich muss Morgen mal fragen, wann die sonntags öffnen. Das war schon das zweite Mal, dass ich vor verschlossener Tür stand. Sollen die doch das Schild ändern, wenn sie später aufmachen."

Von nun an schien alles glatt zu laufen. Er las in Ruhe seine Zeitung, brauchte sich ausnahmsweise mal nicht über den Bericht seines Fußballvereins zu ärgern und löste die Rätsel. Ihren üblichen Spaziergang wollten Hilde und Axel, in der Hoffnung, dass es zwischenzeitlich aufgehört hatte, zu regnen, nach dem Mittagessen machen.

Jetzt konnte Hilde die Zeitung lesen und Axel verzog sich in die Küche. Es sollte zu Mittag Salzkartoffeln, Putenschnitzel und Paprikagemüse geben. Zuerst stellte er sich alle Gerätschaften zurecht und begann mit dem Kartoffelschälen. Dann kamen die Zwiebeln an der Reihe und Axel ärgerte sich einmal mehr, dass fünfzig Prozent davon Abfall war. Seit die Zwiebeln nicht mehr wie früher trocken, sondern im Kühlhaus gelagert wurden, musste man die Hälfte wegschneiden, weil sie faulten.

Nachdem die Paprika gewaschen, entkernt und geviertelt waren, begann er, sie in feine Streifen zu schneiden.

„Hast du den Artikel über die Eisbären gelesen?", fragte Hilde aus dem Wohnzimmer.

Alex schaute einen Moment hoch. „Ja und was ist damit? Autsch!"

Aus einem feinen roten Streifen an seinem Daumen tropfte ein wenig Blut.

„Was ist passiert? Soll ich kommen?"

Axel hatte aber schon den Kaltwasserhahn aufgedreht und hielt den Finger unter den Wasserstrahl. „Ein Pflaster wäre nicht verkehrt!", rief er ihr zu.

*

Nach dem Essen, die Küche war wieder in Ordnung, hörte es tatsächlich auf zu regnen. Ein paar dunkle Wolken hingen noch am Himmel und sie vergaßen auch nicht, den Regenschirm mitzunehmen.

Auf der Straße hatten sich einige Pfützen gebildet und sie achteten darauf, dass nicht gerade ein Auto angefahren kam, wenn sie an einer solchen Wasserlache vorbei mussten. Beim Bummel durch die Stadt blieb Hilde an einem Schaufenster stehen. „Schau mal Axel, die haben hier wirklich schöne Schmuckstücke liegen..."

Beide betrachteten intensiv die Auslagen und es kam, wie es an diesem Sonntag kommen musste. Schon von weitem hörten sie das Martinshorn, und das Tatütata kam rasch näher. Auf ihrer Höhe begegneten sich zwei Fahrzeuge und fuhren dicht an den Straßenrand. Axel und Hilde hatten keine Chance!

Der Gulli musste wohl mit Laub verstopft sein, so dass kein Wasser abfließen konnte. Der nächste PKW da preschte durch und, die schmutzige Brühe gelangte bis zu ihnen. Schuhe und Hosen der Beiden machten Bekanntschaft damit. „Gut, dass wir uns nicht fein sonntagsmäßig angezogen haben", knötterte Hilde und sie machten sich missmutig direkt auf den Heimweg.

In der Wohnung angekommen, zogen sie die Schuhe bereits vor der Tür aus und sahen den Anrufbeantworter blinken. Trotzdem schlüpften sie erst einmal in frische Sachen. Axel ging in die Küche und präparierte die Kaffeemaschine; Hilde ging zum Telefon und drückte auf den Knopf. Eine quäkende Stimme verkündete: Sie haben sechshundert Euro gewonnen. Die Summe wird Ihnen auf der Veranstaltung *blablabla* persönlich... Weiter kam diese Stimme nicht. Hilde legte auf und meckerte: „Nicht einmal an einem Sonntag können die Gauner einen zufrieden lassen!"

Der Rest des Tages verlief ohne weitere unvorhergesehene Dinge. Als Hilde etwas maliziös auf den vorangegangenen Abend anspielte murmelte Alex nur: „Es wäre gescheiter gewesen, ich wäre heute erst am späten Nachmittag aufgestanden...!"

\*

## Standfest

Unerschütterlich steht sie am Straßenrand
Bei jedem Wetter – im Sonnenschein und Regenwand
Auch im Winter bei Eis und Schnee
Sieht man sie steif und ruhig da steh'n


Sie blickt auf die Menschen, die des Weges eilen
Andere, die unter ihr verweilen
Eventuell, um sich zu treffen
Oder bei der Orientierung im Ort zu helfen


Sie erträgt so manchen Zeitgenossen
Der sie umarmt, weil er besoffen
So mancher Vogel auf ihr landet
Hunde suchen bei ihr nach Verwandten …


Sie muss auch Schmierereien ertragen
Man hängt Plakate auf, ohne zu fragen
Manch eine wird gar sehr geschunden
Verkehrsschilder und Papierkörbe werden ihr umgebunden


Nun weiß ein jeder, von wem die Rede ist
In dunkler Nacht spendet sie Licht
Manch einem sie das Schlafzimmer erhellt
Weil man die *Straßenlaterne* vor sein Fenster gestellt.

## Das Beicht(stuhl)geheimnis

Gerade als Anton sich die Jacke anzog, fing es an zu regnen. Es war Melkzeit und er wollte von der ungefähr einhundert Meter entfernt liegenden Weide seine Kühe in den Stall holen. Es war erst gegen halb vier Uhr nachmittags, als eine Wolkenwand den Himmel verdunkelte. Vorsichtshalber schnappte Anton sich den Friesennerz und zog ihn über. Zum Glück, schon nach wenigen Metern sah er kaum noch den Weg. Es schüttete wie aus Eimern. Was half es. Tiere sind nun mal keine Maschinen, die man eventuell draußen stehen lassen könnte. Also Augen zu und durch ...
Als er an der Weide ankam, warteten die Kühe schon am Gatter. Den Heimweg fanden sie allein. Im Stall angekommen, sahen alle aus wie frisch gebadet, einschließlich Anton. Ihm war das Wasser, trotz Ölzeug, bis auf die Haut gelaufen und in den Stiefeln konnte er Wassermassage betreiben!

Nachdem die Tiere gemolken und mit etwas Kraftfutter versorgt waren, beschloss er, bei diesem Sauwetter sein Vieh über Nacht im Stall zu lassen. Das hatte zudem den Vorteil, dass er sie am Morgen zum Melken nicht wieder von der Weide holen musste.

Am nächsten Morgen strahlte die Sonne als sei tags zuvor nichts gewesen. Immerhin schrieb man August. Nach der Versorgung seiner Stallinsassen trieb er sie zurück auf die Weide. Doch Moment mal! Was war denn das? Tiefe Reifenspuren verrieten, dass in der Nacht hier jemand mit dem Auto unterwegs gewesen sein musste. Und dieser Jemand war offensichtlich vom Weg abgekommen und hatte den Weidezaun auf einer Länge von zehn Metern niedergewalzt.

„So ein Bazi", schimpfte er, „der hätte wenigstens eine Nachricht hinterlassen können. Nun ja", sinnierte er weiter, „womöglich wäre der Zettel vom Regen aufgeweicht und unleserlich geworden."

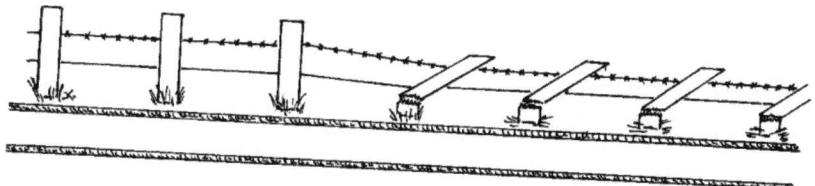

Der darauf folgende Tag war Sonntag. Zuerst kam das Vieh dran, dann frühstückten sie genüsslich und machten sich fertig für den Kirchgang. Auf halbem Weg trafen sie ihren Nachbarn Mooser. Nach einem Grüß Gott erzählte er ihnen folgende Geschichte: „Ihr wisst doch, dass ich nicht weit vom Hof ein Stück Wald habe."
„Ja und?", fragte Anton.
Stellt Euch vor, ich hatte ein paar Meter Holz für den Winter vorbereitet und als ich es gestern Nachmittag abholen wollte, war, bis auf drei kurze Stämme, alles verschwunden. Ich habe schon herum gefragt, aber keiner hat etwas gesehen oder ist es gar gewesen."
Darauf hin erzählte Anton dem Nachbarn die Story von dem umgenieteten Weidezaun und beide überlegten, ob das wohl derselbe Spezi gewesen sein konnte.

Eine Woche verging; es wurde Samstag und der Stammtisch stand an. Sie trafen sich alle drei Wochen im Dorfkrug zum Doppelkopf spielen. Dabei wurde so manches Maß geleert. Anton hatte diesmal viel Zeit. Maria hielt sich bei Verwandten auf und konnte somit nicht meckern, wenn es *etwas später* wurde und, was sie besonders hasste, er *nicht ganz standfest auf den Beinen*, heimkam. Der Wirt hatte in der vergangenen Woche Geburtstag und ließ sich an diesem Abend seinen Stammgästen gegenüber nicht lumpen. Es kam was kommen musste: es wurde sehr spät und Anton, wie auch die

Anderen, waren absolut nicht mehr sicher auf den Beinen. Ungefähr zwei Uhr in der Früh verabschiedeten sie sich vor der Tür und jeder machte sich auf den Weg. Anton kam auf dem Heimweg an der Kirche vorbei und konnte nicht widerstehen. Die Tür war offen; im wahrsten Sinne des Wortes Gott sei Dank, und er betrat das Gotteshaus. Er setzte sich in eine Bank, wollte nur ein wenig ausruhen. Dann schlief er ein. Ein Geräusch an der Eingangstür weckte ihn und Anton bekam einen ziemlichen Schrecken. Es war bereits sieben Uhr und die ersten Gläubigen betraten die Kirche.
Das fehlte ihm noch, dass ihn hier jemand sah. Ohne weiter nachzudenken, erkor er sich den Beichtstuhl als Versteck, zog die Vorhänge zu und hoffte, dass die Leute nach Verrichtung ihres Gebets wieder verschwanden. Danach wollte auch er sich unbemerkt davon machen. Doch was war das? Ausgerechnet jetzt kam jemand, um die Beichte abzulegen. Nun war guter Rat teuer; einen Ausweg gab es nicht. Also hielt Anton sich ein Taschentuch vor den Mund und verstellte seine Stimme. Nach zehn Minuten war der Vorgang beendet und er dachte: *Hoffentlich hat der mich nicht erkannt*, in seinem Gesicht stand jedoch ein viel sagendes Lächeln. Vorsichtig sah Anton sich um. Die Kirche hatte sich inzwischen wieder geleert; schnell verließ auch er das Gotteshaus. Sein Vieh daheim würde sicher Theater machen und er überlegte, dass es heute wohl ein Segen sei, dass nur das Vieh Theater machte ...

Im Laufe der neuen Woche kontrollierte Anton seinen Weidezaun. Das nahm eine Weile in Anspruch und mit jedem Meter, den er abschritt, feixte er in sich hinein. *Gelungen*, schmunzelte er.
Auch am kommenden Sonntag trafen Maria und Anton wieder ihren Nachbarn. Der Mooser nahm Anton zur Seite und berichtete ihm eine absonderliche Geschichte. „Du erinnerst dich an meine geklauten Baumstämme?! Da komme ich nun am vergangenen Mittwoch an meinen Wald, um ein paar Bäume als Ersatz für das gestohlene Holz zu schlagen ...“

28

„Ja und, das ist doch nichts Ungewöhnliches?"
„Nein, das nicht – doch das Holz war wieder da! Und nicht nur wieder da, sondern auch noch sauber gehackt und gestapelt. Ich brauchte nur noch aufzuladen und es heimzubringen!"

„Na, so was!", antwortete Anton und grinste innerlich.
Die Wochen vergingen und es war wieder einmal der Stammtisch-Samstag. Sie hatten ihre ersten Runden Doppelkopf gespielt als Anton am Nebentisch eine Geschichte mitbekam: „Stellt Euch mal vor", begann ein Gast, „da gehe ich vor drei Wochen morgens in die Kirche zum Beichten und der Pfarrer sitzt schon im Beicht-stuhl. Das ist nicht weiter ungewöhnlich, doch der sprach so ko-misch, gar nicht nach unserem Pfarrer. Und die Buße, die er mir aufgab, war genauso seltsam. Kein Gebet, wie üblich."
„Was hat er denn verlangt", fragten die Zuhörer.
Der Sprecher lehnte sich über den Tisch und sagte leise, was der Pfarrer ihm auferlegt habe.

Die Doppelkopfrunde war inzwischen neugierig geworden, was denn da am Nebentisch so Interessantes zu hören sei. Anton be-sonders, er vergaß sogar, die Karten für das nächste Spiel auszuge-ben. Als sie ihn fragten, warum ihn das so interessieren würde, feixte er und gab *seine* Geschichte zum Besten.

*Erinnert Ihr Euch noch an unseren letzten Doppelkopfabend? Der Wirt hatte uns, anlässlich seines Geburtstages, nicht gerade auf dem Trockenen sitzen lassen. An diesem Abend, oder besser in der Nacht, hatte ich, als ich an der Kirche vorbei kam, das Bedürfnis etwas auszuruhen, ein Gebet zu sprechen, und bin hinein gegangen. Dabei muss ich auf der Bank eingeschlafen sein. Als ein Besucher die Kirche betrat, wachte ich vom Quietschen der Kirchentür auf. Da mich niemand sehen sollte, blieb mir als einziges Versteck der Beichtstuhl. Ausgerechnet dahin trieb es den morgendlichen Kirchgänger. Der wiederum glaubte, dass der Pfarrer schon dort sitzen würde und erzählte ihm seine Missetaten von dem demolierten Weidezaun und dem entwendeten Holz am Waldrand. Ich durfte mich nun nicht zu erkennen geben, habe deshalb meine Stimme verstellt und ihm als Buße die Überprüfung des gesamten Weidezaunes nebst Reparatur und den Rücktransport des Holzes – und zwar im gehackten Zustand – auferlegt.*

Alle Mitspieler hatten mit großen Augen und offenem Mund zugehört. Wie auf ein geheimes Kommando wandten sich die Blicke zum Nachbartisch ... und dann brach es aus ihnen heraus. Sie lachten bis sie keine Luft mehr bekamen über den *Übeltäter*, aber auch über Antons Reaktion. Selbst als die Anwesenden zu ihnen herüber sahen, waren sie nicht in der Lage, ein Wort zu sagen.

Natürlich machte diese Geschichte im Dorf die Runde! Auch der Pfarrer erfuhr davon und wurde an einem der nächsten Tage auf dem Hof bei Maria und Anton vorstellig.
*Au weh,* dachte Anton, *jetzt wird's ungemütlich.* Schnell ging er ins Haus, ließ seine Frau einen guten Kaffee kochen und stellte seinen besten Cognac dazu.

Als der Pfarrer das Haus betrat und den gedeckten Tisch sah, musste er über sein *Schäfchen* im Stillen doch ein wenig grinsen. Laut sagte er: „Was hast du dir eigentlich dabei gedacht, einfach in den Beichtstuhl zu gehen und unberechtigterweise einem armen Sünder die Beichte abzunehmen? Ich hoffe, das war das einzige Mal! Mit drei Ave Maria will ich dir aber vergeben", lächelte der Pfarrer und sprach, zu Maria gewandt, „es war eine gerechte Strafe. Ich hätte es nicht besser machen können. Derjenige tut das bestimmt nicht wieder; denn mit der Tatsache zu leben, dass das ganze Dorf Bescheid weiß, ist schlimmer, als wenn er eine Anzeige bekommen hätte, die später wegen Geringfügigkeit vermutlich eingestellt worden wäre." Mit diesen Worten trank der Pfarrer seinen Kaffee und einen gut bemessenen Cognac, wobei er geflissentlich Marias fragende Blicke übersah. *Strafe muss sein*, grinste der Pfarrer im Stillen, *soll Anton doch mal zusehen, wie er seiner Maria die seltsamen Geschehnisse in der Kirche erklärt ...!*

\*

# Werbung

Die Werbung schreit uns täglich an
Dies und das muss jeder hab'n
Nicht nur Neues war erfunden
Altes, neu verpackt, muss an den Kunden

Dabei ist es ganz egal
Ob man es braucht in jedem Fall
Denn der Haushalt ist komplett
Kein Produkt zurzeit defekt

Manchmal ist's besonders schlimm
Doch man kann ihr nicht entflieh'n
Ob in der Presse, TV oder Radio
Oft aggressiv und ohne Niveau

Sogar Geldinstitute stehen nicht hinterdrein
Für Kunden richten sie ein Konto ein
Der Werbung ist's dann ganz egal
Wenn bald alle bei ihnen Schulden haben – und das ganz legal

Werbung gibt es auf riesigen Plakaten
Rechts und links, sogar über den Straßen
Der Autofahrer schaut und große Augen macht
Der Vordermann hält an … schon hat's gekracht

Auch Menschen, die in ein Stadion gehen
Um sich 'ne Sportveranstaltung anzusehen
Werden die Werbung nicht gerade lieben
Sie wird per Kamera aufs Spielfeld geschrieben

Auch in den Städten ist Werbung 'ne Plage
Sie verschandelt so manche Hausfassade
An Laternen, sogar am Ampelmast
Wird mittlerweile Reklame angebracht

Mit Schrecken denk' ich an die nächsten Wahlen
Wenn das Land überschüttet wird mit Plakaten
Ich mach mir Gedanken, die Frage sei erlaubt
Ob man soviel Werbung überhaupt braucht

Denn die Kosten sind immens
Für mich ergibt sich als Konsequenz
Ein Produkt, das man mit viel Geld bewerben muss
Hat irgendwo 'nen Pferdefuß.


## Kann das jedem passieren?

Sie waren gerade eingezogen; knapp siebzig Quadratmeter in ein Mietshaus mit sechs Parteien. Bislang bewohnten Evi und Jörg ein Appartement und demzufolge mussten auch viele Dinge neu angeschafft werden. Aber wie konnte es anders sein, obwohl die Lieferfirmen von Schlafzimmermöbeln und anderen *Kleinigkeiten* einige Wochen Vorlauf hatten, es klappte nix!
Endlich, mit zwei Wochen Verspätung war alles beisammen. An einem Freitag gingen die paar Tage Urlaub zu Ende. Von wegen ein paar Tage? Der ganze Jahresurlaub, von der finanziellen Seite mal abgesehen, ging für den Wohnungswechsel drauf.
„Jetzt haben wir uns ein frisches Kölsch verdient", meinte Jörg als sie beim Abendessen saßen. „Was hältst du davon?"
„Na ja, Kölsch…", murmelte Evi nicht unbedingt begeistert.
„Ja, ich weiß – für ein Glas Wein reicht es auch noch."

Von den drei Gasthäusern in ihrem neuen Viertel suchten sie sich „Beim Jugoslawen" aus und erkoren es im Laufe der Zeit zu ihrer Stammkneipe. Gutes Essen und nette Wirtsleute halfen ihnen, sich wohl zu fühlen. Nach einiger Zeit verlegten sie sogar ihren Kegelverein hierher.

Martin, ein junger Mann, den sie immer wieder trafen, hatte es ihnen angetan. Intelligent, er beherrschte mehrere Sprachen, unter anderem auch Latein und Neugriechisch. Mit ihm konnte man sich ausgezeichnet unterhalten. Nach manchem gemeinsamen Kölsch-Genuss berichtete er von seiner Arbeitslosigkeit und wie es dazu kam. Er gab seine Mitschuld zu, konnte er doch nicht vom Alkohol lassen.

In vielen Gesprächen, dazu gingen Evi und Jörg öfter als ihnen lieb war in die Gaststätte, konnten sie Martin von der Regelmäßigkeit des Trinkens abbringen. Eines Tages verkündete er ihnen stolz, dass er eine Arbeit gefunden habe.

Evi und Jörg klopften sich symbolisch auf die Schulter; ihre Gespräche mit Martin schienen Früchte zu tragen.

Drei Wochen später begegneten sie sich abends beim Jugoslawen. Martin saß an einem Tisch, offensichtlich wieder einmal schwer betrunken – mit kahl rasiertem Schädel. Auf Jörgs Frage, was denn los sei, erzählte er eine schauerliche Geschichte. Einige Gäste hatten sich einen *Spaß* mit ihm erlaubt, ihn betrunken gemacht und so zugerichtet. Das zarte Pflänzchen, nüchtern zu bleiben, war dahin. Die Beiden waren enttäuscht und wechselten daraufhin das Lokal.

In der Zeitung lasen sie einige Jahre später eine Todesanzeige. *Ihr Martin* war mit fünfunddreißig Jahren verstorben.

*

Evi und Jörg schlenderten durch die Geschäfte. Eigentlich nur so zum Gucken. Es war Markttag, wie immer am Samstag, und viele

Menschen gingen mit voll gepackten Taschen durch die Stadt. Vor einem Buchladen blieb Evi stehen. Im Schaufenster wurde ein neuer Sidney Sheldon angeboten. Ehe Jörg sich versah, war seine Frau im Laden verschwunden und kam wenige Minuten später freudestrahlend wieder heraus. Sie hatte für den Abend etwas Neues zum Lesen und steuerte nun das Stehcafé gegenüber vom Kaufhof an, als ihnen eine gute Bekannte entgegen kam.

„Nanu Hilde, wo hast du denn dein Männe gelassen?" fragte sie.

„Komm", fügte Jörg hinzu, „wir laden dich auf einen Kaffee ein." Und gemeinsam betraten sie den Bäckerladen.

Als der dampfende Kaffee vor ihnen stand, berichtete Hilde.

„Jürgen liegt im Krankenhaus. Vorgestern – ich hatte irgendwie ein komisches Gefühl in der Magengegend und nahm mir etwas früher frei… als ich nach Hause kam und klingelte, Jürgen war zu Hause, das wusste ich, öffnete niemand. Ich den Schlüssel rausgekramt, in die Wohnung… und da lag er."

„Wie, da lag er?", kam es von beiden.

„Im Wohnzimmer auf dem Teppich, in seinem Erbrochenen und die ganze Bude stank nach Alkohol. Ich sofort den Notarzt gerufen; erste Diagnose Alkoholvergiftung. Ab in die Klinik. Der Arzt sagte mir dann noch, dass das nicht von einem einmaligen Ausrutscher herrühren könne. Als ich dann am nächsten Tag ins Krankenhaus kam, überfiel mich auch gleich der Stationsarzt: Wissen Sie denn nicht, dass Ihr Mann alkoholabhängig ist? Ich fragte: abhängig? Wieso? Der hat abends sein Bier getrunken, das machen tausend andere auch. Das sei aber nicht nur von Bier. Bei der Analyse fanden wir Reste von Whisky und Kräuterschnaps.

Ich konnte nur noch antworten: dass mein Mann depressiv ist, wusste ich ja, aber dass er trinkt … habe ich bislang nicht gewusst und auch nicht bemerkt. Konnte ich auch nicht, da er abends, in meiner Gegenwart nur eine Flasche Bier, höchstens mal zwei, getrunken hat"

Evi und Jörg hatten mit offenem Mund zugehört und konnten nicht glauben, was Hilde ihnen erzählte. „Und nun?", hakte Evi nach.
„Tja, sie werden Jürgen einigermaßen wieder herstellen und dann geht's ab zur Therapie nach Lengenwiese."
Sie wünschten sich gegenseitig alles Gute und gingen, nachdem Jörg die Rechnung bezahlt hatte, jeder ihrer Wege.
Wenige Wochen später flatterte den beiden die nächste Todesnachricht ins Haus. Jürgen Wolle war verstorben. Auf der Beerdigung mussten sie zur Kenntnis nehmen, dass Jürgen sich im Keller selbst zu Tode gebracht hatte; eine Nachbarin fand ihn dort und Hilde beim Aufräumen in der ganzen Wohnung leere Schnapsflaschen. – Gut versteckt, wohlgemerkt!

*

Die Jahre gingen dahin. Evi hatte sich der Schriftstellerei zugewandt und schrieb unermüdlich viele Verlage an. War es der einhundertste oder nur der fünfundneunzigste… jedenfalls bekam sie Post von einem Verleger in Darmstadt. Der würde gern ihr Buch für eine *geringe Beteiligung* veröffentlichen.
Evi war happy und der *kleine Obolus* entpuppte sich als stattliche zweieinhalb tausend Euro! Egal – eventuell wäre das der Anfang einer Erfolgsgeschichte. Dachte sie.
Also reisten die Beiden zur Leipziger Buchmesse, lernten den Verleger kennen und auch einige andere Autoren. Wieder daheim schwärmte Evi vor Freunden und Bekannten von der tollen Atmosphäre und auch davon, wie super es sei, sein eigenes Werk auf einer Messe zu bewundern.
Diese Worte vernahm auch eine Journalistin, die zufällig ihre Schwester besuchte. Sie bat diese, ihr die Autorin doch einmal vorzustellen; möglicherweise könne sie etwas bewirken. Gesagt, getan – sie bewirkte tatsächlich etwas. Eine Einladung zur Vernissage des Autors Dieter Thoma. Dort begegneten ihr Chris Howland, die

Moskau-Korrespondentin Gabriele Krone-Schmalz, Alfred Biolek und noch ein paar andere Größen aus Fernsehen, Film und Funk. Die Journalistin versprach, sich bei einem befreundeten Verleger zu verwenden und machte einen Termin. Evi war selig.

Doch der Termin kam nicht zustande. Eine Weile hörten sie nichts von *ihrer* Journalistin; dann kam die Nachricht über eine Bekannte, sie läge im Krankenhaus, weil sie über ihren Dackel gestolpert sei und sich den Fuß gebrochen habe. Jörg meinte daraufhin: „Wir sollten sie dann wohl im Krankenhaus besuchen…"

An einem Sonntag entschieden sie sich zu diesem Besuch, fuhren los und hörten an der Rezeption des Hauses zu ihrem Erstaunen, dass die Dame bereits entlassen sei.

Evi hatte irgendwo die Adresse vergraben. In einem Seitenfach des Portemonnaies wurde sie fündig und machten sich auf den Weg. Vor dem Haus angekommen, bestaunten sie eine regelrechte Hofschaft mit Wohnhaus, Stall und einer Scheune. Auf ihr Klingeln öffnete sich die Tür und ein junger Mann fragte nach ihrem Begehr. „Wir wollten Frau Janette Kraus besuchen; wir waren bereits im Krankenhaus."

„Meine Mutter können Sie jetzt nicht besuchen; sie hat getrunken und liegt im Bett."

„Macht sie das öfter?", fragte Evi.

„Ja, sehr oft – wussten Sie das nicht?"; fragte der Junge zurück.

„Nein", kam es bei den Beiden ganz bestürzt wie aus einem Mund, „davon hatten wir keine Ahnung!"

Als sie wieder im Auto saßen, hing jeder erst einmal seinen Gedanken nach. Dann sprach Evi es aus: „Warum lernen *wir* immer wieder Menschen kennen, die Probleme mit dem Alkohol haben?"

In den nächsten Tagen telefonierte Evi noch einmal mit Janette, die während des Gespräches um Entschuldigung bat, dass sie sie nicht hätte empfangen können. In einem Anflug *geistiger Umnachtung*, geleitet von dem immer wieder ausbrechenden Helfersyndrom, sagten Evi und Jörg zu, ihr beim Aufräumen des Hauses zu helfen.

Was sie dort jedoch vorfanden, spottete jeder Beschreibung. Als Beispiel sei genannt: in der Tiefkühltruhe Speisereste ohne Verpackung; bis hin zum Kugelschreiber und Tabletts... Und in allen, aber wirklich allen, Küchenschränken Berge ungeöffneter Post und jede Menge Mäusekot!

Einige Jahre später hörten Evi und Jörg, dass Janette ihr Problem tatsächlich besiegen konnte und heute wieder einer geregelten Arbeit nachgeht.

*

Nachdem herauskam, dass der Buchproduzent – vorsichtig ausgedrückt – nur seine Interessen im Blick und Evi entsprechend übers Ohr gehauen hatte, trennte sie sich mit mehr oder weniger Getöse von diesem Verleger und bekam die restlichen Bücher, sowie auch das Urheberrecht über ihre Texte zurück. Bei einer Rückfrage in der Druckerei wurde bekannt, dass die Kosten der Herstellung von Evis Büchern gerade mal die Hälfte der von ihr gezahlten Summe ausmachte. Und das nannte sich dann Druckkostenzuschuss!

Als in einer Zeitung die Anzeige erschien: Autoren gesucht, die einem Druckkostenzuschuss-Betrieb aufgesessen sind, schloss Evi sich dieser Gruppe an. Im ersten Jahr machte man gleich etwas Gemeinsames, eine Anthologie. Dann traf man sich nur noch einmal im Jahr und Evi trennte sich wieder von der Gruppe, weil diese Gemeinschaft für den Vertrieb und das weitere Bekanntwerden ihrer Bücher keine Grundlage darstellte. Lediglich eine Art Selbstbeweihräucherung einzelner Gruppenmitglieder. Darauf konnte sie gut verzichten.

Seitdem arbeiten Jörg und Evi allein; sie machen alles bis zur Druckreife und finanzieren es auch. Ein kleiner Leserkreis fand sich zusammen; dann trafen sie in Köln einen Mann, der, ohne es zu wissen, alles durcheinander brachte. Aber das ist eine andere Geschichte.

Evi und Jörg, letzterer inzwischen auch schriftstellerisch tätig, suchten eine Art Künstler-Stammtisch. Was daraus wurde, wird hier nicht verraten. Nur soviel, dass bekannte menschliche Problem eines *Vereins* ließ nicht lange auf sich warten…

*

## Wochenende

Freitagabend – Hans war danach
Kehrt er ein beim Unkelbach
Gutes Essen wollt' er genießen
Am frischen Kölsch auch nicht nur riechen

Weil's zwar bewölkt, aber schön warm
Steuert er den Biergarten an
Die ersten Kölsch ließ er sich schmecken
Um dann ans Speisen mal zu denken

Der Köbes (*)bringt ihm eine Karte
In der stehen viele leckere Sachen
Und er bestellt, was es daheim nicht gibt
Sülze und Bratkartoffeln – er über alles liebt

Alsbald, die Speise wird serviert
Hans isst nun hier ganz ungeniert
Ungemach droht, er achtet nicht drauf
Dunkle Wolken machen die Schleusen auf

Schnell die ersten Tropfen ins Bierglas fallen
Und wie dem Hans, so geht es allen
Besteck und Teller sowie das Glas
Auch er wird nun bald klitschenass

Obwohl der Rest des Essens mit Wasser versaut
Er rennt damit ins trockene Haus
Erst trocknet er sich ab und dann
Zum Ersatz bestellt er 'nen halven Hahn (**)

Er sinniert, was hab ich falsch gemacht
Dass Petrus mich so bös' bedacht
Ihm fällt da nichts Gescheites ein
Und denkt: Nass bin ich ja nicht allein

Man sagte doch im Wetterbericht
Wolken ja, aber Regen nicht
Als Optimist hat er's geglaubt
Zum Dank das Essen ihm versaut

Ein weiteres Stündchen und Hans bezahlt
Tritt aus dem Haus – die Sonne strahlt
Nichts mehr zu sehen, die Straße trocken
Erinnern tun ihn nur seine nassen Klamotten

(**)Der *halve Hahn* ist in Köln
kein halbes Hähnchen, sondern
ein Roggenbrötchen mit einer
dicke Scheibe Käse, Marke
Alter Holländer.
*Anmerkungen des Autors*

(*) *Köbes* ist die Kölner Bezeich-
nung für einen Ober(Kellner)

# Ein Häufchen

In der Wohnung jault der Hund
*Ich muss mal* – tut er damit kund
Sein Herrchen legt ihn an die Leine
Um zu gehen auf diese Weise

Auf eine Wiese, sie gehört der Stadt
Der Hund nun dort sein Häufchen macht
Sein Herrchen schaut nach allen Seiten
Dann suchen gemeinsam sie das Weite

Morgen soll's regnen, so dachte er sich
Da verteilt sich alles schön ebenmäßig
An Regen dachte auch der Gartenfreund
Er würde mähen und das noch heut

So mäht er den Rasen, Bahn für Bahn
Bis er zu dem Häufchen kam
Das hohe Gras verdeckt die Sicht
So sieht er diesen Haufen nicht

Dem Rasenmäher ist's egal
Sein Messer verteilt ihn – überall
Des Gartenfreundes Hos' und Schuh
Gesprenkelt … und es stinkt im Nu

Er flucht ganz laut … *oh diese Schweine*
Den Rasen mäh'n sie demnächst alleine
Man müsst sich auf die Lauer legen
Damit man weiß, wer das gewesen.

## So ein Hund!

Es trabt der Mann schon in der Früh
Mit seinem Hund, dem dummen Vieh
Vom fünften Stock durchs Treppenhaus
Sein Hund muss unbedingt jetzt raus

Er hatt' ihn seiner Frau mal geschenkt
Doch die bleibt liegen, schnarcht leis' und pennt
So muss er sich sputen, denn er weiß
Der Hund sonst an der Leine reißt

Und er, so früh noch nicht ganz wach
Kann ihm so schnell nicht folgen nach
So lässt er ihn ohne Leine laufen
Oh je, die Tür ist auf – schon ist er draußen

Der Mann nun in der Haustür steht
Schaut links und rechts entlang des Wegs
Von seinem Hund … nicht eine Spur
Von weitem hört er's bellen nur

Er ruft und pfeift so laut er kann
Und um die Ecke kommt sodann
Ein Schutzmann zu so früher Stunde
An seiner Leine gleich zwei Hunde

Die Frage, ob das sein Tier wäre
Warum es ohne Leine läuft, soll er klären
Und wieso sein Hund mitten in der Stadt
Am Laternenpfahl sein Geschäft gemacht

Verwarnt wird unser Mann und belehrt
Dass sich so was nicht gehört
In Zukunft solle er darauf achten
Sonst würde er sich strafbar machen

Auf dem Heimweg denkt er nach
Wie er es am besten macht
Dass seine Frau mit dem Hund nun Gassi geht
Damit *ihm* dergleichen nicht mehr widerfährt.


## Zwei *feine* Damen

Susanne und Carsten saßen im Wohnzimmer beim Abendbrot; der Flimmerkasten lief ausnahmsweise einmal. Eine Sendung über Sibirien wollten sie nicht verpassen, hatten sie doch in früheren Jahren Moskau und Sankt Petersburg besucht. Sie erinnerten sich an die herrlichen Bauten, den Kreml, die Museen und nährten eine heimliche Sehnsucht nach der unendlichen Weite dieses Landes.
Es war Herbst und die ersten Stürme zerrten an den frisch gepflanzten Bäumchen im Garten. *Gut, dass sie mit Holzpflöcken gesichert sind*, dachte Carsten mit einem Blick aus dem Fenster.
Sie wohnten erst seit zwei Jahren in Opladen; als die Reihenhäuser an der Lützenkirchener Straße gebaut wurden, griffen sie zu. An und für sich wollten sie nie Eigentum haben. Doch die Wohnung, in der sie seit zwanzig Jahren daheim waren, wurde verkauft. Der

neue Eigentümer war offensichtlich nur auf schnelles Geld aus; die Mieterhöhungen nahmen kein Ende.

Da traf es sich gut, dass Susanne eine kleine Erbschaft von einer entfernten Verwandten bekam. Zusammen mit ihrem Ersparten, reichte es für zwei Drittel der Finanzierung. Den Rest wickelten sie über ihre Bank ab; so hielt sich die Abtragung in Grenzen.

Gerade erzählte der Moderator von den in ärmlichen Verhältnissen lebenden Menschen, die seit dem Zusammenbruch der Sowjetunion weder geregelte Arbeit, noch den entsprechenden Lohn bekamen, als vor dem Haus Lärm entstand.

„Seit wann fahren denn durch unsere kleine Straße LKWs?", fragte Susanne kauend.

Carsten zuckte die Achseln. „Vielleicht hat sich mal wieder jemand verfahren."

Susanne stand auf und ging in die Küche, um aus dem Fenster zu sehen. Ein riesiger Möbelwagen stand mit laufendem Motor dort; der Fahrer war ausgestiegen und fragte den Nachbarn, der in seinem Vorgarten arbeitete, irgendetwas. *Ob die endlich das Nachbarhaus verkauft haben,* dachte sie und ging zurück ins Wohnzimmer, um ihrem Mann zu berichten, wer da draußen den Krach veranstaltete.

Tatsächlich zogen Leute in das Haus neben Susanne und Carsten Faust. Seit die Reihenhäuser fertig gestellt waren, stand das Eckhaus leer. Es wurde weder geheizt, noch tat jemand etwas an den Außenanlagen. Trotz Isolierung zwischen den einzelnen Einheiten, merkten sie am Energieverbrauch den Leerstand des Nachbarhauses. Es ist ja auch nicht gerade vorteilhaft", resümierte Carsten. „Eckgrundstück, dreimal Anliegergebühren und die Kosten für die Begrenzung sind auch entsprechend höher. Außerdem führt der Weg zum Einkaufscenter ebenfalls an dem Grundstück vorbei.

„Gut, dass es nicht regnet", meinte Susanne, die sich erst einmal wieder setzte, um das restliche Abendessen zu verzehren.

„Wieso…? Ach ja, wegen des Einzugs meinst du!"

„Hoffentlich sind es nette Leute. Gesehen habe ich allerdings noch niemanden."

„Die werden sich in den nächsten Tagen sicher vorstellen", murmelte Carsten.

Nachdem sie ihre Mahlzeit beendet hatten, warteten sie noch das Ende der Sendung ab, beseitigten die Spuren des Abendbrotes und brachten das Geschirr in die Küche. Vom Fenster aus beobachteten sie die fleißig schleppenden Möbelpacker. Susanne und Carsten waren gerade dabei, sich anzuziehen, um noch eine Runde zu drehen, als es an der Haustür schellte. Susanne öffnete und sah sich zwei Damen mittleren Alters gegenüber. „Hallo; guten Abend – wir sind Ihre neuen Nachbarn. Aber ... lassen Sie sich bitte nicht aufhalten."

„Kein Problem", antwortete Carsten, „wir wollten nur unseren üblichen Spaziergang machen."

„Das trifft sich gut. Wir sind Elke und Vita Dünn und wollten neben unserer Vorstellung auch eine Entschuldigung anbringen wegen des Lärms, der beim Aufstellen der Möbel entstehen wird. Und... ein paar Löcher müssen auch noch gebohrt werden. Wenn wir in den nächsten Tagen fertig sind, werden wir Sie einmal zum Kaffee bitten." Damit verabschiedeten sie sich und Faust's traten ihren Rundgang an. Als sie nach eineinhalb Stunden zurückkamen, war der Möbelwagen verschwunden.

„Was war das eigentlich für ein komisches Kennzeichen an dem Möbelwagen? PM – TM 077?", fragte Susanne.

„Ich glaube, das ist eines aus den neuen Bundesländern; Potsdam oder so ähnlich. Ich müsste aber mal nachgucken..." (PM = Potsdam Mittelmark und eine fiktive Autonummer; Anmerkung des Autors).

Sie machten es sich mit einem Glas Roten noch ein Stündchen bequem. Von den neuen Nachbarn war nichts zu hören. Sie hatten ihre ruhestörenden Arbeiten erledigt.

In den kommenden Tagen wurde das gesamte Grundstück umgegraben und eingezäunt. An der Seite zum Weg stellten Arbeiter des Gartencenters eine Art Laube auf und pflanzten einige kleine Bäume. Danach beobachteten Susanne und Carsten, dass Gras eingesät wurde. Als sie von einem Wochenendbesuch bei ihren Eltern nach Hause kamen staunten sie nicht schlecht. Am Zaun entlang war ein Erdwall aufgeschüttet und darauf eine Hecke gepflanzt.

„An Geldmangel scheinen die beiden Damen nicht zu leiden", resümmierte Susanne.

„Vielleicht besaßen sie da, wo sie zu Hause waren, Grund und Boden. Oder ihre Männer, so sie denn welche hatten, hinterließen entsprechend gute Lebensversicherungen…", entgegnete Carsten.

„Ist ja auch egal", murmelte Susanne, „Hauptsache sie sind verträglich."

Wieder acht Tage später, luden die beiden Nachbarinnen sie zum versprochenen Kaffee ein und bei der Gelegenheit durften sie das Haus besichtigen. Im Verlauf eines netten Gesprächs erfuhren die Eheleute Faust, dass sie mit ihren Vermutungen gar nicht so falsch lagen. Die zwei Damen waren Schwestern, deren Ehemänner bei einer Bergwanderung im Harz ums Leben kamen. Beide Herren hatten unbekanntes Terrain betreten, obwohl auf dem Weg ein Warnschild gestanden haben soll:

*Vorsicht Forstarbeiten – Lebensgefahr,*

waren sie weiter gegangen und ein umstürzender Baum wurde ihnen zum Schicksal.

\*

Die Schwestern hatten sich eingelebt. Elke meinte zu Vita: „Unsere direkten Nachbarn scheinen ganz ruhige Vertreter zu sein."

„Ich meine auch; sie sind keine Topfgucker und lassen einen in Ruhe. In den nächsten Tagen werde ich sie mal fragen, ob sie einen Landschaftsgärtner hier in der Gegend kennen."

„Wieso – warum?"

„Schau mal aus dem Wohnzimmerfenster; was siehst du da?"

Vita guckte in den Garten. „Also ich sehe frisch gepflanzte Bäume, eine junge Birkenhecke und die ersten Grashalme aus der Erde sprießen."

„Genau das ist der Punkt", antwortete Elke. „Wenn wir an unser Gartenhaus wollen, treten wir den schönen neuen Rasen platt. Wir müssen einen schmalen Weg mit schönen Steinen legen lassen und können dann auch daran denken, mal wieder ein männliches Wesen einzuladen."

„Das ist wahr", kicherte Vita, „Daran habe ich im Moment gar nicht gedacht…"

Vierzehn Tage später war der Weg fertig. In einem geschwungenen „S" führte nun ein Pfad aus fast weißen Steinen von der Terrasse zum Gartenhaus, um das inzwischen einige Wachholdersträucher gepflanzt waren. Es hatte geregnet und der Rasen rechts und links erholte sich langsam wieder.

\*

Carsten kam von der Arbeit heim, stellte sein Fahrrad in die Garage und wunderte sich über die große Limousine vor dem Haus der neuen Nachbarn. *So was Schickes kann ich mir nicht leisten,* dachte er auf dem Weg zur Haustür und ein kleines bisschen klopfte der Neid an die Gehirnpforte. Sofort rief er sich zur Ordnung… *was soll denn das?*

Er sprach Susanne darauf an und sie erwiderte: „Der war vor zwei Tagen schon einmal da. Fast weiße Haare, sehr elegant angezogen. Dem Nummernschild nach zu urteilen, kommt er aus dem Bergischen. Woher die nur so schnell einen Bekannten haben?", schob sie noch hinterher. „Geht uns ja nix an; außerdem sind Beide alt genug, um Herrenbesuche zu empfangen."

Damit war das Thema für Susanne und Carsten erledigt und bald wurde der Anblick des schönen, großen Autos normal.

Sie konnten fast die Uhr danach stellen; alle zwei Tage, gegen siebzehn Uhr, trudelte der Besuch für die Nachbarinnen ein.

Nach dem Abendessen verzog Carsten sich in seine geliebte Sofaecke, um sich noch einmal der Tageszeitung zu widmen. Politik und Sport hatte er bereits in der Mittagspause gelesen; nun kam der Rest dran. Eine ganze Weile blieb es ruhig in der Wohnung, nur unterbrochen von einem leisen Klappern, das der Abwasch in der Küche verursachte. Kurze Zeit später betrat Susanne das Wohnzimmer und nahm ihre Strickarbeit wieder auf. Carsten schmunzelte und meinte etwas maliziös: „Jetzt weiß ich, warum unsere Nachbarinnen so schnell Männerbesuch haben…"

Susanne blickte hoch. „Ach ja – und warum?"

Carsten blätterte einige Seiten zurück und las vor. Unter der Rubrik Kontaktanzeigen stand folgendes: Zwei Damen mittleren Alters, vielseitig interessiert, suchen Gleichgesinnte. Kontaktieren Sie uns unter www … usw."

„Seit wann liest du denn die Kontaktanzeigen? Und wieso denkst du, dass das unsere Nachbarn sind? Suchst du vielleicht was Neues… Wag dich!"

„Wo denkst du hin!!! Ich finde es nur interessant, in welch schillernden Farben und Worten sich manche Leute anpreisen." Um das zu unterstreichen stand er auf, nahm Susanne ganz fest in den Arm und küsste sie.

Die Überraschung blieb nicht ohne Folgen. Ein lautes Aua beendete die Zärtlichkeit; eine Stricknadel hatte sich in seinen Bauch gebohrt!

\*

48

Weihnachten nahte und Carsten brachte am Haus die Außenbeleuchtung an. Elke und Vita Dünn begnügten sich mit einem geschmückten Baum auf der Terrasse. *Sie wollen wohl keine Nadeln in der Wohnung haben*, dachte er. Als er die Beiden mal vor der Tür traf, bestätigten sie ihm diese These. Während der Feiertage standen vor dem Nachbarhaus zwei Autos; ein Porsche mit Kölner Kennzeichen und ein dicker BMW mit GL - ... auf dem Nummernschild. Susanne überlegte später halblaut: „Den anderen Mann gibt es wohl nicht mehr." Weder das Auto, noch die dazugehörende Personen hatte sie eine Weile schon nicht mehr gesehen. „Ist doch klar", grinste Carsten daraufhin. „Ein Mann für zwei Damen – ist doch ein bisschen wenig, findest du nicht?"

„Was du immer gleich denkst", kam es zurück.

„Was denkst du denn, was ich denke", lachte Carsten nun laut heraus.

Sie blödelten noch eine Weile herum, dann zogen sie sich an und begaben sich auf ihren täglichen Rundgang.

Nach eineinhalb Stunden schlossen sie ihre Haustür auf und die beiden Autos waren verschwunden. Am Nachbarhaus waren bereits die Jalousien geschlossen und Carsten blickte automatisch auf seine Uhr. „Kurz vor zwanzig Uhr – ob die wohl schon schlafen?"

Susanne öffnete noch einmal den Briefkasten. Seit es mehrere Zusteller gab, war das erforderlich geworden. Sie fand aber nur einen, in aller Eile geschriebenen, Zettel und daran angeklemmt, einen kleinen Schlüssel. Noch bevor sie ins Haus gingen, las Susanne den Text laut vor. *Hallo, liebe Nachbarn. Wir sind spontan drei Wochen in Urlaub gefahren. Sind Sie bitte so lieb und kümmern sich um den Briefkasten. Im Haus ist nichts zu tun; die Heizung ist zurück gedreht, alle Stecker sind gezogen und Blumen gibt es nicht. Danke! Elke und Vita Dünn.*

„Das ist ja ein Ding – einfach so in Urlaub fahren. Ich möchte mal wissen, wovon die beiden Damen leben. Einer mit Gehalt verbundenen Arbeit scheinen sie nicht nachzugehen", dachte Carsten laut.

Es war Mai geworden. Faustens freuten sich auf ihren Urlaub. Freunde versorgten das Haus und den Garten – es sei alles geregelt, teilten sie auch ihren Nachbarn mit. Es sollte nach Kreta gehen. Über die Insel und deren Kultur hatten sie schon viel gelesen, so dass sie es auch einmal in natura sehen wollten. Mit einem Taxi fuhren sie nach Rheindorf zur S-Bahn, dann über Düsseldorf-HBf und weiter zum Flughafen. Einige Stunden später Landung in Herakleon und weiter mit dem Bus zur Hotelanlage. Die ersten Tage gehörten der Erholung am Strand. Bevor sie das erste Mal ins Wasser gingen, warnte man sie, unbedingt Badeschuhe anzuziehen. Nicht nur wegen des felsigen Untergrundes, vor allem wegen der Seeigel. Eine Begegnung der Füße mit diesen Stacheltieren verursacht üble Wunden.

In der zweiten Woche gab es Kultur satt. Knossos, Palast von Pheistos; viele Ausgrabungen, Wanderungen im Ida-Gebirge und Besuche in verschiedenen Museen.

Viel zu schnell vergingen die drei Wochen und ab ging es schon wieder in Richtung Heimat. Am S-Bahnhof in Rheindorf bestellten sie sich ein Taxi; Susanne war in Gedanken bereits zu Hause und meinte: „Bin mal gespannt, welche Autos jetzt vor dem Nachbarhaus stehen…"

„Das ist mir eigentlich egal", gähnte Carsten, „Hauptsache in unserem Haus und Garten ist alles in Ordnung."

Dann kam das bestellte Taxi und zehn Minuten später standen sie vor ihrem Heim. Der Fahrer lud das Gepäck aus, nahm den Fahrpreis entgegen, drehte und fuhr davon. Susanne schaute zum Nachbarhaus. Alle Jalousien waren herunter gelassen und an der Eingangstür prangte ein großes Plakat. Mit ein paar schnellen Schritten ging sie nach rechts, um zu lesen, was da geschrieben stand. *Zu verkaufen* – Maklerbüro Milke, Gartenstraße…

„Das ist ja ein Ding!"

„Was ist ein Ding?", fragte Carsten und schleppte den letzten Koffer ins Haus. Susanne kam zurück. „Stell dir vor, unsere Nachbarn sind ausgezogen!"

„Was?"

„Da steht dran … zu verkaufen …"

„Das ist aber eigenartig; die wohnen doch erst ein halbes Jahr hier! Da stimmt aber was nicht."

„Heute ist es schon zu spät. Morgen früh, wenn wir uns bei Tanja und Marc zurückmelden, werde ich sie fragen. Vielleicht wissen die etwas Näheres."

Sie gingen beide ins Haus, packten die Koffer aus, duschten ausgiebig und ließen den Abend bei einem Glas Rotwein ausklingen, den sie als Andenken mitgebracht hatten.

\*

Eine nicht allzu große Mitteilung in der Tageszeitung machte Carsten während der Mittagspause stutzig. In Brandenburg wurde nach zwei Frauen gesucht, die auf ihrem Grundstück vermutlich zwei, vorher umgebrachte, Männer unter dem Kompost vergraben hatten. Einer der Verstorbenen hatte noch eine entfernte Nichte, die sich darüber wunderte, dass sie weder Urlaubs- noch Geburtstagsglückwunsche erhielt, obwohl ihr Onkel das nie vergaß. Der Zeitungsreporter wies daraufhin, dass die zwei Damen den Nachbarn seinerzeit erzählten, sie würden sich hier nicht mehr wohl fühlen und daraufhin seien sie mit unbekannter Adresse verzogen. Sachdienliche Hinweise …. usw. So fahndete also schon die örtliche Polizei nach ihnen. Carsten legte seine Stirn in Falten. Ob das wohl ihre Nachbarinnen …? Das waren doch so hilfsbereite Frauen? …aber die unterschiedlichen, dicken Autos, die dann plötzlich nicht mehr kamen? Das musste er am Abend unbedingt mit Susanne besprechen. Am besten wäre es wohl, den Zeitungsausschnitt mitzunehmen und die hiesige Polizei von ihren Vermutungen in Kenntnis zu setzen.

Carsten fieberte dem Feierabend entgegen. Auf der Fahrt nach Hause fand nichts Anderes als das zum Verkauf stehende Haus und dieser Zeitungsartikel Platz in seinen Gedanken. Zu Hause angekommen, stellte er nicht, wie üblich, sein Fahrrad gleich in die Garage. Hastig schloss er die Haustür auf und rief nach Susanne: „Hast du das schon gelesen…?"

„Was soll ich gelesen haben?", kam es aus der Küche.

„Na, in der heutigen Ausgabe der Tageszeitung!"

„Du Komiker! Wie soll ich etwas in der Zeitung gelesen haben, wenn du sie mit zur Arbeit genommen hast."

Carsten fasste sich an die Stirn. „Klar! Wie konntest du. Entschuldige bitte." Dann nahm er die Zeitung und breitete sie vor Susanne aus. Als sie den rot angestrichenen Artikel gelesen hatte, entfuhr ihr: „Mensch, Mann – wenn das stimmen sollte, dann wird hier Morgen in der Früh allerhand los sein…!"

*

Mit der Zeitungsnotiz in der Tasche fuhr Carsten am nächsten Morgen zur Polizeiwache und schilderte den Beamten seine Vermutung, wobei er betonte, dass er sich darüber im Klaren sei, dass dies eine schwere Anschuldigung sei, die ihm entsprechendes Magendrücken verursachte. Immerhin sei es wirklich nur eine Vermutung aufgrund des sonderbaren Verhaltens dieser beiden Damen. Hendrik Schulz und Jürgen Lange, die sich nach ihrer Nachtschicht eigentlich auf ihren Feierabend vorbereiteten, guckten ziemlich müde aus der Wäsche. Sie versprachen, die Informationen an den Kollegen von der Frühschicht weiterzureichen. Damit war er zunächst entlassen und radelte zur Arbeitsstelle.

Gegen neun Uhr läutete das Telefon auf seinem Schreibtisch. „Ja bitte?"

„Stell dir mal vor, was hier los ist!", begann Susanne. „Drei Polizeiwagen; ein Bagger, der Makler steht mit großen Augen dabei und weiß offenbar nicht, was hier vorgeht. Das Haus und den Garten haben sie schon abgesucht. Den Bagger haben sie inzwischen umgebaut. Die Schaufel abmontiert und stattdessen einen Arm mit einem Haken angebracht. Der hievt jetzt das Gartenhaus hoch. Gefunden haben sie bisher aber wohl noch nichts…"

„Ich muss Schluss machen, Susanne, werde allerdings versuchen, im Büro freizubekommen. Die Polizei wird uns sicher ebenfalls befragen wollen. Obwohl wir fast nichts wissen. Doch dann möchte ich auch gern daheim sein."

Susanne legte den Hörer auf und ging auf die Terrasse, um den Arbeitern weiter zuzusehen.

Jetzt schwenkte der Baggerfahrer mit seinem Ausleger langsam die Hütte zur Seite; alle standen mit aufgerissenen Mündern da! Ein riesiges Loch, so groß wie der Grundriss des Gartenhauses, tat sich vor ihnen auf. Susanne erinnerte sich an das Gespräch mit Carsten, als die Nachbarn über Nacht, beziehungsweise an einem Wochenende, am ganzen Zaun entlang einen Erdwall aufschütten ließen und sie sich wunderten, wo denn die Erde herkam. Beide hatten keinen LKW gesehen, der etwas anlieferte. In dem Loch schien auf den ersten Blick nichts feststellbar; Susanne sah, wie ein Beamter auf die wieder aufgesteckte Schaufel des Baggers kletterte und sich in die Grube absenken ließ.

Carsten hatte frei bekommen und gesellte sich zu den vielen Neugierigen, die rings um das Grundstück herumstanden. Gerade sah er, wie der Beamte das letzte Stück von der Baggerschaufel in die Grube hüpfte. Dort, wo er landete, spritzte die Erde etwas zur Seite und eine weiße Plastikplane lugte aus dem Erdreich. Er rief seinem *überirdischen* Kollegen etwas zu; daraufhin reichte man ihm eine Schaufel, mit der er die restliche Erde vorsichtig zur Seite kratzte. Und die Zuschauer staunten zum zweiten Mal nicht schlecht! Drei sauber nebeneinander liegende weiße Pakete kamen jetzt zum Vorschein!

Carsten drehte sich um und ging endlich ins Haus; nicht, ohne sein geliebtes Fahrrad vorher in die Garage zu stellen.

Dieses Geschehnis stellte natürlich das Thema für den Abend zwischen Susanne und Carsten dar. Wie von ihm vermutet, tauchte die Polizei auch bei ihnen auf um zu fragen, was ihnen alles aufgefallen sei. Ebenso erhielten sie die Aufforderung, sich am kommenden Tag im Polizeirevier einzufinden, um in Begleitung der Polizisten sich die drei Leichen in der Pathologie anzuschauen. Sie sollten eventuell bezeugen, dass die Toten die Besucher der beiden unbekannt verzogenen Damen gewesen seien und diese identifizieren.

Als die Beamten das Haus wieder verlassen hatten, meinte Susanne: „Wo mögen die bloß die Autos gelassen haben…?"

„Vielleicht haben die das ganz raffiniert angestellt und verfügen über ordentliche Papiere. Dann lassen sich solche Fahrzeuge leicht verkaufen", sinnierte Carsten vor sich hin.

„Das ist natürlich auch eine Art, sich seinen Unterhalt zu verdienen. Man lacht sich reiche, allein stehende Männer an, erleichtert sie um ihr Vermögen und bringt sie dann um die Ecke. Vielmehr in die Grube. *Arsen und Spitzenhäubchen* lassen grüßen!"

„Na, ich weiß nicht – immer auf der Flucht; wenn es entdeckt wird… Wäre das was für dich?", fragte er zurück.

„Nun, eines ist doch klar. Bei uns gibt es keine Todesstrafe mehr und im Knast brauchen sie sich um nichts zu kümmern. Kosten für Miete und Essen werden auch noch von den Steuerzahlern übernommen… Keine Steuererklärung, keine Kosten für Arzt und Medikamente", schob Susanne noch hinterher.

*

54

Am nächsten Morgen fuhren beide in die Pathologie, um die drei gefundenen Leichen anzusehen. Sie waren noch recht gut erhalten, trotzdem schüttelte sich Susanne bei deren Anblick. Es waren einwandfrei die Besucher ihrer ehemaligen Nachbarinnen.

Da man keinerlei Papiere bei den Toten fand, ihre Mörderinnen mussten sie vernichtet haben, erschienen am Tag darauf in der Zeitung drei Fotos mit der Überschrift: *Wer kennt diese Personen?* Sachdienliche Hinweise an die Polizei Leverkusen, Köln oder jede andere Dienststelle.

Als die polizeilichen Ermittlungen vor Ort beendet waren, ließ der Makler einen LKW mit Kies anliefern und die Grube neu verfüllen. Anschließend kam das Gartenhäuschen wieder an seinen Platz. Weitere acht Wochen später wurde das Haus verkauft; ein Ehepaar mit zwei kleinen Kindern zog dort ein.

Anhand der veröffentlichten Fotos konnten die drei männlichen Leichen einwandfrei identifiziert werden. Auch die beiden Frauen wurden nach einer europaweiten Fahndung gefunden. Sie hatten sich nach Spanien abgesetzt. Die spanische Polizei überraschte sie auf einer einsamen Finca im trauten Beisammensein mit zwei gut aussehenden Herren. Hatten die ein Glück, sie landeten nicht in spanischer Erde.

Nachdem die Auslieferungsanträge perfekt waren, wurden Elke und Vita Dünn, sie hießen tatsächlich so, nach Deutschland überstellt. Zweimal lebenslänglich lauteten die Urteile. Sie hatten, wie von Carsten und Susanne vermutet, den Männern ihre Güter abspenstig gemacht und ihnen Pflanzengift in hoher Dosis ins Essen gemischt.

Verbrechen lohnen sich nicht; alle werden irgendwann zur Rechenschaft gezogen. Mord verjährt nicht…

\*

## Vier Leichen… und keiner war's!

Seit Jahren war es wieder das erste Mal; über Karneval sollte er dienstfrei haben. Die Personaldecke wurde immer dünner und so dauerte es entsprechend lange, bis jeder Kollege mal in solchen Genuss kam.

Egal, auf welcher Seite des *lustigen Treibens* man stand. Ob als Mitfeiernder oder, und das soll sogar im Rheinland vorkommen, als Abstand haltender und in dieser Zeit Erholung suchender. Die Dienst habenden Beamten hatten in der Zeit des *organisierten Frohsinns* alle Hände voll zu tun, um sowohl die Jecken als auch den anderen Teil der Bevölkerung vor sich selbst und voreinander zu schützen. Im Vorfeld wurde, wie jedes Jahr, mit Aufrufen und Plakaten darauf hingewiesen, entweder zu Fuß anzureisen oder die öffentlichen Verkehrsmittel zu benutzen. *Hoffen wir mal, dass es ruhig bleibt*, dachte Hauptkommissar Hans Schmalz, während er seinen Schreibtisch aufräumte.

Die Geschichte *Unbekannter Toter aus dem Rhein* vom Anfang der Woche, konnte warten. Diesen armen Kerl störte das nicht mehr; der hatte jetzt alle Zeit der Welt!

Am späten Nachmittag: Übergabe vorliegender Unterlagen an seinen Vertreter, Wachtmeister Julius Holler. Mit den Worten, er möge aufpassen und sich nicht die Krawatte abschneiden lassen, verabschiedete Schmalz sich für eine Woche von seinen Kollegen.

Er war noch nicht lange zur Tür hinaus, als zum ersten Mal das Telefon klingelte. Holler nahm den Hörer ab: „Ja – bitte?"

„Gerd Günther ist mein Name; ist Hauptkommissar Schmalz zu sprechen?"

„Einen Augenblick bitte", legte der Wachtmeister den Telefonhörer auf den Schreibtisch und spurtete zum Fenster, das auf den Parkplatz hinausging. Dort sah er gerade noch die Rückleuchten von Schmalz' Auto; dieser bog um die Ecke und verschwand.

Ein bisschen aus der Puste fragte er kurz darauf in den Hörer: „Sind Sie noch da? Hautkommissar Schmalz ist nicht mehr zu erreichen. Er hat dienstfrei. Um was geht es denn?"

„Nun – ich stehe hier mit meiner Frau an der Anlegestelle in Hitdorf und ich glaube, da liegt ein Toter im Wasser."

„Glauben Sie das nur oder sind Sie sicher, dass da wirklich ein Mensch im Wasser liegt?" fragte Holler nach.

„So ganz genau kann ich es nicht erkennen; aber... der Mensch, vermutlich ein Mann, muss mit dem Bauch im Wasser liegen. Ich sehe einen Overall mit Kapuze und drum herum hat sich bereits so mancherlei Unrat angesammelt."

„Okay, Herr Günther, bleiben Sie bitte vor Ort. Ich schicke sofort einen Streifenwagen raus", versprach er dem aufgeregten Anrufer und legte auf.

*Komisch*, dachte Holler, *am Montag eine Leiche im Rhein und heute schon wieder. Und, wie könnte das anders sein (!) ausgerechnet ich habe Dienst.*

Mit einem tiefen Seufzer griff er zur Tastatur seiner Sprechanlage und beorderte einen Wagen nach Hitdorf.

*

Das gemischte Duo, Wachtmeister Ruber und die Kollegin Henrick, waren auserkoren, diesen Fall zu übernehmen. Auf der Anfahrt zum Ort des Geschehens telefonierte Heike Henrick bereits mit einem Bestatter, da sie ganz einfach davon überzeugt war, dass es sich bei dem noch zu sichtenden Fund, tatsächlich um eine Leiche handeln würde. Der Bestatter kam fast zur gleichen Zeit mit ihnen am Rheinufer an. Es war ziemlich kalt an diesem Abend und trotzdem stand ein Haufen Neugieriger herum. Die beiden Beamten mussten sich erst einmal Platz verschaffen, um ans Ufer zu gelangen. Nachdem die Leiche – es war definitiv eine – aus dem

Wasser geborgen war, stellte der ebenfalls anwesende Polizeiarzt, den Tod fest.

Die Beamten durchsuchten die männliche Person nach Papieren, wurden aber nicht fündig. Mit ein paar Fotos vom Fundort und der Person, sowie einer Befragung der Eheleute Günther, die den Toten meldeten und dem Abtransport der Leiche zur Gerichtsmedizin endete diese Aktion vorläufig.

Zurück zur Wache; das Protokoll schreiben. Den Obduktionsbericht würde man hinzufügen, sobald er in den nächsten Tagen vorlag. Die Tinte der Unterschrift war noch nicht trocken, da mussten sie bereits zum nächsten Einsatz spurten. In einem Haus in der Bahnhofstraße hatten ein paar alkoholisierte Hitzköpfe die Feier des Weiberfastnachttages vorverlegt und waren sich in die Haare geaten. Es hörte sich an, als würde dort sogar geschossen – meldeten einige Nachbarn.

\*

Silke und Udo freuten sich über ein Erfolgserlebnis. Beim Mittwochslotto wurden fünf der von ihnen getippten Zahlen gezogen! Daraufhin beschlossen die zwei, einen Kölnbummel zu machen. Mit dem Zug fuhren sie bis zum Hauptbahnhof, schlenderten über die Hohe Straße und die Schildergasse, bis zur Malzmühle, zurück über den Alter Markt, nicht ohne ins *Gaffel* reinzuschauen. Letzte Station war das traditionelle Brauhaus Früh. Da stärkten sie sich mit einem *halven Hahn* (einem Roggenbrötchen mit Käse) und einem Tatarbrötchen. Natürlich durften auch ein paar Kölsch nicht fehlen.

Kurz vor Mitternacht erwischten sie noch einen Regionalzug, der auch in Opladen hielt. Ihr Zug hatte wohl noch kein grünes Signal zur Weiterfahrt; jedenfalls blieb er mitten auf der Brücke stehen. Beide schauten interessiert aus dem Fenster; das beleuchtete Panorama vom Dom und der Altstadt war immer wieder faszinierend.

„Guck mal, Silke, die Drei da drüben – der in der Mitte hat aber geladen. Seine Begleiter haben Mühe, ihn auf den Beinen zu halten."

Als Silke in der Dunkelheit endlich die Menschen, dank ihrer reflektierenden Jacken ausgemacht hatte, fragte sie Udo, der sich wieder in seinen Sitz zurück gelehnt hatte: „Wieso drei? Ich sehe nur zwei Personen."

Jetzt fuhr der Zug an und sie fuhren an den Fußgängern vorbei.

„Tatsächlich! Ich erkenne den einen an der gelben Pudelmütze wieder. Nur – wo, bitteschön, ist der Dritte?"

„Na, vielleicht ist er zurück gegangen; hatte wohl wieder Durst bekommen…"

Dann vergaßen sie das absonderliche Ereignis. Der etwas zu laut eingestellte Walkman eines Mitreisenden, scheinbar schon hörgeschädigt, ließ sie aufmerksam werden. Beinahe wären sie in Opladen durchgefahren; wie es schien, war ein Bierchen zuviel, was sie müde werden ließ. Zum Glück kam der Schaffner, Fahrkartenkontrolle. „Normalerweise kann man hier ohne Fahrkarte fahren", bemerkte Udo, „es begegnet einem sowieso kein Kontrolleur, doch heute hatten wir beide Glück…"

„Wieso?" guckte Silke fragend.

„Nun, dass wir mal einen Kontrolleur sehen und er, dass er uns mit gültiger Fahrtkarte sieht."

Silke zeigte ihm durch mehrmaliges Tippen an die Stirn, was sie von dieser Bemerkung hielt.

*

Hans Schmalz saß mit seiner Frau Isabell, am Kaffeetisch. Über soviel Zeit verfügten sie sonst nicht. So genossen sie heute die frischen Brötchen, jeder ein Ei. sowie eine Tasse Kaffee mehr als üblich. Während Isabell nach dem Frühstück den übrigen Aufschnitt in den Kühlschrank räumte, schaute Hans in die Tageszeitung. Die strotzte heute mit Bildern närrischer Weiber; der Redakteur hatte sogar in einer Fotomontage viele bunte Luftballons an die Domspitzen gehängt. Im Leverkusener Lokalteil las er dann allerdings einen Artikel, der ihn stutzen ließ. *Schon die dritte männliche Leiche aus dem Rhein geborgen; diesmal in Höhe des Geländes der ehemaligen Landesgartenschau. Sie hatte sich an dem neuen Anleger verfangen. Nach den ersten Untersuchungen wurden dreikommaeins Promille, aber keine äußeren Einwirkungen von Gewalt festgestellt.* Er las den Artikel zu Ende und sagte laut: „Irgendetwas stimmt da nicht…"

„Wo stimmt was nicht?" fragte Isabell zurück und drehte sich zu ihm um.

Hans las seiner Frau die Passage laut vor.

„Was soll daran komisch sein?" entgegnete sie. „Der war vermutlich so stockbetrunken, dass er ins Wasser gefallen ist."

„Ja, aber das ist jetzt schon der Dritte in der letzten Woche. Alle hatten etwas mehr oder weniger Alkohol konsumiert; doch da geht man nicht freiwillig ins Wasser. Wenn ich wieder im Dienst bin, werde ich mal die Vermisstenabteilung aufsuchen. Vielleicht hilft es uns, wenn man die Strömung des Rheins bedenkt: Die Personen müssen ja nicht unbedingt aus unserer Gegend sein. Ein weiterer, mysteriöser Punkt ist, dass keiner der Gefundenen irgendwelche Papiere bei sich hatte." Hans legte die Zeitung zusammen und dachte: *jetzt habe ich erst einmal ein paar Tage dienstfrei.* Der Artikel wurde gedanklich ad acta gelegt; sie wollten bei dem schönen Wetter noch einen Spaziergang machen und hatten sich eine Runde um die Diepental-Teiche ausgesucht. Den weiteren Tag verbrachten sie mit Vorbereitungen; am Abend sollte es auf eine Sitzung gehen, ausgerichtet von der Landespolizei. In den *guten Stuben der Stadt Köln*; also im Gürzenich. Na, das hatten sie sich wohl was kosten lassen.

Heute war nun Karnevalssamstag. Die Session schunkelte ihrem Höhepunkt entgegen. Musik erklang aus jeder Gaststätte. Mal laut mit viel Gegröle, mal etwas reservierter – je nach Publikumsniveau und Höhe des Alkoholspiegels. Auch im Alten Wartesaal am Deutzer Bahnhof war kein Stuhl mehr frei. Obwohl die Preise teilweise nicht mehr den normalen Gegebenheiten entsprachen, kamen die Köbesse kaum noch nach, die Gäste mit dem nötigen Nass zu versorgen. „Du hast aber auch drei ganz besondere Schluckspechte an dem einen Tisch", meinte Köbes Franz zu seinem Kollegen.

„Ja, ja", entgegnete dieser, „einer von den Dreien bezahlt und hat extra einen Block auf dem Tisch liegen, auf dem alles notiert wird. Die haben schon exzellent gegessen und, außer den vielen Kölsch, kommt jede halbe Stunde eine Flasche Sekt auf den Tisch!"

„Möglicherweise gibt es was ganz Besonderes zu feiern?", meinte Franz mit unverkennbarer Skepsis in der Stimme…

„Keine Ahnung; ich habe sie nicht gefragt. Für mich ist wichtig, dass am Ende die Rechnung bezahlt wird."

„Eben!"

Gegen dreiundzwanzig Uhr war das Kölner Dreigestirn angekündigt. Ungefähr zwanzig Minuten vorher, bedienten die Köbesse noch einmal alle Gäste, da sie wussten, es würde später nicht mehr möglich sein, zu ihnen durchzudringen. Von weitem hörte man bereits die Kapelle; vorweg die *dicke Trumm*. Die Tür öffnete sich und das staatse (imposante) Dreigestirn betrat mit einem Teil des Gefolges die Gaststätte. Die Gäste standen auf und applaudierten. Die Karnevalisten verteilten sich zwischen den Tischen und warfen den Damen *Strüsscher* zu. (Für Uneingeweihte: Strüsscher sind kleine Blumensträußchen.)

Eine halbe Stunde später war der ganze Spuk vorbei.

Als die Bedienung ihre Arbeit wieder aufnahm und auch Köbes Willli seinen besonderen Tisch aufsuchte, um zu fragen, was gewünscht würde, blieb er wie vom Donner gerührt und mit offenem

Mund stehen! An besagtem Tisch saßen statt der drei Zecher nun zwei Pärchen. „Was machen Sie denn hier an diesem Tisch; der ist von drei Herren besetzt...!"

„Wieso besetzt?" meldete sich eine der Damen, „wir standen den ganzen Abend an der Theke, und nachdem der Prinz mit seinem Gefolge verschwunden war, stand der Tisch leer. Nachdem zehn Minuten lang immer noch niemand hier Platz genommen hatte, gingen wir davon aus, dass die Herrschaften gegangen seien."

„Herrschaften?! Die sind abgehauen ohne zu bezahlen. Jetzt habe ich den ganzen Abend umsonst gearbeitet. So eine Schweinerei – und das muss mir passieren!" Er ging zurück zur Theke und verständigte seinen Chef, der die Polizei informierte. Köbes Willi bat unterdessen die Gäste, die in der Nähe des Tisches saßen und eine eventuelle Beschreibung der Täter abgeben könnten, bis zum Eintreffen der Polizei vor Ort zu bleiben.

*

Isabell und Hans Schmalz fuhren mit dem Zug bis Köln Hauptbahnhof; den Rest des Weges wollten sie zu Fuß zurücklegen und in der Nacht mit einem Taxi heimfahren. Mit einem befreundeten Unternehmen aus Opladen hatten sie eine Zeit ausgemacht, zu der sie abgeholt werden wollten. Sie wussten, dass in der Session in Köln höchstens nach langem (zu langem!) Warten ein Taxi zu bekommen war. Im Gegensatz zu den sonst öfter dienstlich angeordneten Abenden gestaltete sich dieser sehr nett. Zwischen den einzelnen Darbietungen wurde natürlich, trotz Karneval, mit anderen Kollegen gefachsimpelt.

In welcher Dienststelle gab es momentan besonders spektakuläre Fälle, woran arbeitete man selber gerade und so weiter.

In der Pause der Veranstaltung vertraten sich einige Besucher ein wenig die Beine, andere mussten draußen die dringend benötigte

Zigarette rauchen, als Hans Schmalz zufällig den Kölner Polizeiinspektor traf.

Nach dem *wie geht's und was macht die Familie,* berichtete der Leverkusener seinem Kölner Kollegen von den drei spektakulären Todesfällen aus dem Rhein und auch von der Vermutung, die Personen könnten aus dem hiesigen Bereich stammen. „Mir ist von diesen Fällen noch nichts bekannt, doch ich werde mich erkundigen und Ihnen am Mittwoch, wenn Sie wieder im Dienst sind, Mitteilung machen lassen."

Sie unterhielten sich noch über dies und das bis das Zeichen, die Veranstaltung würde ihren Fortgang nehmen, ertönte.

Mit dem vorbestellten Taxi klappte es wunderbar und Schmalzens lagen morgens gegen drei in ihren Betten. „Da musst du aber den Herrn aus der Taxizentrale morgen früh…, ich meinte natürlich heute (!), unbedingt anrufen und dich bedanken." Das waren Isabells letzte Worte, bevor regelmäßige Atemzüge davon kündeten, dass sie tief und fest schlief.

*

Als Hauptkommissar Schmalz am Aschermittwoch wieder im Büro erschien, strahlte seine Vertretung, Wachtmeister Holler, ihn an. „Bevor Sie irgendetwas fragen… auf Ihrem Schreibtisch liegt, nach Sachgebieten und Wichtigkeit, alles geordnet und ich bin froh, dass Sie wieder da sind, Herr Hauptkommissar. Es war eine turbulente Woche und macht doch einen gewaltigen Unterschied, ob man dem Kommissariat angehört, oder man die Verantwortung für den Laden trägt."

Der Hauptkommissar konnte sich ein Lächeln nicht verkneifen; dankte seinem Kollegen und machte sich über die aufgelaufenen Akten und Schriftstücke her. Ganz obenauf lag eine neue Akte. Am Rosenmontag wurde in Höhe der Wassersportanlage Stammheim erneut eine leblose Person im Wasser des Rheins gefunden. Zirka dreißig Jahre alt; Todeszeit etwa Samstag zwischen Mitternacht und vier Uhr in der Früh. Keine weiteren Anhaltspunkte, bis auf einen Zettel mit nicht zu entziffernden Hieroglyphen, wahrscheinlich durch Wasser unleserlich geworden. Als zweites lag ein Schreiben der Polizeibehörde aus Köln vor:

*Lieber Kollege Schmalz, zurück kommend auf unser kurzes Gespräch am letzten Freitag teile ich Ihnen mit, dass die drei Todesfälle aus dem Rhein bearbeitet werden. Weitere gesicherte Erkenntnisse liegen bislang noch nicht vor.*
*Mit freundlichen Grüßen Polizeiinspektor Howarth.*

Schmalz griff zum Telefonhörer. Am anderen Ende antwortete WM Holler, den er fragte: „Wieso liegt eigentlich die Akte dieses vierten *Rheintoten* auf *meinem* Tisch – der wurde doch auf Kölner Gebiet gefunden?"

„Das ist die Kopie, die uns die Kollegen überlassen haben, weil die Vermutung nahe liegt, dass diese vier Fälle möglicherweise zusammenhängen und wir informiert sein sollen", antwortete Holler.

„Es könnte ja sein, dass unsere Abteilung in den anderen Fällen weiterkommt; dann sollte man sich austauschen."

Nachdenklich legte Schmalz den Hörer zurück auf die Gabel. *Was haben die Toten nur gemeinsam?* Sinnierte er.

*

Als Uwe und Christian am Freitag nach Karneval ihre Stammkneipe besuchten, um mit den Kumpels Darts zu spielen, wurden sie gleich bedrängt. „Wo wart Ihr die ganzen Tage? Habt Euch überhaupt nicht sehen lassen, obwohl wir am Veilchen-Dienstag verabredet waren…"

„Wir mussten auch mal ausschlafen, wir waren die ganzen Karnevalstage unterwegs."

„Wieso unterwegs? Ich denke, Ihr habt kein Geld?" fragte Willi, der Sprecher der Kumpels und grinste.

„Na ja – wir sind so herum gezogen. Einer fand sich immer, der für uns bezahlt hat", antwortete Uwe und bestellte beim Wirt eine Runde. „Damit Ihr endlich die Klappe haltet", knurrte er missmutig, „los lasst uns anfangen…"

„Ich kann heute Abend sowieso nicht so lange bleiben; ich muss morgen einem Freund beim Umzug helfen", bemerkte Christian.

Der Umzug nahm den ganzen Samstag in Anspruch. Sein Freund hatte sich wohl verschätzt und sie mussten die Fahrt in die Eifel zweimal machen. Weil es aber spät wurde, überredete ihn sein Freund, bei ihm zu schlafen. „Wir gehen noch um die Ecke ein Bier trinken; morgen früh bringe ich den Wagen weg und nehme dich mit."

„Okay", sagte Christian, „auf ein Bier gehe ich noch mit, doch dann setze ich mich in die Bahn und fahre heim. Den letzten Zug werde ich wohl noch bekommen. Ich schlafe halt lieber in meinem eigenen Bett", fügte er hinzu.

Kurz nach dreiundzwanzig Uhr fuhr der Zug von Bad Münstereifel ab. Außer einem älteren Ehepaar auf dem Bahnsteig war es menschenleer. Auch im Zug befanden sich kaum Fahrgäste und das mit ihm ins gleiche Abteil eingestiegene Paar guckte ihn die Fahrt über ziemlich komisch von der Seite an. *Was wollen die, habe ich irgendetwas an mir,* dachte Christian und verzog sich nach dem nächsten Halt in einen anderen Waggon.

„Der Bursche kommt mir irgendwie bekannt vor", sagte Herr Schimmel zu seiner Frau.

„Ich glaube auch, ihn schon einmal gesehen zu haben. Vielleicht ein Doppelgänger?" erwiderte sie. Als die Herrschaften dann in

Leverkusen Mitte ausstiegen, erblickten sie ihn noch mal. Christian hatte die beiden ebenfalls gesehen, drehte schnell ab und ging in entgegengesetzter Richtung davon. Erst als die Eheleute im Bus nach Opladen saßen, bemerkte er plötzlich: „Ich hab's!"

„Was hast du…?"

„Na, der Mann im Zug, der auch in Mitte ausgestiegen ist; das war einer der drei Männer, die am Karnevalssamstag in Köln am Tisch gegenüber gesessen haben. Die Zechpreller. Deretwegen mussten wir hocken bleiben, bis die Polizei endlich kam…!"

„Das kann sein", nickte seine Frau. „Und jetzt?"

„Ich werde diese Beobachtung am Montag der Polizei melden. Vielleicht können die nach meinen Angaben eine Zeichnung anfertigen."

*

Acht Tage später. HK Schmalz betrat wie immer morgens pünktlich sein Büro und schmiss den Computer an. Da lächelte ihm die fett gedruckte Schriftzeile entgegen: *Sie haben Post.*

Schmalz hängte erst einmal in aller Ruhe seinen Mantel in den Spind, meldete sich bei seiner Abteilung zurück, so dass die Kollegen wussten, er war wieder da und setzte sich dann an den PC. Eine E-Mail aus Köln begann mit: Mein lieber Kollege…! *Oha! Meistens ist das schon verdächtig*, murmelte er halblaut. Weiter ging es: Herzlichen Dank für die mir persönlich zugesandten Unterlagen: Nach einer Aussage und anderen Angaben des Bürgers Egon Schimmel entstand ein entsprechendes Phantombild, das wir – nach Vorlage bei den Bediensteten im Alten Wartesaal des Deutzer Bahnhofes – einer Zellprellerei zuordnen konnten. Der Beschuldigte muss noch weitere Begleiter gehabt haben; sie sollen zu dritt gewesen sein. Nach Aussagen der Kellner hatte einer der Drei die ganze Zeche auf einem weißen Zettel, zirka zehnmal fünfzehn Zentimeter groß, notiert. Einen ähnlichen Zettel fanden die

Kollegen bei dem letzten Toten, der am Stammheimer Ufer angeschwemmt wurde. Die durch das Wasser unleserlich gewordenen Hieroglyphen könnten also Zahlen gewesen sein. Außerdem gibt es noch einen Anhaltspunkt: alle aufgefundenen Toten gehörten der Schwulenszene* an. Deshalb machte wohl auch kein Angehöriger eine Vermisstenmeldung. *Ich wäre Ihnen überaus verbunden, wenn Sie uns ein Fahndungsergebnis bezüglich der fehlenden beiden Typen übermitteln könnte;* damit endete die E-Mail. *Siehste*, dachte Schmalz, *zu große Freundlichkeit hat immer einen Haken.* Dann ließ der Hauptkommissar ein paar Abzüge des Fahndungsfotos er-stellen, um es an alle Polizeibeamten im Einsatz zu verteilen.

*(\*Damals war die Offenlegung sexueller Orientierungen in der Gesellschaft keineswegs ein selbstverständliches Thema)*

*

Als Uwe an diesem Abend von seiner Schicht nach Hause kam, war die Wohnung dunkel. „Nanu, sonst ist Christian doch immer vor mir zu Hause", murmelte er leise. In dem Wohnhochhaus in Manfort hatten sie eine Wohnung mit den Fenstern zur Straße; so konnte man immer schon das Licht sehen, wenn der Eine oder Andere am Abend daheim war. Sie hatten sich seinerzeit bewusst um eine Wohnung in einem Hochhaus bemüht; die Bewohner grüßten, wenn man sie im Treppenhaus oder im Aufzug traf, doch sonst bekümmerte sich keiner um den anderen und sie wurden auch in ihrer Beziehung in Ruhe gelassen.
Uwe schloss die Wohnungstür auf und machte Licht in der Diele. Die Garderobe war leer. Er ging weiter in die Küche und da sah er ihn auf dem Tisch liegen… Einen DIN A-4 großen Zettel, dessen Wortlaut offensichtlich mit zitternder Hand und in großer Eile geschrieben wurde. In Großbuchstaben stand dort zu lesen:

*Entschuldige, ich musste plötzlich verreisen – melde mich!* Was hat das wohl zu bedeuten, überlegte Uwe. Heute Morgen war er noch völlig normal, keine Andeutung! Er ging ins Wohnzimmer. Das sah aus wie immer. Im Schlafzimmer sah er in den Kleiderschrank; ein paar Sachen fehlten. Er hängte das Bild über den Betten ab. Ein eingebauter Tresor kam zum Vorschein. Uwe knöpfte sein Hemd auf und nahm den Schlüssel, den er immer um den Hals trug, um aufzuschließen. Als er die Zahlenkombination eingestellt und danach die Tür geöffnet hatte, bekam er fast einen Schlag! Ausgeräumt! Lediglich ein goldenes Feuerzeug, sein persönliches Eigentum, lag als einziger Gegenstand noch darin. *Du elender Schweinehund! Alles haben wir zusammen gemacht und jetzt... das! Na warte, mein Lieber! Das werde ich dir heimzahlen.* Während er finstere Gedanken hegte und den Tresor wieder schloss, klingelte es. Über die Gegensprechanlage informierte er sich zunächst, wer da sei. „Hier ist die Polizei. Wir möchten zu Herrn Christian Lunge; der wohnt doch hier ...?"

„Normalerweise ja, doch der ist mit unbekanntem Ziel verreist", antwortete er.

„Dürfen wir trotzdem mal raufkommen?" fragten die Beamten.

„Nein zu sagen, hat wohl keinen Sinn", schnappte Uwe zurück und betätigte den Türöffner.


\*


Hans Schmalz griff zum Telefonhörer und wählte die Nummer des Polizeiinspektors von Köln. Nach einigem Warten meldete sich eine anonyme Stimme mit: „Ja bitte?"

„Hier Schmalz an der Strippe. Wir haben hier – polizeilich registriert – einen Uwe Hund, der mit dem gesuchten Christian Lunge zusammen wohnt. Wenn Sie Interesse an der Teilnahme des Verhörs haben, schicken Sie bitte jemanden vorbei. Wir warten dann solange."

„Jaaa … aber wieso haben Sie den Zweiten nicht? Der ist doch wohl der Maßgebende?"

„Laut Aussage von Uwe Hund ist der Kumpel mit unbekanntem Ziel verschwunden. Ach ja, übrigens… beide Personen sind der *Szene* zuzurechnen."

„Ich schicke sofort zwei Leute zu Ihnen." Mit diesen Worten legte der Polizeiinspektor auf.

Eine halbe Stunde später waren die beiden angekündigten Beamten zur Stelle. *Entweder sind die, verbotenerweise, mit Blaulicht gefahren oder geflogen,* dachte Schmalz als er sie begrüßte.

„Dann wollen wir mal" ging er mit den beiden Kollegen in den Nebenraum, in dem Holler bereits aufpasste, dass Uwe Hund keine Dummheiten machte.

Das Verhör dauerte bis tief in die Nacht. Zunächst ging es um seinen *Partner*, der ihn verlassen und vor allen Dingen: bestohlen hatte. Dann versuchte er zu leugnen, bei der Sauftour am Karnevalssamstag in Deutz dabei gewesen zu sein. Doch gegen vier Beamte, die immer abwechselnd neue Fragen stellten, hatte er keine Chance. Mit dem Tod eines Mannes habe er nichts zu tun, beteuerte Uwe Hund immer wieder. Sie hätten alle getrunken als Christian auf der Eisenbahnbrücke den Mann hoch hob und über das Geländer in den Rhein warf!

Einer der Kölner Beamten fragte unvermittelt: „…und von den drei anderen Toten, die im Rhein gefunden wurden, wissen Sie vermutlich auch nichts."

„Sie wollen mir wohl alles, was tot im Rhein gefunden wurde, anhängen?" fragte Uwe. „Ich sagte bereits, bei dem von der Eisenbahnbrücke war ich dabei; aber getan habe ich es nicht. Als wir in Deutz von der Bildfläche verschwanden, wollte Christian den Kerl unbedingt mit zu uns nach Hause nehmen. Ich wollte das nicht und war schon ein Stück weiter gegangen als ich den Schrei hörte.

Vielleicht haben sie gestritten. Christian war nach reichlichem Genuss von Alkohol manchmal etwas jähzornig."
Nachdem das Protokoll aufgenommen war, brachte ihn ein Beamter im Streifenwagen zurück nach Hause. Uwe hatte einen festen Wohnsitz. Eine Gefahr, dass er bei Nacht und Nebel verschwinden würde, bestand angeblich nicht. Die Polizei musste ihn entlassen.
Hundemüde, trotz etlicher Tassen Kaffee, verabschiedeten sich die beiden Kölner, auch Schmalz und Holler sagten Gute Nacht.

*

Am nächsten Morgen wurde Christian Lunge mit Bild und Personenbeschreibung zur Fahndung ausgehängt. Währenddessen saß Uwe allein in der Wohnung und traute sich kaum noch vor die Tür. Nicht mal zum Darts spielen mit seinen Kumpels ging er. Er hatte es satt, immer nach Christian gefragt zu werden. Ärgerlich genug, dass er seinetwegen die Stadt nicht verlassen durfte…
Uwe lag bereits im Bett, als das Telefon läutete. Eigentlich wollte er liegen bleiben; *ich hab doch einen Blechbutler*, dachte er. Doch dann überlegte er sich das, sprang aus dem Bett und rannte blitzartig ins Wohnzimmer. Im letzten Moment, schien es, nahm er den Hörer ab. „Ich wollte gerade wieder auflegen", kam es vom anderen Ende.
„Mensch Christian! Du mieser Lump! Beklaust mich, haust einfach ab und ich sitze jetzt hier und hab' die Bullen auf dem Hals. Wo bist du?"
„Das verrate ich, wenn du genau das tust, was ich sage. Erstens gehst du zu meiner Arbeitsstelle und versuchst, mein letztes Gehalt loszueisen."
„Wie, bitteschön, soll ich das denn machen?" kam es prompt.
„Dank deines hervorragenden Verhaltens darf ich nämlich, erstens, die Stadt nicht verlassen und zweitens: glaubst du wirklich, die Po-

lizei wäre noch nicht bei deinem Chef gewesen? Halt' die doch nicht für blöder als dich…!" gab Uwe zur Antwort.

„Da hast du vielleicht Recht", bemerkte Christian. „Also gut, ich lasse dir durch einen guten Kumpel einen Brief zukommen. Darin steht alles was du wissen musst. Ich muss auflegen." Es knackte und die Leitung war tot.

Noch bevor der angekündigte Brief bei Uwe eintraf, stand die Polizei wieder vor seiner Tür. Dieses Mal wurde nicht lange gefragt; die Beamten hielten ihm eine schriftliche Vorladung unter die Nase und nahmen ihn mit. Auf der Wache angekommen, begegnete Uwe zunächst Hauptkommissar Schmalz. Beim ersten Mal war er relativ freundlich, doch jetzt war er kürzer als kurz angebunden als er den Gruß erwiderte.

„Setzen Sie sich", wies er Uwe an und hob eine Kopie des letzten Protokolls von seinem Schreibtisch auf. Mit unbeweglicher Miene sah er Uwe an: „Herr Hund, Sie sagten bei der ersten Vernehmung aus, an der Zechprellerei beteiligt gewesen zu sein, jedoch mit dem Tod des *Dritten* hätten sie nichts zu tun gehabt."

„Jawohl, das stimmt", entgegnete Uwe.

„Wie kommt es dann, dass Ihr *Schlafgenosse* Christian Lunge behauptet, Sie hätten sehr wohl mit angefasst; weil eben dieser Dritte sich sträubte, mit Ihnen zu Hause einen flotten Dreier zu machen."

„Dann lügt Christian. Außerdem habe ich ausgesagt, dass er mit unbekanntem Ziel verreist ist."

„So unbekannt nun auch wieder nicht", erwiderte Schmalz und stand auf. „Folgen sie mir bitte nach nebenan. Das Zimmer kennen Sie ja schon."

Als die Tür geöffnet wurde, sah Uwe zunächst auf einen Beamten und erst als sich die Tür schloss, schaute er nach rechts und verlor alle Farbe im Gesicht. Dort saß sein Partner Christian.

„Lügen haben kurze Beine", meinte Hauptkommissar Schmalz. „Wir hatten bei unserer gestrigen Begegnung schon so ein eigenartiges Gefühl und haben deshalb Ihr Telefon abhören lassen. Wie Sie feststellen, hat sich der Aufwand für uns gelohnt. So können wir den Kölner Arbeitskameraden helfen, wenigstens diesen Fall aufzuklären. Die beiden Kollegen von der Kölner Wache werden sicher gleich hier sein. Die dürfen sich dann mit Ihnen rumschlagen; ob das der einzige Fall von Euch Typen ist oder ob doch ein Zusammenhang mit den drei vorher aufgefundenen Leichen besteht.

Als die Kölner Beamten mit geöffneten Handschellen eintraten, wurden Uwe und Christian ziemlich blass um die Nase. Es machte zweimal klick und mit einem *Dankeschön für die Amtshilfe* verabschiedeten sich die Kollegen.

„Sie bekommen das bestimmt noch schriftlich; vielleicht gibt's ja auch einen Stern dazu", grinste der Sprecher.

Als die Polizisten mit den beiden Delinquenten in Köln ankamen, war es schon relativ spät. Man sperrte sie daher in eine Zelle – die Verhöre würden erst am anderen Morgen beginnen.

Doch auch bei den folgenden Vernehmungen blieben die Beiden bei ihren korrigierten Aussagen, dass sie diese Zeche nicht hätten zahlen brauchen, weil das der Dritte im Bunde erledigen wollte. Und, weil er anderweitig nicht mitmachen wollte, habe man ihn im Streit ins Wasser befördert. Für die weiteren, in Frage stehenden, Zeiten hatten sie Alibis, die jeder polizeilichen Überprüfung standhielten.

Es blieb den Beamten nichts weiter übrig, als Uwe Hund und Christian Lunge bis zum Prozess wieder auf freien Fuß zu setzen. Die Anklage lautete auf gemeinsam begangenen Totschlag in trunkenem Zustand. Ein guter Anwalt verteidigte die beiden vor Gericht mit *Erfolg!*

Ein Jahr auf Bewährung, hieß das Strafmaß. Sie waren mit einem blauen Auge (!) davon gekommen.

Übrigens: Hauptkommissar Schmalz bekam, stellvertretend für seine Abteilung, tatsächlich eine schriftliche Belobigung. Mit einem weiteren Stern, wie die Kollegen der Kölner Dienststelle seinerzeit bei ihrem Abschied bemerkten, wurde es nichts...

*

## Das glaub' ich nicht...

Es trifft sich der Rudi mit dem Klaus
Täglich vor dem Schützenhaus
Um gemeinsam zu trainieren
Ihre alt gewordenen Glieder

Bis zum Stadtwald ist's nicht weit
Die Wege sind zum Laufen breit
Doch als Läufer ist man nicht mehr allein
Man muss sich den Platz mit Radfahrern teilen

Dann gibt's noch die Spezies mit ihren Hunden
Die trotz Leinenzwang drehen frei ihre Runden
Ein komisches Gefühl stellt sich da ein
Hoffentlich beißt keiner grad' uns ins Bein

Zehn Minuten später bleiben sie freiwillig stehen
Was da auf sie zukommt, haben sie noch nie gesehen
An zwei Leinen führt ein Mann
Ein Rehkitz und 'nen Dobermann

Als Klaus und Rudi sich aufs Reh zu bewegen
Hat die Hundedame etwas dagegen
Sie fängt laut zu bellen an
Das Reh setzt sich auf seinen Hintern dann

Der Mann nun den Beiden es erklärt …
Als Amme hat die Hündin das Kitz genährt
Nun sieht dieses sie als Mutter an
Nur, dass es noch nicht richtig bellen kann!

# Der Dorfpolizist

Eigentlich wollte er Forstmann werden; die Liebe zur Natur und zu den Tieren bestimmte von Kindesbeinen an seine Interessen. Jonas wurde in einem kleinen Ort in der Lüneburger Heide geboren. Bereits als kleiner Junge kannte er alles, was in seiner Umgebung kreuchte und fleuchte. Seine Eltern, oder waren es sogar schon die Großeltern, bauten ein großes, Reet gedecktes Haus, betrieben darin eine Gaststätte und Fremdenzimmer. Früh lernte er, mit anzufassen, denn Personal war immer schon teuer. So sagte ihm der Vater. Richtig Spaß hatte ihm diese Arbeit nie gemacht, vor allem dann, wenn die Anderen feierten. Aber gerade zu solchen Gelegenheiten wurde jede Hand gebraucht.

Seine Schwester Ute hingegen ging den Eltern gern zur Hand. Sie hatte Freude an den Tätigkeiten in einem Gasthaus. In der Küche fragte sie den Koch Löcher in den Bauch: warum macht man das so oder so oder warum eben anders. Sie half auch beim Servieren aus und als sie älter wurde, steckte ihr so mancher Gast ein Trinkgeld zu. Für sie stand fest, dass sie den elterlichen Betrieb später übernehmen würde. Nachdem Ute die Schule abgeschlossen hatte, begann sie in der nächsten Stadt in einem Hotel die Lehre.

Jonas dagegen hatte es, zwar mit seinem Abitur in der Tasche, schon deshalb ungleich schwerer, weil er sich entscheiden musste. Zur Bundeswehr wollte er auf keinen Fall. Kriegspielen war nicht seine Welt; und darauf lief es schließlich hinaus, wenn man Soldat wurde.

Er entschloss sich, zur Polizei zu gehen. Sportlich war er und zu kurz geraten auch nicht. Nach eingehender Prüfung wurde er in der Polizeischule aufgenommen und brauchte nicht zum Bund.

Ob sich die Eltern etwas dabei dachten, als sie den jungen Koch einstellten? Ute bestand die Prüfung als Hotelfachfrau, kam wieder nach Hause und griff im Betrieb kräftig mit zu. Es war abzusehen, dass sie sich in den jungen Burschen, der die Küche schmiss, verliebte.

Jonas meinte, seitdem immer ein kleines Lächeln auf dem Gesicht von Vater und Mutter zu bemerken.

*

Die Zeit ging dahin. Ute heiratete tatsächlich ihren Koch und übernahm mit ihm gemeinsam den elterlichen Betrieb. Als das erste Kind geboren wurde, sprangen Oma und Opa natürlich noch ein – ansonsten ließen sie es ruhiger angehen und waren froh, nicht mehr Tag und Nacht arbeiten zu müssen. So ist das nämlich, wenn man selbstständig ist … *selbst ständig arbeiten!*

Auch Jonas bestand die Prüfung am Ende der Ausbildung und hatte danach Glück. Er wurde einem, kurz vor der Pensionierung stehenden, Beamten in der Nähe seines Heimatortes zugeteilt. Allzu dumm stellte er sich wohl nicht an; jedenfalls übertrug man ihm später die Leitung dieses kleinen Reviers.

In den kommenden Jahren wurde immer mehr gespart. Auch die Polizei blieb davon nicht verschont. Fünf kleinere Dienststellen löste man auf und Jonas war plötzlich für sechs Gemeinden zuständig. Dergleichen konnte allerdings nicht ohne Dienstfahrzeug bewältigt werden.

Im gleichen Maße zogen aus anderen Bundesländern Menschen in diese schöne Gegend.

Jonas hatte sich einen Dienstplan gemacht, den er von Woche zu Woche aktualisierte. Mal fing er in der einen, mal in der anderen Gemeinde mit seinem Rundgang an. Mit den jeweiligen Ortsvorstehern oder Bürgermeistern schloss er sich kurz, so dass ihm keine Begebenheit entging.

*

Jonas' Eltern waren im Frühjahr kurz hintereinander verstorben und er kam mit seiner Schwester überein, dass diese mit ihrer Familie, in den damals für die Eltern gebauten, Alterssitz ziehen würde. Im großen Haus, mit der Gaststube, den Fremdenzimmern und den Kegelbahnen, beanspruchte er für sich im ersten Stock ein Zimmer und die kleine Küche. Das reichte ihm und so blieb das Anwesen im Ganzen erhalten. Außerdem sei es sicher nicht verkehrt, wenn nachts jemand im Hause wäre. In der letzten Zeit gab es hier und da ein paar Gestalten, die nicht unbedingt an redliche Arbeit dachten. In einem Ort verschwand mal ein Fahrrad, im anderen wurden in der Nacht die Blumenkübel gestohlen. Einmal hatte man sogar versucht, in einen Bäckerladen einzubrechen. Doch da hatten die Täter Pech; anders als in den Städten, in denen zu bestimmten Zeiten Backverbot herrscht und deshalb am Morgen der fertige Teig angeliefert wird, wurde hier noch so manche Nacht gearbeitet. Daran hatten die zwei Ganoven wohl nicht gedacht, als sie durch ein Fenster an der Rückfront des Hauses einstiegen und sich bis zur Ladenkasse vorarbeiteten.

In dem Moment kam Bäckermeister Kirscher aus seiner Wohnung im ersten Stock. Da an der Vorderfront die Rollos herunter gelassen waren und von der Straße kein Licht in den Laden dringen konnte, wunderte er sich über den tanzenden Lichtschein. Leise betrat er die letzten Stufen, drückte die Tür zum Laden sachte zu und drehte den Schlüssel im Schloss herum. Danach rief er Wachtmeister Jonas an. Die Diebe, eingeschlossen im Ladenlokal hatten keine Chance zu entkommen und wurden von den beiden Männern überwältigt. Jonas brachte sie anschließend in einen abschließbaren Raum im Spritzenhaus der Feuerwehr unter, wo die beiden *Pechvögel* die restliche Nacht verbringen und über ihre Untaten nachdenken durften. Eine entsprechende Anzeige wegen Einbruchs und versuchten Diebstahls folgte.

\*

Jonas lebte immer noch allein. Er hatte zwar hier und da mal eine Freundin; doch das hielt nie lange, wenn die betreffende Dame bemerkte, dass gemeinsame Planungen oft genug an unterschiedlichen Dienstzeiten und unvorhersehbaren Einsätzen scheiterten.

Seit ein paar Tagen waren sie nun zu zweit im Dienst. Jonas lernte einen Kollegen an, der ihn im nächsten Monat für zwei Wochen vertreten sollte. Er hatte seinen Urlaub eingereicht; seine Schwester musste kurz hintereinander zwei größere Gesellschaften betreuen und alle Zimmer waren belegt. Da wurde jede Hand gebraucht. In dieser Zeit wollte er Ute und seinem Schwager helfen, danach stand für ihn selbst eine Woche ausspannen auf dem Programm.

Nach der ersten Woche waren sie alle, vom Koch bis zum Kellner, geschafft. Der Montag war Ruhetag, da wurden nur noch die Hausgäste mit Frühstück versorgt. Ute und ihr Mann fuhren dann in die Stadt, zum Einkaufen. Es hatte sich so eingebürgert, dass die Familie am Tag zuvor in der Gaststätte am Stammtisch gemeinsam das Frühstück einnahm. Danach ging Jonas in sein Zimmer und räumte ein wenig auf. Wenn die Familie vom Einkaufen zurück kam, wollte er sich endlich mal wieder die Wanderschuhe anziehen und in der verbleibenden Woche die schöne Gegend um seinen Heimatort durchwandern.

\*

Petrus war ihm die ganze Woche wohl gesonnen. Nach dem Frühstück, das er in aller Ruhe genoss, wobei er einen Blick in den lokalen Teil der Tageszeitung warf, machte er sich auf den Weg. Um die Mittagszeit besuchte er ein Gasthaus, verglich Angebote und Preise der Konkurrenz, um seiner Schwester darüber zu berichten. Meistens war er gegen sechzehn Uhr zurück. Den Nachmittag verdöste er entweder im Liegestuhl vor dem Haus oder, wenn gar zu viele Gäste zum Kaffee trinken kamen, half er mit. *Manchmal*, so dachte er, *ist es doch ein Unterschied, ob man freiwillig mithilft oder ob man es täglich machen muss.* Einige Male ertappte er sich bei der Überlegung, ob er seine Berufswahl richtig getroffen habe – doch bislang beantwortete er diese Frage für sich immer positiv.

Heute war nun sein letzter Urlaubstag. Er saß auf der Bank vor dem Haus und beobachtete die Touristen, die ihre geliehenen Fahrräder zurückgaben. Die Sonne begann langsam, sich rot zu färben und würde bald hinter dem Hügel untergehen.

Gerade dachte er darüber nach, dass er die nächsten beiden Tage noch seinen Kollegen bei sich hatte, als dieser mit dem Dienstwagen um die Ecke bog. *Nanu, was will denn der? Wir hätten uns doch morgen früh ohnehin gesehen?*

Fritz Mahler stieg aus und kam mit einem etwas betretenen Gesicht auf ihn zu. Statt eines Grußes fragte Jonas: „Ist was passiert?"

„Ja und nein", antwortete sein Kollege und setzte sich neben ihn.

„Dann schieß mal los!"

„Ich muss dir, glaube ich, deinen letzten Abend versauen", murmelte Mahler leise. „Die Leitung hat angerufen und mir beide Tage, die ich noch hier sein sollte, gestrichen. Irgend so ein hohes Tier aus Russland kommt morgen und da werden alle Beamten gebraucht. So muss ich heute schon übergeben, das heißt, du müsstest mit zum Revier kommen. Dann kann ich abends noch heimfahren und mich auf den morgigen Tag vorbereiten."

„Das ist schade; ich hätte gern die beiden Tage noch mit dir verbracht. Nun, denn… Ich ziehe mir eben etwas über, dann können wir", sagte Jonas, nicht ohne Bedauern, dass sein Urlaub ein so abruptes Ende fand.

Auf der Fahrt erkundigte er sich schon mal, ob etwas Besonderes vorgefallen sei. Fritz Mahler hatte ihn nämlich in den vergangenen vierzehn Tagen wirklich in Ruhe gelassen.

„Nö – da gab es nur einen Disput in einem Lokal. Der Wirt wollte einem Gast, der bereits unter Gleichgewichtsstörungen litt, nichts mehr zu trinken geben. Was wohl diesem nicht so ganz gefiel…

Ansonsten hast du einen ruhigen Bereich; im Gegensatz zu meinem Job in der Stadt."

In der Polizeistube angekommen, die im Nachbarort lag, war alles aufgeräumt. Jonas kontrollierte, ob alle Schlüssel, Schreibunterlagen und vor allem die Dienstwaffe, an Ort und Stelle waren. Dann verabschiedeten sie sich voneinander. Fritz Mahler setzte sich in sein Privatauto, winkte noch einmal zurück und fuhr davon.

*

Einer Eingebung folgend, der Abend war sowieso zerrissen, setzte Jonas sich in das Dienstfahrzeug und machte, noch in Zivil, eine Runde durch seinen Arbeitsbereich. Hier und da hielt er an und parkte am Straßenrand. *Überall das Gleiche,* dachte er, *sobald ein Polizeiwagen gesichtet wird, gehen und fahren alle vorschriftsmäßig.* Es war schon fast dunkel, als er von seiner Runde zurück kam und in die Dorfstraße einbog.

Von weitem sah er bereits die Flammen und gab etwas mehr Gas. Die Ortsfeuerwehr traf mit ihm gemeinsam ein; Jonas stieg aus und näherte sich dem Brandort. Der Papiercontainer brannte hellauf.

„Macht ihr am Sonntagabend eine Übung?", fragte er seinen Kollegen von der Feuerwehr:

„Nee – zwei Jugendliche aus unserem Ort haben hier mit Knallkörpern gespielt und einer von diesen Dingern muss wohl in dem Papier gelandet sein." „Normalerweise ist der Deckel doch zu...?", antwortete Jonas fragend.

„Das kannst du sie morgen früh fragen. Ein paar Touristen haben das wohl beobachtet und als es anfing zu brennen, haben sie uns alarmiert. Gleichzeitig verfolgten sie die Lümmel und ... waren schneller!" Er feixte ein bisschen. „Von wegen ältere Leute; na ja, sie brachten sie zu uns, weil du ja nicht da warst. Auch deine Vertretung war nirgendwo zu finden. Nun sitzen sie sicher im Spritzenhaus und können sich in der Nacht überlegen, was sie für einen Blödsinn angestellt haben."

„Strafe muss sein, auch wenn es eventuell nicht absichtlich geschehen ist", murmelte Jonas. „Kennst du die beiden denn?"

„Ja, das sind die Söhne vom Kartoffelbauern."

„Nun, dann fahre ich noch schnell zu den Eltern und gebe Bescheid; die werden sich freuen!"

Und so war es. Bauer Ziller hatte gerade seine Viecher versorgt und kam aus dem Stall, als Jonas in Zivil, aber mit dem Dienstwagen, auf den Hof fuhr.

„Nanu, was verschafft mir denn die Ehre?", fragte Ziller schmunzelnd, als Jonas ausstieg.

Jonas erklärte ihm den Sachverhalt, worauf Zillers Schmunzeln einem tiefen Seufzer wich; gleichzeitig machte Jonas den Bauern darauf aufmerksam, dass die Wehr ihm wohl eine Rechnung präsentieren würde.

„Wieso mir?", fragte Ziller zurück.

„Na – du bist doch wohl der Erziehungsberechtigte."

„Da erinnerst du mich an etwas. Warte einen Moment. Meine Frau macht einen Kaffee, während ich mich wasche und mir was Anderes anziehe. Dann setz' ich mich ins Auto und fahre hinter dir her. Die Zwei können was erleben…!"

*

Als die beiden Burschen den Schlüssel im Schloss ihres Verlieses hörten, freuten sie sich, hier hoffentlich schnellstens heraus zu kommen. Die Tür schwang auf und das Licht, das gleichzeitig anging, blendete die Jungen. Dann sahen sie zuerst den Polizisten in Zivil, dahinter stand ihr Vater.

Ziller hatte sich zuvor mit Jonas geeinigt, dass er die Burschen mit heim nehmen würde. Mit zwei Wochen Hausarrest, außer in der Zeit, da sie die Schule besuchten, waren sie dabei. Zudem mussten sie von ihrem Taschengeld einiges berappen. Die Wehr stellte eine Rechnung aus, damit die Jungen auch was in die Hand bekamen, warum und wohin sie ihr Taschengeld abzuliefern hatten, doch diese wies nur eine geringe Höhe aus. Offiziell deklarierte man den Einsatz als Übung. Das bedeutete, dass die Beiden nur den Papiercontainer ersetzen mussten. Aller Hoffnung war, dass sie etwas daraus lernen würden.

Zum Glück war kein größerer Schaden entstanden; so ein Feuerwerkskörper kann ja auch durch ein offenes Fenster in eine Wohnung oder auf ein trockenes Reetdach fallen.

*

So hatte sich Jonas seinen letzten Urlaubstag nicht vorgestellt. Kurz vor acht war er endlich wieder daheim und genehmigte sich noch ein Bier in der Gaststube. Danach verschwand er in seinem Zimmer und legte sich für den nächsten Tag die Dienstkleidung zurecht. Gähnend begab er sich unter die Dusche um anschließend in der Falle zu verschwinden. Wie immer, wenn er nach einigen freien Tagen wieder seinen Dienst antrat, konnte er schlecht einschlafen. Er dachte darüber nach, was aus dieser Unachtsamkeit heraus hätte passieren können. Es hatte schon gute Gründe, dass es – sogar zu Silvester – verboten war, in der Ortsmitte mit Feuerwerkskörpern zu hantieren. Und im Halbschlaf murmelte er vor sich hin: „Das wäre mir als Forstmann nicht passiert…Rehe spielen nicht mit Raketen.“

*

## Wetteran- und -aussichten

Graue Wolken ziehen ins Tal
Und decken alles zu
Reit im Winkl gab's einmal
Eingehüllt ist es im Nu

Jetzt fallen aus den dichten Wolken
Auch noch dicke Tropfen
Und der Wind aus den Backen, den vollen
Bläst, dass sie an die Fenster klopfen

Aus einer warmen Stube schauen wir zu
Wie aus dem vielen Regen
Bächlein werden jetzt im Nu
Die, mit Anderen vereint, sich ins Tal bewegen

Bald hat das viele Wasser
Die Straße im Tal erreicht
Wo es entlang des Rinnsteins
Bald in einen Gully entfleucht

Ist es zu trocken, stöhnen die Bauern
Sie um die nächste Ernte trauern
Ist es zu nass, sich die Frau nicht freut
Weil sie beim Friseur war – und das grade heut

Bei Nässe auch die Bauern stöhnen
Ihre Gülle können sie nicht unterpflügen
In die Erde kann nicht das Getreide
Fürs Vieh wächst kein Gras beim Sonnenscheine

Wie kann man es nur richtig machen
Dass Alle haben was zu lachen
Mir scheint, das geht nicht – so ein Mist
Wir müssen das Wetter nehmen, wie es ist!

# Regenschlacht

Als über Nacht der Euro kam…
Und uns die stabile DM nahm
Wurde, das ist ja bekannt
Alles teurer in unserem Land

Ob Benzin, ob Bahn und Bus
Man nun viel mehr zahlen muss
Auch Vinzenz macht es keinen Spaß
Zur Arbeit fuhr er jetzt per Rad

Das nicht nur bei Sonnenschein
Sogar bei Regen, wenn's auch gemein
Heut' war wieder so ein Tag
An dem es gar nicht trocken ward…

Da nahm er sich ein Regencape
Und machte sich auf seinen Weg
Plötzlich sah er von weitem eine Pfütze
Und fuhr schneller, was ihm gar nichts nützte

Denn, was der Vinzenz nicht bedacht
Die Straße hier eine Delle macht
Das Wasser, was hier angeschwemmt
Hat seine Weiterfahrt gehemmt

Mittendrin ging's nicht mehr weiter
Er fand das überhaupt nicht heiter
Von oben war er ziemlich trocken
Doch pitschenass war'n seine Socken

Auch seine Schuhe waren versaut
Er hat sich ein Paar neue gekauft
Und – das war dann eine Überlegung wert
Wie oft man für das Geld besser Autobus fährt…

# So ein Irrtum

Der Tag neigte sich dem Ende entgegen; das kleine Örtchen Indeloh, mit seinen niedrigen Fachwerkhäusern, wurde in ein eigenartiges Licht getaucht. An solch klaren Tagen wie heute, wenn sich
die Welt von der Sonne weg bewegte, schickte sie ihre letzten gol-
denen Strahlen zur Erde. Glutrot stand sie am Horizont und spie-
gelte sich in den blank geputzten Fensterscheiben der Häuser. Von
weitem sah es aus, als würde das ganze Dorf in Flammen stehen.

In einem der Häuser saßen die Eheleute Hausmann in ihrem
Wohnzimmer und schauten fasziniert aus dem Fenster. Vor langer
Zeit hatten sie sich hier, am Rande des Ortes, das kleine Anwesen
gekauft. Es bestand aus dem 1½-geschossigen Fachwerkhaus; daneben befand sich der Stall, in dem sie ein paar Kühe und Schweine hielten. Hinter den Gebäuden schloss sich ein Innenhof an.
Dahinter befand sich die Scheune für Geräte und die Lagerung des
Winterfutters für die Tiere.
Der Stall wurde inzwischen nicht mehr genutzt. Das Vieh war verkauft und ihr Sohn Markus hatte aus der Scheune eine Wohnung
für sich und seine Familie gebaut. Im ersten Stock waren Ferienwohnungen entstanden. Dafür wurde extra eine überdachte Treppe
nach oben geführt.

Im kommenden Frühjahr sollte das Stallgebäude abgerissen werden, um ein Wohnhaus hochzuziehen; die Baugenehmigung lag
bereits vor. Wenn irgendwann die Eltern nicht mehr da wären, so
dachte Markus, würde er an der Stelle, an der jetzt die alte Kate
stand, etwas Neues errichten lassen. Die Räume in seinem Elternhaus waren niedrig; der Holzfußboden knarrte, elektrische und sa-
nitäre Einrichtungen entsprachen auch nicht gerade dem neuesten
Stand.

*

…und wie es dann manchmal so geht im Leben. Erstens kommt es anders und zweitens als man denkt…

Markus, inzwischen Betriebsleiter einer großen Firma, wurde für zwei Jahre ins Ausland versetzt. Dort überwachte er den Aufbau eines Zweigbetriebes. Weder seinen alten Eltern noch seiner Frau wollte er den Stress mit Abriss und Neubau zumuten, so wurden diese Aktivitäten verschoben, bis er wieder im Lande wäre. Elvira würde ohnehin genug Arbeit mit der Betreuung der Eltern, sowie der Ferienwohnungen haben. Markus Hausmann war gerade mal acht Wochen weg, als ihn zwei Botschaften via E-Mail erreichten: Die Landesbehörde hatte das Haus seiner Eltern als bautypische Vertretung dieses Landstriches unter Denkmalschutz gestellt und seine Frau Elvira berichtete freudig, dass sie in etwa sechs Monaten zu dritt sein würden.

Die erste Nachricht fand nicht gerade Markus' Beifall; befürchtete er doch arge Schwierigkeiten mit den Behörden wegen seiner eigenen, geplanten Bauvorhaben. Dafür war die zweite Nachricht umso erfreulicher. Das teilte er seiner Elvira schnellstmöglich auf dem gleichen Wege – also per E-Mail – auch mit. Zudem ließ er als Überraschung über Fleurop einen Strauß roter Rosen an seine Frau senden.

Die Arbeit machte gute Fortschritte und nach fünf Monaten kam er für eine Woche sozusagen auf *Heimaturlaub*.

Man sah deutlich, wie weit Elviras Schwangerschaft bereits fortgeschritten war und, um ihr etwas Arbeit abzunehmen kamen sie überein, eine Haushaltshilfe einzustellen. Wenigstens für die groben Arbeiten.

Was ist schon eine Woche Urlaub, wenn man sich fast ein halbes Jahr nicht gesehen hat. Im Nu waren die Tage vorbei. Markus versprach seiner Frau, sich kurzfristig freizumachen, sobald die Niederkunft anstand.

„Mach dir keine Sorgen, mein Schatz, unsere Tochter wird auch ohne deine Anwesenheit geboren. Mir wäre es viel lieber, du würdest Weihnachten zuhause sein", sagte sie leise und ein bisschen wehmütig. Die erneute Trennung machte ihr doch zu schaffen.

„Aber du hältst mich auf dem Laufenden – ja?"

„Na klar, mein Lieber!"

*

Am zwanzigsten November wurde im Bremer Krankenhaus Elviras und Markus' Tochter geboren. Kerngesund; zur Freude von Mama, Oma und Opa. Einen Tag später erhielt Markus ein *Telegramm* von seinen Eltern. Mit Computern hatten die Beiden nichts am Hut und griffen deshalb auf die vorsintflutliche Methode des Telegraphierens zurück. *Kleine Marita geboren, Mutter und Kind wohlauf,* lautete der Text, der wohl von allen, die gerade Eltern oder Großeltern geworden sind, standardmäßig benutzt wird. *P.S.: Jetzt haben wir auch Muße, unsere Bustour zum Weihnachtsmarkt nach Nürnberg anzutreten. Gruß M. und P.*

Zwei Tage später kamen Mutter und Kind mit einem Taxi aus der Klinik nach Hause. Ein paar Feriengäste hatten sich zusammen getan und den Hausmanns geholfen, die Wohnungstür zu bekränzen. Eine Flasche Sekt wurde Elvira mit den besten Wünschen überreicht. An einem der nächsten Tage lud sie alle zu einem kleinen Umtrunk ein. Dem frisch gebackenen Vater schickte sie eine E-Mail: „Sind wohlbehalten zuhause; Marita und ich freuen uns auf dein Kommen!"

Markus antwortete, dass er am 20. Dezember in den Weihnachtsurlaub käme und über den Jahreswechsel bleiben könne. Bis dahin sandte er seiner Frau und der kleinen Tochter ganz viele Küsse…

Die Wochen vergingen wie im Flug; in dem Örtchen Indeloh war es still geworden. Aus Elviras Ferienwohnungen reisten auch die letzten Gäste ab, um die Feiertage mit ihren Familien zu verbringen und die Ureinwohner waren wieder unter sich.
Markus' Eltern hatten sich von ihrem Trip nach Nürnberg ebenfalls wieder in Indeloh eingefunden und man verbrachte die Feiertage gemeinsam.

Am zweiten Januar hieß es für Markus erneut Abschied nehmen, doch stellte er seiner Familie in Aussicht, eventuell seinen Auslandseinsatz früher beenden zu können. „Ich schätze, noch sechs oder sieben Monate – dann sind wir da fertig und die ersten Kollegen sind eingearbeitet", sagte er beim Abschied.
„Das wäre schön", lächelte sie, „dann könntest du anschließend deinen Urlaub nehmen – wenn es klappt."
„Ich gehe noch schnell rüber, den Eltern tschüs sagen. Für elf Uhr habe ich mir eine Taxe bestellt. Bin gleich wieder da und hole dann meine Sachen…"

Er ging über den Hof und betrat durch die Hintertür, die tagsüber immer geöffnet war, das elterliche Haus. „Mama – Papa… wo seid ihr? Ich will mich verabschieden."
Keine Antwort.
Überhaupt kam ihm alles sehr ruhig vor. Er betrat die kleine Küche; nix. Sogar der Ofen war ausgegangen, was es normalerweise nie gab. Auch nicht im Sommer. Dann blickte er ins Wohnzimmer. Ebenfalls nichts. Er rief noch einmal laut ihre Namen; doch es war kein Mucks zu hören. Als letztes ging er ins Schlafzimmer. Da lagen sie, sich an den Händen haltend, im Ehebett und schliefen.
Schliefen?
Erneut sprach Markus die Beiden an und als sich keiner rührte, wurde seine Stimme lauter. Keine Reaktion.

Ein unheimliches Gefühl beschlich ihn, als er seine Eltern nacheinander anfasste und leicht schüttelte. Seine Hände tasteten nach den Halsschlagadern und das Gefühl wandelte sich in Angst… Hastig lief er hinaus in den Flur und nahm den Hörer vom Telefon hoch, um den Hausarzt anzurufen. Der war zehn Minuten später zur Stelle als im gleichen Augenblick in der Diele das Telefon läutete. „Ja bitte", meldete Markus sich geistesabwesend.

„Wo bleibst du denn?", fragte Elvira von drüben. „Das Taxi steht vor der Tür."

„Bezahl' ihm die Anfahrt und schicke ihn bitte zurück. Ich kann hier im Augenblick nicht weg." Mit diesen Worten legte er auf.

„Tja – Herr Hausmann", sagte der Arzt als Markus wieder ins Zimmer trat, „da kann ich nichts mehr machen. Ihre Eltern sind beide eingeschlafen. Ich kann Ihnen nur mein Beileid aussprechen und, so ungewöhnlich das ist… sie sind wohl eines natürlichen Todes gestorben. Ich stelle noch den Totenschein aus", und danach ging er.

Erst als Markus wieder allein war und sich, wie benommen, im Raum umsah, bemerkte er den großen Umschlag auf dem Vertiko. Gerade als er den Umschlag aufschlitzte, hörte er seine Frau rufen: „Markus, um Himmels Willen, wo bist du?" gleich danach stürmte sie ins Zimmer.

Dann standen alle drei, Elvira mit der kleinen Marita auf dem Arm und Markus mit dem geöffneten Briefumschlag in der Hand, fassungslos vor dem Bett der alten Leutchen.

Markus bat seine Firma um weitere drei Tage Urlaub, die man ihm, angesichts der Geschehnisse, anstandslos gewährte. In dem Kuvert fand er einen halben DIN A 4 Bogen, auf dem wenige Sätze zu lesen waren:

*Liebe Kinder!*
*Verzeiht, dass wir uns nicht von Euch verabschiedeten;*
*sicher hättet Ihr uns an unserem Weggang gehindert.*
*Wir wollten mit Euch noch einmal Weihnachten erleben und*
*auch die leuchtenden Augen unseres Enkelkindes sehen.*
*Seit Jahren wissen wir, dass wir beide Krebs haben. Die*
*Schmerzen wurden in den letzten Wochen unerträglich –*
*trotz der vielen Medikamente.*
*Wir haben unser Leben gelebt.*
*Gönnt uns unsere gemeinsame Ruhe.*
*Alles Liebe für Euch*
*Mama und Papa*

Noch immer erschüttert hielten sie sich fest als es klingelte und die Herren des vom Arzt inzwischen benachrichtigten Beerdigungsinstitutes vor der Tür standen. Drei Tage sind zu kurz, um die erforderlichen Behördengänge zu erledigen. Am schnellsten reagierten der Bestatter und der Pastor …
Markus musste danach trotzdem wieder los; sein Elternhaus blieb zunächst einmal verschlossen.
Vier Wochen später kam Markus für ein Wochenende nach Hause. Elvira hatte inzwischen eine Annonce in der örtlichen Tageszeitung geschaltet. *Haushaltsauflösung am fünfzehnten Februar – jeder darf unentgeltlich mitnehmen, was er gebrauchen kann.* An diesem Wochenende gingen beide durchs Haus und sortierten aus, was als Erinnerung an die Eltern nicht verschenkt werden sollte.
An dem besagten Februartag standen viele Leute schon eine Stunde vor der angegebenen Zeit vor der Tür. Manche hielten mit kleinen LKWs auf der Straße und blockierten den Durchgangsverkehr. Aber die Idee war einfach phänomenal; was am Abend übrig blieb, füllte nicht einmal mehr den Kofferraum eines Autos. Es gibt eben Menschen, die können alles brauchen!

Tatsächlich kam Markus Ende Juli nach Deutschland zurück, ging wieder regelmäßig am Morgen in die Firma und verbrachte den Abend daheim bei seiner Familie. Der Auslandseinsatz wurde ihm von seinem Chef mit einer Sonderzahlung besonders honoriert.

Das passte gut, von diesem Geld konnten sie schon mal den Abriss des alten Stalles bezahlen. „Und was machen wir mit der Kate?", überlegten beide.

„Am besten abreißen und neu bauen", meinte Markus.

„Da wirst du kein Glück haben; was einmal unter Denkmalschutz steht, geben die so schnell nicht wieder her."

„Aber man könnte doch wieder eineinhalb geschossig bauen. Zwei Häuser nebeneinander, verbunden mit einem Torbogen. Dann würde man sie von außen anstreichen, dass es wie Fachwerk aussieht."

„Du kannst es ja mal auf dem Amt probieren; aber ich sage dir im Voraus, das ist vergebene Liebesmüh."

„Na gut – bestell' erstmal eine Firma für den Abriss des Stalles, dann sehen wir weiter."

Die an der Straße gelegenen Gebäude waren alle durchnumeriert; also das Elternhaus hatte zum Beispiel die Nummer neun, der Stall die Nummer sieben, das nächste Wohnhaus fünf und der Bäckerladen die drei.

Am fünften August in der Früh rückten die Männer im Blaumann mit LKW und Bagger an und blieben vor dem Haus Nummer sieben stehen. Der Vorarbeiter schaute noch einmal auf seinen Auftrag. Da stand schwarz auf weiß, das Gebäude Nummer sieben sei abzureißen. Er wunderte sich zwar ein bisschen, weil nebenan der alte Stall stand, doch der trug eindeutig die Nummer neun. So brachten sie den Bagger in Stellung und begannen mit der Arbeit.

Der Lärm zu so früher Stunde machte natürlich alle Nachbarn neugierig; auch Markus kam von hinten über den Hof und konnte nicht glauben, was er sah. „Halt!", rief er schon von weitem, „das ist das Falsche!" und wedelte mit den Armen.

Der Vorarbeiter sah ihn kommen und dachte, *was will denn der von mir...?*

Als Markus ihn erreichte, meinte er ganz außer Atem: „Das ist das falsche Gebäude; die Nummer sieben sollte abgerissen werden."

Der Vorarbeiter holte den Plan aus der Tasche, faltete ihn auf und bedeutete Markus, mit ihm ein paar Schritte zum Stall zu gehen. Dann beugte er sich über sein Papier, zeigte mit dem Finger darauf und anschließend auf das Messingschild mit der Gebäudenummer. Markus folgte seinem Finger und sah dann in Richtung Hauswand. Da hing einwandfrei das Schild mit der Nummer neun!

„Und was jetzt?", fragte er den Vorarbeiter.

Beide schauten auf die Reste des Häuschens, in dem einst seine Eltern wohnten und in dem sie auch verstorben waren. Der Bagger hatte bereits ganze Arbeit geleistet.

*

Der zuständige Beamte, der dazu gerufen wurde, verglich die Auftragspapiere und fand im Schutt das Schild mit der Nummer sieben. Das unter Denkmalschutz stehende Haus war unwiederbringlich zerstört – wer sollte einen eventuellen Wiederaufbau bezahlen? Wie konnte das überhaupt passieren? Die Beteiligten behaupteten, alles richtig gemacht zu haben. Der Vorarbeiter sagte aus, dass er sich zwar gewundert habe, doch er hatte es ja schwarz auf weiß – und das war für ihn maßgebend.

Was blieb nun zu tun? Notgedrungen wurde von dem Rest der einzigen, noch stehenden Mauer das Schild *Denkmalschutz* entfernt und der Stall wurde natürlich, als eigentliches Abbruchprojekt, ebenfalls noch abgerissen. Markus bekam eine entsprechende Baugenehmigung und beauftragte einen Architekten, nach seinen Vorstellungen neu zu bauen.

Zwei Jahre später zogen die ersten Feriengäste ein; die beiden Häuser passten durch ihren Anstrich gut ins allgemeine Dorfbild. Wie es kam, dass die Hausnummer neun plötzlich am Stall und die sieben am Fachwerkhaus platziert war, wurde nie geklärt.

Schmutz über den, der Böses dabei denkt…!

*

## Geldbeschaffung

Seit die Geschäfte bis zwanzig Uhr geöffnet hatten, war es am Anfang des Jahres, im Februar, auf dem Parkplatz relativ dunkel. Vier Laternen sollten dort Licht spenden, was sie möglicherweise auch täten, wenn man sie ab und zu mal reinigen würde. Doch so standen sie nur wie lange, unförmige Finger in der Gegend herum und verbreiteten ein eher diffuses Licht.

Yvonne saß bereits im Auto und suchte am Radio ihren Lieblingssender, während Tomas, ihr Mann, den Einkaufswagen zurück schob. Es kratzte und krächzte in der Kiste, aber ihren Sender fand sie nicht. Gerade wollte Yvonne das Gerät abschalten als sie bemerkte, dass die Antenne nicht heraus gezogen war. „So was Blödes", murmelte sie vor sich hin, „hab' ich sie doch, bevor wir einkaufen gingen, selbst reingedrückt." Seufzend hievte sie sich aus dem niedrigen Autositz empor, stieg aus, zog die Antenne heraus und setzte sich wieder ins Auto. „Na endlich!" Sie legte sich zurück und trällerte einen Oldie mit.

Nach einiger Zeit sah sie auf die Uhr und dachte, dass Tomas aber reichlich lange benötigte, um den Einkaufswagen zurück zu bringen, als ein Fahrzeug mit röhrendem Auspuff auf den Parkplatz fuhr. Kurz vor ihrem Wagen hielt der Fahrer an und machte Anstalten, rückwärts in der Bucht neben ihr einzuparken. Entweder gefiel ihm dieser Platz nicht oder er sah, dass jemand im Nachbarfahrzeug saß. Jedenfalls schien ihm etwas nicht zu passen; er parkte wieder aus und stellte sich in die erste Parktasche, direkt neben die erhellten Fenster des Ladens.

Yvonne konnte erkennen, dass zwei Personen im Auto saßen. Warum stiegen die denn nicht aus? Sie blickten nur angestrengt in die erleuchteten Schaufenster.

*Da stimmt doch etwas nicht,* dachte sie und versuchte, die Automarke und das Kennzeichen zu entziffern. Yvonne suchte im Handschuhfach nach einem Zettel und einem Kuli. „Mist", maulte sie leise, „wenn man schon mal was braucht!" Wieder schaute sie zu dem fremden Wagen und murmelte Autonummer und -marke vor sich hin, als eine der beiden Personen ausstieg und in Richtung Eingang marschierte. In diesem Augenblick kam Tomas zurück. Noch bevor sie ihn fragte, wo er denn so lange gewesen sei, zeigte sie auf das Fahrzeug mit den beiden Männern. „Da ist etwas nicht in Ordnung. Die ganze Zeit standen sie hier herum. Erst jetzt stieg einer aus, wo fast niemand mehr im Laden ist", zeigte sie mit ausgestrecktem Arm auf den parkenden Wagen.

Tomas drehte sich um und war im Begriff wieder zurück zu gehen, als die Person, sich nach allen Seiten umsehend, den Laden betreten wollte. Der im Wagen sitzende Kumpel rief ihm etwas zu, was die Beiden allerdings nicht verstanden.

Ruckartig drehte sich der Mann in Richtung Fahrzeug und rannte los. Die Autotür stand schon offen und er sprang mit einem Satz hinein. Mit quietschenden Reifen fuhren sie vom Parkplatz. Schnell gingen Yvonne und Tomas in den Laden, ließen sich einen Zettel geben, um Typ und Kennzeichen zu notieren. Vorsichtshalber rief der Geschäftsführer die Polizei.

*

94

Die Beamten waren nicht untätig; aufmerksam fuhren sie durch die Nacht. Kurz vor Mitternacht wurde dann allerdings eine Fußstreife fündig und meldete das an die Zentrale. Von dort kam die Anweisung: „Eingang der Disco sichern und warten, wir schicken Verstärkung."

Fünf Minuten später fuhren zwei weitere Streifenwagen vor, blockierten das Fahrzeug und betraten mit vier Beamten die Diskothek. Sie sahen gerade noch, wie vom Barkeeper ein Packen Geldscheine über die Theke geschoben wurde. Mit wenigen Schritten waren die Beamten da und umringten die Personen. „Bitte, alle ruhig bleiben. Ausweiskontrolle!" Aus den Augenwinkeln sah Streifenführer Richard Knoll, dass sich ein Gast in Richtung Ausgang davon stehlen wollte. „Bleiben Sie ruhig sitzen", rief er ihm zu, „draußen vor der Tür stehen ohnehin zwei Kollegen…"

Eine Stunde später waren alle Gäste überprüft; die Bilanz konnte sich sehen lassen. Drei Männer mit Rauschgift, zwei Mädchen ohne Ausweise und eine Person mit illegalem Waffenbesitz. Der von Yvonne und Tomas beschriebene Wagen war als gestohlen gemeldet.

*

In der lokalen Presse war am nächsten Tag zu lesen, dass, dank aufmerksamer Personen, *vier* geplante Raubüberfälle verhindert werden konnten. In dem beschriebenen Autotyp mit dem Kennzeichen K-II 001(*) wurde eine Liste gefunden, auf der drei weitere Lebensmittelmärkte im Umkreis beschrieben waren.

In einer einschlägig bekannten Disko, vor der das Auto abgestellt gefunden wurde, konnte die Polizei weitere Delikte aufklären. Der dazu verfasste Zeitungsbericht endete mit dem Hinweis: *Wir wünschen uns noch mehr solche aufmerksamen Bürger!*

: Hoffentlich haben die Täter vom Parkplatz nicht die Gesichter von Yvonne und Thomas erkannt, oder, was noch schlimmer wäre, sich deren Autokennzeichen gemerkt. Im Zeitungsartikel stand ausnahmsweise keine Beschreibung der Zeugen…
(*) kein reales Kennzeichen – nur ausgedacht

*

**Warten auf Besserung**

Kaum zu glauben, aber wahr
Dass es so etwas bestimmt mal gab
Freie Fahrt für freie Bürger – hieß es nach dem Krieg
Jeder durfte fahren, wie es ihm beliebt'

In einem Jahr, beinah' nicht zu fassen
Mussten im Straßenverkehr tausende ihr Leben lassen
In einem Artikel habe ich gelesen
1955 sind es 12.000 Menschen gewesen

Erst danach wurden die Politiker wach
Die Autofahrer schrieen weh und ach
Zwei Jahre Diskussionen ohne Ende
Dann endlich kam bei uns die *Wende*

In geschlossenen Ortschaften wurden 50 (km/h) erlaubt
Dann durfte man wieder rasen, dass es staubt
Unfälle waren programmiert
Und es dauerte fünf Jahre, bis man entschied…

Auf Landstraßen darf man nur noch 100 (km/h) fahren
Erst auf der Autobahn kann man wieder rasen
Doch weil viele Mitmenschen die PS nicht beherrschen
Und mit hoher Geschwindigkeit über die Straßen preschen

Musste eine neue Regelung her
Auf vielen Straßen 130 (km/h) und nicht mehr
Und immer noch hört man Tag für Tag
Verletzte und Tote, zu schnell – es hat wieder gekracht

Wann lernen die Menschen, Rücksicht zu nehmen
Statt zu riskieren ihres und anderer Leben
Man könnte ja überall Polizei postieren
Die Autofahrer auf allen Straßen kontrollieren

Ich glaub', es gäbe weniger Unfälle – ganz bestimmt
Doch höre ich's Geschrei, wenn der Staat noch mehr Steuern
nimmt
Denn ob Radar oder Beamte, die muss man bezahlen
Also wäre es doch besser, zurückhaltender zu fahren

Vielleicht regelt sich aber alles von selbst
Wenn ein Öl-Land nach dem anderen die Produktion einstellt
Die meisten Rohölquellen sind versiegt
Und keiner für sein Auto mehr Flüssiges kriegt…

# Ein Schutzengel

Über die Autobahn fährt Fritz
Mit seinem Auto wie der Blitz
Fünf Jahre musst' er dafür sparen
Und ist sehr stolz auf den neuen Wagen

Rechts und links schon alles blüht
Davon kriegt er gar nichts mit
Den Fuß auf dem Gas probiert er aus
Was im Motor steckt – das holt er raus

Er rast dahin und denkt nicht nach
Dass blühen könnt' ihm Ungemach
Ein Stein, der auf der Fahrbahn liegt
Dann ein Vogel, der zu tief fliegt

Er sieht auch kein Schild, auf dem geschrieben steht
In einem Kilometer ein Wildwechsel geht
Gleich hinter der Kurve – er konnt' es nicht sehen
Die Fahrbahnen voller Autos stehen

Er tritt auf die Bremse, es schlingert der Wagen
Fritz hatte Glück, landete nur im Graben
Ein paar Schrammen und Beulen
Doch das schöne Auto … es ist zum Heulen

Nun fangen die Gedanken an zu kreisen
Wem wollte er mit der Raserei etwas beweisen
*Fahr vorsichtig,* hatte die Mutter gesagt
Aber was gilt schon von den Alten der Rat

Nun ist es zu spät, das Auto kaputt
Muss sehen, wer ihm zur Reparatur etwas pumpt
Und wie steht er vor seiner Mutter da
Sie sagte: Pass auf! – und er: Ja, ja, ja…!

Doch vielleicht muss immer erst was Schlimmes passieren
Um der *Alten* Ratschläge nicht zu ignorieren
Oftmals jedoch ist es zu spät
Wenn man schneller als der Schutzengel fährt

## Ein gemütlicher Abend

Endlich Wochenende! Horst Einweg trat durchs Werkstor und war so in Gedanken versunken, dass er fast mit einem Radfahrer kollidierte.

„Natürlich auf der falschen Straßenseite", rief er ihm nach, „vom Absteigen vor einem Ausgang halten Sie wohl auch nichts…!"

Der Radfahrer drehte sich auf dem Sattel um und bellte zurück: „Was geht Sie das an?"

Horst ging währenddessen weiter, da die Fußgängerampel grün zeigte. Mitten auf der Straße hörte er plötzlich einen Aufschrei; er spurtete die letzten Meter bis zum Bordstein und wandte noch einmal den Kopf. Wenige Meter neben dem Werkstor, an einem Laternenpfahl, hatte sich eine Menschentraube gebildet. Nach ein paar Minuten löste diese sich wieder auf und er erkannte seinen Kontrahenten mit dem Rad. Einige Leute halfen ihm nach seinem Sturz auf die Füße. Da er sich im Zuge des Disputs umdrehte, konnte der Mann dem Laternenpfahl nicht mehr ausweichen. Zum Glück trug er einen Kopfschutz und wahrscheinlich war ihm nicht allzu viel passiert. Nachdenklich ging Horst weiter Richtung Parkplatz. *Wäre dieser Unglücksrabe doch bloß entweder auf der anderen Straßenseite gefahren oder vor dem Tor abgestiegen,* dachte er.

Daheim angekommen, war das Abendessen schon gerichtet. Er begrüßte seine Frau, wusch sich die Hände und setzte sich zu ihr an den Küchentisch. Die Dusche konnte warten.

Während des Essens berichtete er von dem Radfahrer. Seine Frau Uschi nickte immer wieder beifällig und erzählte dann, dass ihr im Laufe des Tages Ähnliches passiert sei. „Ich ging zu Fuß auf dem Bürgersteig nach Opladen; aus der Gegenrichtung kam – ordnungsgemäß – auf dem Radweg ein Roller daher. Plötzlich ertönte hinter mir eine schrille Klingel und, obwohl auf beiden Seiten ein

Radweg existiert, fuhr mir so ein Kerl fast in die Hacken! Wahrscheinlich fahren solche Leute genauso aggressiv Auto", schloss sie ihren Bericht.

*

Es hatte sich eingebürgert, dass, wenn Horst mit seinen Kumpels alle vierzehn Tage in der Stammkneipe zum Skat ging, sich die drei Frauen ringsum zum Quatschen trafen. Heute brauchte Uschi Einweg nicht aus dem Haus. Hanne Christo und Elfi Kunst kamen zu ihr. Während Horst unter die Dusche verschwand, richtete sie im Wohnzimmer eine Flasche Wein, ein paar Käsewürfel und etwas zum Knabbern. Horst war gerade zur Tür hinaus, als es das erste Mal klingelte. Hanne erschien zuerst und machte ein Gesicht, als sei ihr eine Laus über die Leber gelaufen. Gerade hatten sie im Wohnzimmer Platz genommen, als es zum zweiten Mal schellte. Elfi trudelte ein. „Du machst wenigstens ein freundliches Gesicht", empfing Uschi sie.
„Ja – warum denn nicht? Mir geht es gut und ich freue mich auf den Abend. Ist Hanne schon da?"
„Ja. Aber komm' erst einmal ins Haus."
Alle saßen im Wohnzimmer und prosteten sich mit einem Glas Wein auf einen gemütlichen Abend zu, als Uschi Hanni aufforderte, zu erzählen, warum sie so ein mieses Gesicht machte.
Die Angesprochene stellte ihr Glas ab und erzählte: „Stellt Euch vor; ich war gestern beim Arzt, um mir ein Rezept für meine diversen Medikamente zu holen. Und weil ich wusste, dass meine Apotheke das Verschriebene oft nicht vorrätig hat, bestellte ich es telefonisch vorab für den nächsten Tag. Als ich heute Morgen kam, legt die Apothekerin mir *ein* Original hin. Das zweite Medikament bekam ich, statt in einer 100er-Packung in fünfmal zwanzig Tabletten und das dritte erhielt ich völlig artfremd. Auf meine Frage, warum ich nicht bei allen Arzneien das Original bekäme, gab sie

mir die Antwort: die Lieferfirma hätte entschieden, jetzt dieses Präparat abzugeben, da die Krankenkasse den Vertrag mit dem ursprünglichen Hersteller des Medikamentes gekündigt habe. Ihr könnt Euch vorstellen, mein Hals wurde immer dicker, als ich die Apothekerin darauf hinwies, dass auf dem Attest an bestimmten Stellen ein Kreuzchen stünde, das besagte, dass in jedem Fall das Original auszuhändigen sei. Und wie ist es möglich, die Anweisungen des Arztes zu ignorieren? Die lapidare Antwort kam mit den Worten, dass es sich um das gleiche Produkt handelte, es sei nur preiswerter. Notgedrungen nahm ich die Tabletten mit, weil ich sonst im Urlaub nicht auskomme. Auf dem Heimweg ging ich aber noch mal zu meinem Arzt und fragte nach. Der gab Entwarnung. Das Präparat sei wirklich gleichwertig. Trotzdem: soweit sind wir heute schon in Deutschland; der Arzt verschreibt und irgend so ein Fuzzi in der Krankenkasse bestimmt, was du nehmen sollst. Nicht zu fassen!", schloss Hanne ihren Bericht.

Elfi und Uschi hatten sprachlos zugehört. Sie unterhielten sich noch eine Weile darüber, kamen zu dem Schluss, dass nicht nur das nicht mehr in Ordnung sei; dann wandten sie sich erfreulicheren Themen zu. Hannes Gesichtszüge entspannten sich zusehends und ab und zu war ein Lächeln auf ihrem Gesicht zu sehen.

*

Horst und Werner trafen gleichzeitig vor der Gaststätte ein, begrüßten sich und betraten das Lokal. Beide machten erstaunte Gesichter als sie ihren Kumpel Jörg vor einem Glas Wasser am Tisch sitzen sahen. Statt der üblichen Begrüßung rutschte Horst die Bemerkung heraus: „Bist du krank…? Und wieso bist du schon da?"
„Sag erstmal anständig Guten Tag und dann setz dich hin. Die Bedienung brachte schon zwei Bier und sie stießen auf einen spannenden Skatabend an.

„Nun erzähl' endlich, wieso du schon hier herumsitzt und an einem Freitagabend Wasser trinkst."

„Das hat verschiedene Gründe", begann Jörg. „Erstens habe ich in der vergangenen Woche meinen E-Lok-Führerschein bestanden. Zweitens wollte ich mich nicht an diesem blöden Streik beteiligen und habe deshalb drittens Urlaub genommen. Am Sonntag fahren wir mit dem Auto ins Allgäu!"

„Herzlichen Glückwunsch!" Wie aus einem Mund gratulierten ihm seine Skatfreunde. Doch dann kam es von Jörg: „Wieso blöder Streik? Dreissig Prozent mehr Lohn ist doch eine feine Sache!"

Ungläubig schaute Jörg seinen Skatbruder Werner an: „Kannst du mir mal sagen, wie man den anderen Mitarbeitern das erklären soll? Ist ein Mann im Stellwerk etwa ein schlechterer Arbeiter als ein Lokführer? Oder – bezogen auf die Verantwortung – erkläre mir mal, wer mehr davon hat? Wenn die im Stellwerk auf einen falschen Knopf drücken, fahren beispielsweise zwei Züge aufeinander... Und dann einen eigenen Tarifvertrag! Fängt *eine* Berufsgruppe damit an, wird es nicht lange dauern und es zieht Kreise. Außerdem, warum haben die so lange gewartet, statt alle ein oder zwei Jahre eine moderate Lohnerhöhung einzufordern? Jedoch dreißig Prozent auf einen Schlag? Tut mir leid, aber die Gewerkschaftsbosse haben eine Macke! So, nun aber Schluss; wer gibt zuerst?"

Es wurde trotzdem ein geselliger Abend, auch wenn Jörg bei den Runden, die er spendierte, Wasser trank. Schließlich wollte er mit seiner Frau Hanne heil und gesund am Urlaubsort ankommen. Mal abgesehen davon, dass *seine* Gesundheit eventuell Schaden nähme, sollte er angeschickert nach Hause kommen...

\*

## Der alte Brunnen

Martin kam zu sich; es war kalt und vor allen Dingen nass. Alle Knochen taten ihm weh. Er fasste sich an den Kopf. Eine riesige Beule zierte seine Stirn und beim Versuch aufzustehen bemerkte er, dass seine Beine ganz steif waren. Erst beim dritten Mal gelang es ihm und dann kam auch die Erinnerung wieder. Wer hatte ihn in den alten Brunnen gestoßen? Und wieso war der Deckel nicht mehr an seinem Platz? Der- oder Diejenigen nahmen billigend in Kauf, dass er sich das Genick brach oder in dem Wasserloch ertrank. Oder … ? Das musste auf jeden Fall Absicht gewesen sein. Martin hatte niemanden hinter sich gehört; das hohe Gras dämpfte alle Geräusche auf ein Minimum. Es schien ihm eher, als habe jemand hinter dem Holunderbusch auf ihn gewartet, bis er sich auf den Brunnenrand setzte, um eine Zigarette zu rauchen, weil es im Hause nicht gestattet war. Plötzlich packte ihn dieser Jemand am Kragen, woraufhin er das Gleichgewicht verlor. Beinahe fünf Meter tief stürzte er und es war sein Glück, dass der Brunnen in seiner Funktion schon lange nicht mehr benutzt wurde. Außerdem musste er einen oder zwei Schutzengel gehabt haben. Seine Gliedmaßen schmerzten zwar, waren aber anscheinend heil geblieben. Der Schlamm, der sich auf dem Grund angesammelt hatte, dämpfte den Fall. Langsam machte er sich Gedanken darüber, wie er am besten wieder heraus kam. Im Haus würde man ihn erst am Morgen vermissen, wenn er nicht zum Frühstück erschien. Aber so lange wollte er nicht in diesem alten Schacht ausharren. Martin fühlte in seine Hosentasche, da musste ein Messer gewesen sein. Nicht mehr drin. Es war wohl heraus gefallen. Langsam, Zentimeter für Zentimeter tastete er mit seinen Füßen den Boden ab. Dass ihm dabei der stinkende Matsch in die Schuhe lief, registrierte er nicht. Nach einer Weile hatte seine Suche Erfolg. Ganz am Rand fühlte er etwas Hartes unter seinen Sohlen, bückte sich und griff blind nach diesem Gegenstand. Es war sein Messer! Mühsam rappelte er sich auf, ließ die Klinge aufspringen und begann, die Fugen auszukratzen, bis sich ein Ziegel heraus nehmen ließ. *Gut, dass es noch keinen Beton gab, als dieser Brunnen gebaut wurde…*

*

Else Wasser-Handl, in zweiter Ehe mit Kurt Handl verheiratet, gab dem schrillenden Wecker einen Klaps und schälte sich aus dem Bett. Ihr Ehemann war schon aufgestanden, um das Vieh im Stall zu versorgen. Viel war es nicht mehr: eine Kuh und zwei Schweine hielten sie noch.

Früher, als ihr erster Mann noch lebte, bearbeiteten sie einen richtig intakten Bauernhof. Auch Personal hatten sie; eine Person für den Stall, eine für das Feld und eine Frau, die im Haushalt half. Als sie sich wieder verheiratete, dauerte es nicht lange und ihr Ehemann entpuppte sich als Despot. Nur seine Meinung galt. Das Personal wurde entlassen – wofür gab es zwei Söhne und eine Tochter in der Familie. Die Viecher, bis auf diesen kleinen Rest, wurden verkauft; die Scheune zu Ferienwohnungen umgebaut. Sicher, nun war die Arbeit nicht mehr so schwer für sie, doch dass sich ihr Mann mit den Kindern, die sein Vorgehen ablehnten, nicht verstand, belastete Else schwer. Die beiden Ältesten, Hans und Monika, waren deshalb bereits ausgezogen.

Else hatte gerade die Kaffeetassen gefüllt und war auf dem Weg in den Frühstücksraum, als Kurt ihr entgegenkam. „Wo ist eigentlich dein Sohn Martin? Muss ich heute mal wieder alles allein machen?", moserte er.

„Ich mache nur noch schnell das Frühstückbuffet fertig, dann sehe ich nach ihm. Vielleicht hat er verschlafen; gestern Abend war die Versammlung der Freiwilligen Feuerwehr", antwortete sie und ging weiter.

Als Martins Mutter nach einer viertel Stunde die Treppe zu seinem Zimmer empor stieg und an die Tür klopfte, kam keine Reaktion.

Sie wiederholte das Klopfen – doch wieder keine Antwort aus dem Zimmer. Vorsichtig öffnete sie die Tür. Da lag er; mit dem Gesicht zu ihr und schlief tief und fest. Doch wie sah er aus? Das Gesicht voll Striemen und die Stirn zierte eine große Beule.

„Martin! Um Gottes Willen, was hast du denn gemacht?"

Der so Angesprochene schreckte zusammen und richtete sich stöhnend auf. Er musste sich kurz sammeln und berichtete seiner Mutter sein spät-abendliches Erlebnis.

„Hast du Denjenigen nicht erkannt?"

„Nun, es war dunkel und Der oder Die muss sich geduckt haben, nachdem sie mich am Kragen gezogen hatte."

„Oder hast du mit einem Kumpel im Ort Krach bekommen?", fragte seine Mutter weiter.

„Nein, überhaupt nicht. Und wenn – das wäre kein Grund, den eventuellen Tod eines Menschen in Kauf zu nehmen!"

„Bleib' noch etwas liegen; später ziehst du dich dann bitte an und gehst hinunter ins Dorf. Zum Arzt. Ich regle das schon mit Kurt. Sonst streitet ihr wieder… Wo hast du übrigens deine Sachen gelassen? Die müssen doch stinken von der Brühe, in die du gefallen bist", meinte Else weiter.

„Die habe ich in der Waschküche deponiert; ich wasche sie im Bottich vor, dann kannst du sie anfassen."

Else drehte sich um und ging in den Frühstücksraum zurück, um bei den Pensionsgästen nach dem Rechten zu sehen.

*

Kurt Handl kam zum Frühstück. Das Vieh war versorgt, die Kuh gemolken und das Frühstück stand auf dem Tisch – bloß von der Familie war keiner zu sehen. Aus der Thermoskanne goss er sich Kaffee ein und griff zur Tageszeitung. Zehn Minuten später kam Else in die Küche und er fragte: „Ist Martin schon ins Dorf? Der wollte doch Geld vom Konto holen... um den Tierarzt zu bezahlen?"

„Der Martin geht nachher ins Dorf, aber erst muss er einen Arzt aufsuchen. Irgendjemand wollte ihn anscheinend gestern am späteren Abend umbringen und hat ihn in den still gelegten Brunnen gestoßen. Jetzt sieht der Junge aus wie Frankenstein und hatte Glück, dass der angesammelte Schlamm seinen Fall abfederte und auch nicht viel Wasser drin war. Gerade mal der Boden war noch ein bisschen bedeckt. Allerdings hatte er Mühe, ohne Hilfe wieder raus zu kommen. Mit seinem Taschenmesser, erzählte Martin mir, kratzte er den Mörtel zwischen den Steinen heraus, um dann einzelne Steine zu entfernen. Gott sei Dank ist der alte Brunnen nicht sehr breit, so ist er mit gespreizten Beinen, Stein für Stein, heraus geklettert. Gut, dass Derjenige vergaß, den Deckel wieder an seinen Platz zu legen. Gehört hätte ihn in der Nacht wohl keiner von uns!"

Völlig verblüfft hatte Kurt die Zeitung zur Seite gelegt; der restliche Kaffee wurde kalt. „Und wo ist dein Sohn jetzt?"

„Im Bett – ich habe ihm gesagt, er könne bis Mittag liegen bleiben."

*

Als Martin kurz vor zwölf die Treppe zur Waschküche hinunter ging, hörte er seine Mutter in der Küche mit den Tellern klappern. Unten angekommen sah er, dass die Waschmaschine schon lief. Erfreut, dass seine Mutter ihm die Vorwäsche bereits abgenommen hatte, trabte er wieder nach oben. Else hörte ihn kommen und rief ihm zu: „Kannst hier bleiben – das Essen ist gleich fertig!"

Martin guckte durch die Tür und sah seine Mutter allein im Raum. „Wo ist Kurt?", fragte er.

„Er ist selbst zur Kasse gegangen und wollte nicht mit uns essen. Du brauchst also nur noch zum Arzt..."

Mutter und Sohn waren mit ihrem Schnitzel beschäftigt. Im Hintergrund hörte man das Ticken der Uhr als es klopfte. „Herein", rief Else spontan mit vollem Mund.

Langsam ging die Küchentür auf und der Gast von Zimmer zwei steckte den Kopf herein. „Entschuldigung, dass ich …", brach er ab, als er sah, dass die Chefin nicht allein war.

„Stimmt irgendetwas nicht?"

Er druckste ein wenig herum, dann sagte er: „Wir möchten heute abreisen. Machen Sie uns bitte die Rechnung fertig. Sie können aber ruhig zu Ende essen – ich komme in einer halben Stunde gern noch einmal wieder."

„Aber … Sie hatten doch bis Übermorgen gebucht", meinte Martins Mutter irritiert.

„Ich zahle Ihnen selbstverständlich den Ausfall, aber wir reisen ab. Bis nachher also." Damit drehte der Gast sich um und verschwand.

„Komisch", meinte sie zu ihrem Sohn, „gestern sagte er zu mir, wie gut es ihm, seiner Frau und der Tochter hier gefiele."

„Vielleicht ist bei ihnen daheim etwas nicht in Ordnung. Jemand krank geworden oder ähnliches", murmelte Martin während er den letzten Bissen in den Mund stopfte.

*

„Ich gehe dann zum Arzt. Soll ich in der Dorfkneipe schauen, ob mein Stiefvater noch da ist?"

„Wenn du unbedingt wieder Ärger haben willst …", antwortete Mutter Else.

Während Martin eine Abkürzung nahm und seinem *Vater* nicht begegnete, kam der abreisewillige Gast in die Küche, um die Rechnung zu bezahlen. Es sah aus, als habe er beobachtet, dass Martin das Haus verließ.

Nach zirka zwei Stunden kam Martin heim und berichtete seiner Mutter: „Alles in Ordnung, bis auf die äußerlichen Blessuren. Bis das Vieh versorgt werden muss, ist noch etwas Zeit. Ich gehe in die Werkstatt und beginne mit der Arbeit an einer neuen Abdeckung für den Brunnen, die man nicht wieder entfernen kann."

„Ist gut", antwortete sie, „ich rufe dich nachher einmal, damit du mir helfen kannst, die Matratzen in Zimmer zwei zu wenden. Die sind nämlich ziemlich schwer."

„Alles klar." Damit ging Martin hinter das Haus in den kleinen Anbau.

Kurt Handl kam mit dem Taxi heim. Es war ihm wohl zu anstrengend, nach einigen Glas Bier den Weg wieder zu Fuß zurück zu legen. Am Hof angekommen, entlohnte er den Fahrer und wollte sich gerade in Richtung Wohnhaus aufmachen, als er stutzte. Im Fenster von Zimmer zwei hingen die abgezogenen Betten zum Lüften. Er änderte die Richtung und ging in den Gästetrakt. Ohne Begrüßung polterte er los: „Wieso machst du hier sauber? Die Heisers reisen doch erst Übermorgen ab. Das ist unnütze Arbeit!"

„Beruhige dich, Kurt. Sie sind bereits abgereist und haben für die restlichen beiden Tage mit bezahlt …"

„Und wo ist dein Sohn schon wieder?"

„In der Werkstatt und repariert oder konstruiert einen neuen Brunnendeckel."

„Im Umdrehen knurrte er noch: „Sag ihm, er ist heute Abend dran, das Vieh zu versorgen." Dann verschwand er im Haus.

*

Mutter und Sohn saßen – wie des Öfteren – allein am Abendbrottisch. Kurt war ins Bett gegangen und für den Rest des Tages nicht mehr ansprechbar.

„Eigentlich schade, dass die Heisers schon weg sind. Haben die gesagt, warum?"

„Nein, von allein nicht. Ich mochte nicht fragen, nachdem er voll bezahlt hat", antwortete seine Mutter.

„Ein nettes Mädchen, deren Tochter", bemerkte Martin.

„Hattest du was mit ihr?", kam es prompt.

„Wir haben uns ein paar Mal nett unterhalten, das war alles. Vera war doch erst sechzehn, meinst du, ich ließe mir etwas zuschulden kommen? Mit so einem jungen Mädchen?"

„Heute ist alles möglich. Selbst wenn du es nicht wolltest; manche Mädchen kennen genug Tricks, um einen jungen Mann herum zu bekommen", erwiderte seine Mutter. „Denn auf den Mund gefallen war sie ja wohl nicht gerade, oder?"

„Noch mal! Da war nix, Mutter. Ehrenwort!"

„Gut Junge, etwas Anderes. Machst du noch etwas Butter in der Kühlkammer? Ich komme mit dem, was wir haben, morgen nicht aus. Kurt kann ich heute nicht mehr fragen, so wie es aussieht."

„Okay Mutti, und dann gehe ich nach oben, werde etwas Chemiekunde betreiben… lesen meine ich. Wir haben morgen Abend wieder mal Theorie bei der Feuerwehr. Es gibt permanent neue Chemikalien. Die Butter stelle ich dir dann in die Küche."

\*

Martin ging es wieder gut. Die Abschürfungen waren verheilt, nur die Stirn schimmerte noch in allen Farben. Wenn ihn ein Fremder darauf ansprach, gab er zur Antwort: „Das ist beim Fußballspielen passiert." Eine Idee, wer es gewesen sein könnte, war ihm allerdings immer noch nicht gekommen.

Am Nachmittag war Martin im Ort, um für seine Mutter ein Geschenk zu deren Geburtstag zu besorgen. Er hatte am Abend keinen Stalldienst und wollte die Zeit nutzen, der Mutter zu helfen; sie beabsichtigte, für die Hausgäste einen kleinen Imbiss zu machen. Er wollte sich um die Getränke kümmern.

So war er mit dem Fahrrad unterwegs. Bergab war das eine feine Sache, zurück musste er schieben. Martin hatte alles erledigt; am Abzweig zum heimatlichen Hof musste er lächeln. Hatte doch sein leiblicher Vater den Weg zu ihnen herauf *Grüner Kuhweg* getauft und ein entsprechendes Schild aufstellen lassen. Plötzlich hupte es hinter ihm. Der Postbote.

„Hallo Martin…"

„Hallo Josef! Du bist heute aber spät dran!"

„Ja, bei mir daheim hat eine Kuh gekalbt, da musste ich dabei sein. Kannst du Eure Post mit rauf nehmen? Dann kann ich mir den Weg sparen und gleich weiter fahren."

„Na klar, mach ich", nickte Martin und hielt die Hand auf.

Ohne nachzusehen, steckte er die Post in die Tragetasche und deponierte sie am Lenker. Mit einem „schönen Tag noch" verabschiedete er sich und machte sich an den *Aufstieg*.

In der Mitte der Strecke stand eine Bank. Martin hielt an und machte eine Pause. Einer Eingebung folgend – sonst machte er sich nichts aus der Post, die auf den Hof kam – nahm er sie aus der Tasche und blätterte sie durch. *Geschäft, Geschäft, Reklame …* murmelte er vor sich hin. Dann stutzte er! Herrn Martin Wasser, Tannenhorst, Grüner Kuhweg 1. Alles andere steckte er wieder in die Tragetasche, setzte sich wieder auf die Bank und drehte den Brief in der Hand. Kein Absender! Nachdenklich kramte er sein Taschenmesser aus der Hosentasche und schlitzte das Kuvert auf, faltete den Bogen auseinander und begann staunend zu lesen:

*Lieber Martin!*
*Nun sind wir schon zwei Wochen zu Hause und morgen muss ich*
*wieder in die Schule. Es war schön bei Euch, vor allem hat mir*
*dein erster zärtlicher Kuss gefallen. Leider konnte ich mich nicht*

111

*von dir verabschieden, weil mein Vater ganz plötzlich nach Hause wollte. Vielleicht hat er uns zusammen gesehen; er wacht immer wie ein Schießhund über mich. Wir werden uns vermutlich nicht wiedersehen, denn ich hörte meine Eltern sagen, dass es die nächsten Jahre an die See gehen soll.*

*Eigentlich schade!*

*Vera*

Martin las die wenigen Zeilen zweimal, steckte den Bogen in den Umschlag zurück und deponierte ihn in seiner Hosentasche. Den Rest des Weges grübelte er. *War es möglicherweise Veras Vater, der mich in den Brunnenschacht befördert hat? Hatte er tatsächlich gesehen, wie ich seine Tochter küsste? Befiel ihn womöglich Angst, dass ich mich an ihr vergreifen würde? Sind Heisers deshalb vorzeitig abgereist, damit nichts herauskam? Und... hatte Veras Vater wirklich bewusst in Kauf genommen, dass er, Martin, sich aus dem Brunnenschacht normalerweise nicht hätte befreien können?*

Diesen Brief würde er, wenn niemand zusah, vernichten und seine Vermutungen für sich behalten. Er lebte! Warum sollte er sich mit einem eifersüchtigen Vater anlegen, zumal er die junge Dame wahrscheinlich sowieso nicht mehr sehen würde. Martin schmunzelte leicht bei den Gedanken, dass er mit Sicherheit immer zuerst den Brunnendeckel untersuchen würde, bevor er sich wieder auf den Rand setzte, um eine Zigarette zu rauchen.

\*

# Ein Stückchen Stoff

In jedem Haushalt, ob groß oder klein
Gibt es ein Tuch, klein aber fein
Verwendet in fast allen Lebenslagen
Und das schon seit Kindertagen

Häufig wird es auch vergessen
Den Ärmel nimmt man schon, stattdessen
Auch macht sich das Stückchen Stoff ganz gut
Wenn man Schweiß oder Tränen abwischen tut

Geht beim Essen mal was daneben
Mit dem Tuch lässt sich's schnell beheben
Und es ist auch schon geschehen
Dass ich jemanden den Staub vom Schuh hab' abwischen sehen

Die Brille kann man damit putzen
Zum drauf sitzen kann man's nutzen
Doch gelegentlich braucht man das Tuch
Wenn man sich die Nase putzen muss

Aus der Mode ist's gekommen
Papiertücher werden heut genommen
Die nimmt man her für jeden Zweck
Nach Gebrauch wirft man sie weg

Leider sieht man nun in Feld und Flur
Gebrauchte Papiertaschentücher nur
Da lob' ich mir das Tuch aus Stoff
Ich hab's in jeder Hosentasche … noch.

# Abgetaucht

Sie hockten gemütlich beieinander; hatten ihren Kaffee vor sich und ein Stück Schwarzwälder Torte auf dem Teller. Helga und Horst Scheider sahen sich im Fernsehen einen Film über Sibirien an. Die Landschaft faszinierte sie immer wieder; nur die in den ärmlichen Hütten lebenden Menschen störten.

„Schau dir das an", sagte Horst und deutete mit der Kuchengabel auf den Bildschirm, „keine befestigte Straße, kein fließendes Wasser in den Häusern… von vernünftiger Kleidung ganz abgesehen. Dass die Reporter so etwas zeigen dürfen? Vor nicht allzu langer Zeit wäre das noch undenkbar gewesen. Wenn sie für den Film überhaupt eine Drehgenehmigung erhalten hätten, wäre er ganz sicher anschließend im Kreml begutachtet worden und, bei Missbilligung verschiedener Szenen, würde man darauf bestanden haben, diese einfach heraus zu schneiden."

Helga wollte gerade zu einer Antwort ansetzen, als der Krach nebenan wieder losging. Ihre Nachbarn, Verona und Eduard Kimme, hatten sich in der Wolle. In den letzten Monaten fast täglich. Der Nachbar wurde vor einem halben Jahr arbeitslos und seitdem unausstehlich. Als ob seine Frau Schuld daran sei. „…ein Glück, dass die keine Kinder haben!"

„Horst", sagte sie zu ihrem Mann, „wenn die so weitermachen, musst du denen endlich mal ein paar Takte sagen."

Herr Scheider schaute seine Frau an: „Und du glaubst, wenn ich rüber gehe, nutzt das was? Außerdem, reg' dich nicht auf, spätestens in zwanzig Minuten wird es wieder ruhig im Haus. Dann hörst du nur noch die Wohnungstür zuschlagen und der Herr Nachbar verschwindet in die Kneipe."

„Ja, ja", murmelte Helga, „um dann gegen Mitternacht betrunken heimzukommen. Beim letzten Mal hat ihn seine Frau nicht rein gelassen. Erst schlug er mit der Faust einige Male an die Tür, das nützte allerdings nichts. Als ich am nächsten Morgen zum Bäcker ging, lag er noch schnarchend im Flur!"

„Geschah ihm recht!"

„Seine Frau tut mir manchmal leid, vor allem, wenn er sie mit seiner losen Hand mal wieder traktiert hat."

Wie von Horst Scheider vorhergesagt, hörten sie schon zehn Minuten später die Tür zuschlagen. Im Haus kehrte die erwartete Ruhe ein und sie konnten ohne weitere Pannen den Film zu Ende sehen.

*

Polizeimeister Scholle saß an seinem Schreibtisch und hatte die Tageszeitung aufgeschlagen, als es an die Bürotür klopfte.

„Herein."

Die Tür öffnete sich und eine gut proportionierte Dame steckte ihren schwarzen Lockenkopf an der Tür vorbei. „Bin ich hier richtig?", fragte sie.

„Es kommt ganz darauf an, was sie möchten", entgegnete der Wachtmeister.

„Ich möchte eine Vermisstenanzeige aufgeben. Mein Mann ist seit zwei Tagen nicht mehr nach Hause gekommen. Das hat er noch nie gemacht..."

„Kommen Sie erst einmal herein und nehmen Sie Platz. Der zuständige Beamte ist noch nicht im Dienst, doch ich kann Ihnen sicher auch helfen. Also", forderte der Scholle die Frau auf, „dann erzählen Sie mal."

„Also – ich bin Verona Kimme; geboren am sechsten Februar neunzehnhundertzweiundfünfzig und wohne in der Friedensstraße 12. Mein Mann wurde vor einem halben Jahr arbeitslos; seitdem hat er sein Zuhause zu achtzig Prozent in der Kneipe aufgeschlagen. Bisher kam er jeden Abend, beziehungsweise nachts, nach Hause. Aber seit zwei Tagen nicht mehr!

Nach Rücksprache mit dem Wirt hat er allerdings, wie immer nicht mehr nüchtern, in der besagten Nacht kurz vor dreiundzwanzig Uhr dreißig die Kneipe verlassen. Danach hat ihn keiner mehr gesehen, ganz gleich, wen ich hier in der Gegend gefragt habe. Hoffentlich ist ihm in seinem betrunkenen Zustand nichts passiert... dass er irgendwo im Gebüsch liegt oder in den Kanal gefallen ist! Nicht, dass ich weinen könnte. In der letzten Zeit wurde er öfter als einmal gewalttätig; doch er ist noch immer mein Mann."

„Liebe Frau Kimme; wir werden jetzt ein Protokoll aufsetzen und danach den Fall *intern* – also innerhalb der Dienststelle – behandeln. Das heißt: wir fragen in den umliegenden Krankenhäusern und den Pathologien nach, durchforsten das Bahnhofsgelände und halten auch sonst überall die Augen offen. Sollte Ihr Mann immer noch nicht wieder aufgetaucht sein, werden wir eine Suchmeldung herausgeben. Wir bleiben in Verbindung; es wäre schließlich auch möglich, dass er wieder nach Hause findet."

Kurz bevor Verona Kimme an der Kreuzung zur Friedensstraße einbog, sah sie ihn! So laut sie konnte, rief sie seinen Namen: *Eduard* und lief dem Mann hinterher. Sie kam näher. „Eduard – Eduard ... so warte doch!" Als Verona unmittelbar hinter ihm war, drehte der Mann sich um: „Sie wünschen etwas von mir?"

„Entschuldigung", schnaufte sie, noch ganz außer Atem vom raschen Laufen, „ich dachte, Sie wären mein Mann. Die Jeans, der blaue Pullover und die Baskenmütze haben mich irritiert. Entschuldigen Sie bitte."

„Keine Ursache", murmelte der Fremde, drehte sich um und ging weiter seines Weges.

*

Horst Scheider versuchte gerade, den Staubsauger in die richtige Richtung zu schieben, als er sich erschrocken umdrehte. Er hatte nicht gehört, dass seine Frau vom Einkaufen zurückgekommen war als sie ihn von hinten ansprach: „Stell dir vor, was ich heute in der Stadt gesehen habe."

„Na, du wirst es mir gleich sagen", schmunzelte er.

Etwas enttäuscht über die lauwarme Reaktion berichtete sie: „In der ganzen Stadt hängen Plakate aus!"

„Na und? Das ist doch nichts Ungewöhnliches."

„Nun lass mich doch erst einmal ausreden! Auf den Plakaten ist unser geliebter Nachbar Kimme abgebildet… der wird gesucht!"

„Ach deshalb ist es nebenan in den letzten Tagen so ruhig", gab Horst zurück. „Vielleicht sitzt er in einer fremden Kneipe und weiß in seinem dollen Kopp nicht mehr, wer er ist. Seine Frau wird froh sein, mal ein paar Tage Ruhe zu haben."

„Meinst du, die Polizei hätte das vorher nicht alles abgeklärt? Bevor sie damit an die Öffentlichkeit geht?"

„Unterwegs traf ich noch den Richard Stader; du weißt doch, der über uns wohnt mit den beiden großen Hunden. Der hat den Kimme in seiner Stammkneipe zuletzt noch gesehen; er soll da mit einer blonden Frau an der Theke gestanden haben. Kurz bevor er verschwand."

„Hat er sich denn wenigstens bei der Polizei gemeldet, um auszusagen?"

„Das hat er mir nicht gesagt", murmelte seine Frau.

„Wir werden uns da raushalten. Was geht uns dieser randalierende Nachbar an. Früher, ja früher, als er noch gearbeitet hat, war er ein netter Kerl. Dumm war er auch nicht, als Betriebsmeister in einer Filmfabrik. Er soll sogar im Betriebsrat gewesen sein", schloss Horst und nuschelte halblaut hinterher, „das über den tatsächlichen Intelligenzgrad nicht unbedingt etwas aussagt!"

Die Zeit ging dahin. Von Eduard Kimme keine Spur. Verona hatte in einem großen Kaufhaus eine Putzstelle bekommen; am Abend sah sie noch in einer Arztpraxis nach dem Rechten. Die Kosten liefen schließlich weiter und für einen *Vermissten* gab es halt kein Geld. Bedingt durch die öffentliche Suchaktion der Polizei und weil sie selbst das Arbeitsamt informierte, wurden die Zahlungen sofort eingestellt, da Eduard und nicht sie, der Empfänger war. An eine Überbrückung war nicht zu denken.

Nach Feierabend hatte sie dann noch etwas eingekauft und war dabei, die letzten Stufen zu ihrer Wohnung zu erklimmen, als sie in der Diele das Telefon klingeln hörte. Bis sie den Wohnungsschlüssel gefunden und aufgeschlossen hatte, verstummte der Apparat. Es war so gegen zwölf; das Wasser mit den Kartoffeln im Topf begann gerade zu kochen; Verona hatte einen kleineren Topf mit einem Rest Gulasch in der Hand, als das Telefon erneut klingelte.

Sie hob den Hörer ab: „Hallo! Verona Kimme …“

"Scholle hier, Polizeirevier zwei; ich habe schon mehrmals versucht, Sie zu erreichen. Haben Sie Zeit, kurz bei mir reinzuschauen?“

„Ist es sehr eilig?“, fragte Verona zurück. „Ich habe nämlich gerade mein Mittagessen auf dem Herd.“

„Nein“, antwortete der Polizeimeister, „es ist nicht eilig. Der, den wir hier gefunden haben, hat alle Zeit der Welt!“

Veronas Magen machte einen Salto und nervös geworden erkundigte sie sich: „Haben Sie meinen Mann gefunden?“

„Wir wissen es nicht genau; eine gewisse Ähnlichkeit ist zu erkennen. Deshalb wäre es gut, wenn Sie sich die Person ansehen könnten“, meinte Scholle.

„In einer Stunde könnte ich da sein“, gab sie zur Antwort.

„Okay – dann haben wir noch eine Stunde, bevor ich Dienstschluss habe“, nickte der Polizeimeister in den Apparat.

Obwohl ihr die Nachricht gewaltig zusetzte, zwang sie sich zu warten, bis die Kartoffeln fertig waren; dann füllte sie den Rest Gulasch und die Kartoffeln auf ihren Teller, den sie dann in die Mikrowelle stellte. Ihr war der Appetit gründlich vergangen; sie zog sich um und machte sich auf den Weg zur Polizei.

*

Mit einem Dienstwagen fuhren sie zur Pathologie. Der zuständige Arzt begleitete sie in den Keller des Institutes. Im Kühlraum angekommen, zog er eine Schublade auf. Eine Bahre auf Rollen kam zum Vorschein, auf der – mit grünem Wachstuch bedeckt – ein Mensch lag. Die Füße schauten hervor und am rechten großen Zeh hing ein Zettel. Bei näherem Hinsehen war nur ein Datum zu lesen, kein Name. Verona Kimme schluckte heftig und schüttelte sich, während Scholle ihr erklärte, dass der Tote ohne jegliche Papiere aufgefunden wurde und auch, dass er wohl schon eine Weile tot sei, was das veränderte Aussehen deutlich zeigen würde. „Sind Sie schon bereit?", erkundigte sich der Polizeimeister.
„Ja." Sie nickte.
Der Arzt schlug das Tuch zurück und Verona trat an die Bahre. „Tut mir leid… bei dem Gesicht bin ich mir nicht sicher; zeigen Sie mir doch bitte mal den linken Unterarm. Dort muss eine Tätowierung sein. Ein Anker."
Der Arzt tat, wie ihm geheißen. „Nein – das ist nicht mein Mann!" atmete sie keuchend aus.
Scholle bedankte sich bei Doktor Mohr und kümmerte sich um Frau Kimme. „Kommen Sie", meinte er mitfühlend, „das ist kein schöner Anblick. Ich bringe Sie jetzt mit dem Wagen noch nach Hause." Vor der Wohnung ließ er sie aussteigen und Verona ging geistesabwesend in ihre Wohnung, wo sie sich an der Hausbar erst einmal einen Cognac und eine Zigarette genehmigte. Erst danach

machte sie sich mit Hilfe der Mikrowelle ihr verspätetes Essen heiß.

*

Die Eheleute Scheider wieselten seit einer knappen Stunde in ihrer Wohnung herum. Abends sollte es ins Theater gehen und da wollte man sich doch chic machen; nun war es schon achtzehn Uhr durch; für neunzehn Uhr war die Taxe bestellt und noch immer waren sie nicht fertig angezogen. Beide pendelten zwischen Bade-, Wohn- und Schlafzimmer hin und her. Erst passte das Hemd nicht zum Anzug, die Krawatte nicht zum Hemd und die Strümpfe nicht zu den Schuhen. Die Bluse passte nicht zum Rock, die Schuhe waren viel zu hell und die Handtasche harmonierte nicht mit dem Kostüm! Fünf vor sieben klingelte es an der Haustür. Die Taxe war vorgefahren und sie waren tatsächlich komplett angezogen! Während der Fahrt fragte Helga ihren Mann: „Sag' mal – was gibt's eigentlich? Was wird gespielt?"

„Oh, hatte ich dir das denn nicht gesagt?", wunderte sich Horst Scheider.

„Na, sonst würde ich doch nicht fragen, oder?"

„Du könntest es ja auch vergessen haben; wenn man so langsam auf die siebzig zugeht!", lästerte er.

Die Karten hatten Scheiders von einem Kegelbruder geschenkt bekommen, dessen Frau krank geworden war. Und allein wollte der nicht gehen. Es sollte ein folkloristischer Abend mit Tänzen und Liedern aus Polen sein. Unter anderem aus Gebieten, die früher einmal zu Deutschland gehört hatten: Ostpreußen, Schlesien und so weiter.

Ihre Unterhaltung wurde jäh unterbrochen, als der Taxifahrer auf die Bremse trat – sie hatten das Theater erreicht. Scheiders entlohnten den Fahrer und betraten das Gebäude. Zuerst gaben sie ihre Mäntel an der Garderobe ab, holten ein Programmheft und hatten dann noch Zeit für einen Aperitif an der Theaterbar. „Wann waren wir eigentlich das letzte Mal in diesem Musentempel?", sinnierte Helga.

Er überlegte einen Moment. „Das war vor sieben Jahren. Ich erinnere mich genau. Es sollte Zar und Zimmermann gespielt werden und wir freuten uns beide auf die Musik; erinnerst du dich?"

„Mir dämmert was", entgegnete sie. „Richtig – dann hatte so ein komischer Dirigent das Stück auf modern getrimmt, so dass man teilweise die ursprüngliche Musik nicht mehr erkannte. Danach gaben wir damals unser Abo zurück."

Es wurde ein äußerst vergnüglicher Abend; als sie wieder zu Hause waren, ließen sie die vergangenen Stunden noch einmal Revue passieren.

„Die blonde Sängerin war zwar nicht mehr ganz jung, aber sie verfügte über eine tolle Stimme."

„Und die Figur war auch nicht von schlechten Eltern", bemerkte Horst Scheider, worauf Helga ihm mit dem Finger drohte und antwortete: „Mir gefielen der Solotänzer und die Akrobatengruppe am besten."

\*

Am darauf folgenden Montag stand ein ausführlicher Bericht über die Aufführung in der Tageszeitung. Auch der Reporter hatte die Veranstaltung mit ähnlichen Augen gesehen. Zwei große Fotos, eines vom Ensemble auf der Bühne und eins vom Bus mit der Truppe bei der Abreise vervollständigten den Bericht. Als Helga Scheider mit den Vorbereitungen für das Mittagessen in der Küche fertig war, kam sie zu Horst ins Wohnzimmer, um auch einmal in die Zeitung zu sehen; vor allem, um den Kulturteil zu lesen. Horst war inzwischen fertig und legte wohlweislich diesen Teil der Zeitung obenauf. Nach ungefähr zehn Minuten absoluter Ruhe schaute sie ihren Mann an: „Hast du dir die Bilder einmal genau betrachtet?"

„Ja, wie man sich halt Bilder ansieht, auf denen man die Leute nicht kennt…!"

„Aber hier – das eine mit dem Bus – schau dir das noch mal genau an. Und wenn du dann nichts Besonders siehst, hole ich dir die Lupe", antwortete sie.

Horst Scheider nahm sich die dargereichte Zeitung und betrachtete das Foto erneut. Die Überschrift und die winkenden Künstler, dann stutzte er! Er blickte seine Frau verblüfft an: „Das ist doch nicht möglich…!"

„Der sieht aus, wie unser seit fünf Monaten verschwundener Nachbar", fiel ihm Helga ins Wort.

„Hoppla, das ist ja ein Ding! Bekommt die Frau Kimme eigentlich auch diese Zeitung?"

„Weiß ich nicht; aber reiß die Seite mal raus. Wenn sie heute heimkommt, werde ich mal bei ihr klingeln."

\*

Verona Kimme hatte einen schlechten Tag erwischt. Gauner brachen am Wochenende ins Kaufhaus ein und hinterließen ein Chaos. Sie musste länger arbeiten und zwischendurch kam auch noch ein Anruf von der Polizei. Der Fisch – so hatte sie Scholle für sich getauft – war in der Leitung. Sie sollte zum Revier kommen. Zu allem Überfluss schneite es seit den Morgenstunden wie wild und sie hatte Räumpflicht. Als ob das nicht genug wäre, plagte sie obendrein eine Erkältung.

Heute war ihre Arbeit erst gegen Mittag getan; sie hatte weder Zeit zum Einkaufen, noch zum Kochen. Am Würstchenstand erstand sie eine Bockwurst mit Senf und marschierte danach sofort zum Polizeirevier. Scholle erwartete Verona schon und machte ein zuversichtliches Gesicht. Er empfing sie mit den Worten: „Ich glaube, wir sind in Ihrem Fall ein Stück weiter gekommen. Aber – setzen Sie sich erst einmal. Frau Kimme, können Sie sich vorstellen, dass Ihr Mann eine andere Frau hat? Ist Ihnen irgendetwas aufgefallen? Ich habe eine Aussage vorliegen, er habe sich vor seiner Stammkneipe öfter mit einer Frau getroffen. Sie wurden beobachtet; bevor er zu Ihnen nach Hause kam, will der Zeuge die fraglichen Personen im Nachbarort in einem Hotel gesehen haben. Das ist das Eine. Das nächste ist… erinnern Sie sich an eine Künstlergruppe aus Polen, die hier gastierten? Der Busfahrer soll Ihrem vermissten Mann ähnlich gesehen haben. Wir prüfen das zwar genauer, ich hätte aber gern von Ihnen vorab diese Informationen. Falls Sie dazu etwas sagen können."

„Wissen Sie, Herr Scholle, es ist schon komisch. Jetzt, wo ein halbes Jahr vergangen ist, erinnert sich plötzlich jemand. Und dann gleich zwei Personen. Aber ausschließen kann ich nichts; möglich scheint ja nun mal alles. Wichtig für mich wäre, dass der Fall so schnell es geht geklärt wird. Diese Ungewissheit, ob er noch lebt und plötzlich wieder vor der Tür steht, oder ist er eben nicht mehr; das ist beinahe nicht zu ertragen. Abgesehen von meiner finanziellen Misere, die er durch sein Verschwinden ferner ausgelöst hat…"

„Wir tun, was in unserer Macht steht. Ich hoffe in den nächsten Tagen auf Informationen unserer Kollegen. Sie hören dann wieder von mir; vorsichtshalber suchen wir die Umgebung erneut ab."

*

Helga Scheider stand am Küchenfenster und beobachtete die Straße. Sie wusste in etwa, wann ihre Nachbarin heimkam, die war nun heute seit mehr als einer Stunde überfällig. Wo blieb sie nur? Horst stichelte schon: „Hast du eigentlich nichts anderes zu tun als am Fenster zu stehen?"

Endlich sah sie Verona Kimme auf das Haus zukommen. Wie zufällig sollte es aussehen, als sie ins Treppenhaus trat, um in den

Keller zu gehen. Als sie sich in der Mitte des Treppenhauses begegneten, zeigte Helga ihrer Nachbarin den Zeitungsausschnitt. Das Foto mit dem Busfahrer hatte sie gelb markiert und wartete nun auf eine Reaktion. Verona Kimme sah ihre Nachbarin lange an; dann bemerkte sie: „Ich komme gerade von der Polizei; ich weiß also Bescheid…" und ging weiter zu ihrer Wohnung.

Bis Verona Kimme in ihrer Wohnung verschwunden war, ging Helga Scheider noch ein paar Stufen weiter in Richtung Keller. Betrübt darüber, dass sie der Nachbarin nichts Neues zu berichten hatte, ging auch sie dann zurück in ihre Wohnung. Vorsichtshalber verschwand sie erst einmal in der Küche, um nicht gleich ihrem Mann zu begegnen und sinnierte weiter, wie es möglich sei, dass ein erwachsener Mensch einfach verschwindet. Und das, wo doch unsere sämtlichen Daten bei allen Behörden, auch dort, wo man es nicht gern sieht, gespeichert sind. Mitten in diesen Gedankengang hinein kam Horst in die Küche: „Wo bleibst du denn? Ich denke, wir wollten die Kataloge durchforsten, um unseren Urlaub für das nächste Jahr festzulegen. Außerdem, grinste er hinterhältig, habe ich dir gleich gesagt, dass du der Kimme mit dem Zeitungsartikel bestimmt nichts Neues erzählen kannst! Die wird doch sicher von der Polizei auf dem Laufenden gehalten."

*

Die letzten Wochen des Jahres waren angebrochen und es sah aus, als sollte Verona immer noch keine Klarheit bekommen, ob und was mit ihrem Mann passiert sei. Zweimal musste sie noch auf dem Revier bei Scholle vorstellig werden; doch auch die Überprüfung der letzten Zeugenaussagen war negativ. Für die anstehenden Feiertage meldete sie sich ab, hinterließ aber ihre Urlaubsadresse. Verona wollte keinesfalls allein in der Wohnung sitzen und hatte deshalb bei ihrer Schwester angefragt, ob sie ein paar Tage zu Besuch kommen dürfe. Diese hatte vor einigen Jahren nach Bayern geheiratet, nachdem ihre erste Ehe in die Brüche gegangen war. Eigentlich pflegten die beiden nur losen Kontakt; Verona wunderte sich, wie eine lustige Rheinländerin nach Bayern ziehen konnte. *Mir würde* – so dachte sie – *die Stadt, der Dom und auch der Rummel fehlen. Aber... wo die Liebe hinfällt. Wer weiß, wie es mir ergangen wäre, hätte ich nicht den Eduard Kimme bei einer Dampferfahrt auf dem Rhein kennen gelernt.* Ab dem zwanzigsten hatte sie Urlaub bekommen; eine Arbeitskollegin bot sich an, Blumen und Briefkasten zu versorgen. Den Nachbarn Scheider sagte sie ebenfalls Bescheid.

Als sie am nächsten Tag gegen Mittag mit dem Zug in Prien am Chiemsee ankam, wartete ihr Schwager auf dem Bahnsteig. Hier war alles dick verschneit; die Dächer der Häuser trugen weiße Hauben und die Äste der Bäume neigten sich unter der Schneelast. Es sah fast aus, als würden sie ihre Besucher untertänig grüßen. Nach einer Stunde Fahrt durch die winterliche Landschaft erreichten sie ihr Ziel. Im ersten Stock war für Verona ein Zimmer gerichtet, in das sie sich, nach einer ebenso herzlichen wie tränenreichen Begrüßung erst einmal zurückzog. Am Abend saßen alle bei einem Glas Wein zusammen und natürlich musste Verona ihrer Schwester und der übrigen Familie alles haarklein erzählen. Es wurde sehr spät und erst zum Abschluss des Abends konnten Alois und Marianne Stanzl berichten, was sie sich über die Feiertage für ein Programm ausgedacht hatten. Weihnachten würden sie zu Hause verbringen. Die beiden erwachsenen Söhne von Alois wollten mit ihren Familien am ersten und zweiten Feiertag zu Besuch kommen. Danach würden sie ihr, Verona, ein wenig die schöne Winterlandschaft zeigen und den Jahreswechsel wollten sie in einem Lokal auf der Winklmoosalm verbringen. Dort sei für den Silvesterabend eine Kapelle organisiert und eine Tombola sollte es auch geben.

*

Verona Kimme verlebte seit langem wieder einmal besinnliche Weihnachten. Sie half ihrer Schwester bei den Vorbereitungen in der Küche. Am Heiligen Abend gingen sie zu dritt in die Kirche, danach gab es – traditionell – zu Hause Kartoffelsalat und Würstchen. Für ihre *Gastgeber* hatte Verona ein kleines Geschenk mitgebracht; sie selbst bekam eine schöne, geschnitzte Holzfigur. Bei einem Glas Rotwein hörten sie im Radio Weihnachtsmusik und gingen nicht so spät schlafen. Die zwei nächsten Tage sollte es turbulent werden, wenn die beiden Familien anrückten. Als Verona in ihr Zimmer kam, war sie überrascht… auf dem kleinen Tisch stand ein Teller mit Süßigkeiten und frischem Obst, dazu ein Kärtchen *Frohes Fest wünschen Dir Deine Schwester und Alois.*
Verona kämpfte mit Tränen; wann verlebte sie das letzte Weihnachtsfest ohne Krawall. Es war zwar ruhiger als ihr Mann noch arbeitete, doch Alkohol war immer im Spiel und hatte viel Schaden angerichtet. *Wo der wohl abgeblieben ist,* dachte sie und wusch sich. Danach kuschelte sie sich in die dick mit Federn gefüllten Kissen. Vom Bett aus schaute sie in den klaren Winterhimmel, an dem die ersten Sterne auftauchten. *Welch ein friedliches Bild…* nahm sie in Gedanken ihre Umgebung in sich auf und war kurz darauf eingeschlafen.
Die Tage vergingen wie im Flug; dann war der Silvesterabend da. Verona, chic gekleidet, kam die Treppe herunter. Ihr Schwager, passend in einem Trachtenanzug, stand in der Diele; nur Schwesterchen war noch nicht soweit. In einer halben Stunde sollten sie von einem Kleinbus, mit Allradantrieb und Schneeketten bestückt, abgeholt werden. Marianne tauchte auf und sie fragte Alois als erstes: „Mein Lieber – hast du auch an die Stiefel und die dicken Pullover gedacht?"
„Aber klar doch…! Sieh, welch große Tüte da vor der Tür steht, damit sie auch nicht vergessen wird."
„Was wollt Ihr denn damit?", fragte Verona verdutzt. „Wollt Ihr heim laufen?"

„Nein", kam Alois seiner Frau zuvor, „wenn aber um Mitternacht oben auf dem Berg alles nach draußen stürmt, solltest du auch dick angezogen sein. Da liegt mehr Schnee als hier unten im Tal. Und übrigens… nach der Feier werden wir von dem gleichen Bus wieder abgeholt. Anruf genügt! Ich glaube, der Fahrer ist der Einzige, der in dieser Nacht nüchtern bleiben *muss*."

\*

Das Gasthaus war festlich geschmückt und da, wo im Sommer der Biergarten war, hatte man eine, zur Gaststube hin, offene Hütte aufgebaut, in der die Kapelle schon ihre Instrumente stimmte. Es versteht sich, dass dort eine Heizung installiert war. Wäre das nicht der Fall gewesen, hätten die Musiker ganz sicher protestiert und die Instrumente auch nicht mehr besonders gut geklungen. Sie gaben ihre Garderobe ab und wurden vom Kellner an den bestellten Tisch geleitet. Für sie waren drei Plätze an einem Ecktisch reserviert, da er immer gern den Rücken frei hatte und das ganze Geschehen vor sich. Im Laufe des Abends kamen viele Bekannte von Marianne und Alois Stanzl vorbei, um sie zu begrüßen und Verona war sofort mit eingeschlossen, nachdem sie vorgestellt wurde. Man tanzte, es wurde gut gegessen und so manche Flasche Wein oder auch einige Weißbier getrunken. Verona wurde von ihrem Schwager nach einem Walzer wieder an den Tisch geleitet und verschwand dann in Richtung Toilette. Verona beugte sich zu ihrer Schwester: „Marianne, hast du das Paar dort in der Ecke an dem Zweiertisch gesehen?"
„Wen, den älteren Blonden mit Bart und die brünette Frau neben ihm?"
„Genau die meine ich. Der Mann kommt mir irgendwie bekannt vor, obwohl ich ihn von vorne nicht richtig anschauen konnte."

„Gesehen habe ich die auch schon mal; das müssen wohl Zugereiste sein. Wir fragen mal Alois, der kennt sich aus hier in der Gegend."

Als Alois wieder am Tisch erschien, wurde er sofort mit besagter Frage überfallen. „Ja, natürlich kenne ich sie. Das ist die Resi Fink, vom Fink-Hof, kurz hinter Kössen. Du weißt doch, deren Mann vor einem dreiviertel Jahr mit dem Traktor verunglückt ist. Stand damals in allen Zeitungen – er hatte am Berg gemäht und ist abgestürzt. Und den Mann, den sie neben sich hat, muss sie irgendwo in Westfalen aufgegabelt haben.

Sie hatte ja niemanden, der auf dem Hof die grobe Arbeit machen wollte. Das muss so ungefähr vor einem halben Jahr gewesen sein. Warum fragt ihr?"

„Der Verona kommt der Mann bekannt vor – sagt sie."

„Das ist ganz einfach. Ich gehe mit einer Runde Weißbier mal zu der Kapelle und die spielen dann auf zur Damenwahl. Nach der entsprechenden Ankündigung ging Verona mit reichlich gemischten Gefühlen in Richtung des Zweiertisches. Als sie jedoch durch die zur Tanzfläche strömenden Menschen endlich freie Sicht hatte, staunte sie. Der Kellner war gerade dabei, diesen Tisch neu einzudecken. Sie fragte, wo denn die Herrschaften geblieben seien, die bis vor wenigen Minuten noch hier saßen… „Ich habe mich auch gewundert", antwortete der Kellner, „doch sie wollten sofort bezahlen, obwohl noch eine halbe Flasche Wein auf dem Tisch stand. Der Herr hat mir sogar seine Tombola-Lose geschenkt!"

Veronas mulmiges Gefühl verstärkte sich, als sie sich für die Auskunft bedankte und an ihren Tisch zurückkehrte.

„Na meine Liebe, wollte der Mann nicht mit dir tanzen oder hat er die Flucht ergriffen", frozzelte ihr Schwager.

Verona guckte Alois mit großen Augen an: „Du hast den Nagel auf den Kopf getroffen. Dieses Paar hat in aller Eile bezahlt und ist gegangen."

„Das ist aber eigenartig. Man geht doch nicht, bevor um Mitternacht das Feuerwerk stattgefunden hat. Doch das muss natürlich jeder selber wissen. Ich muss im Neuen Jahr ohnehin in diese Gegend; dann fahre ich mal zur Resi, frage, wie es ihr in der letzten Zeit so ergangen ist und schau' mich entsprechend um", beendete er das Thema.

*

Am Tag nach Neujahr brachte Alois seine Schwägerin wieder zum Bahnhof; am späten Abend war sie daheim. Ihre Blumen hatten überlebt, auch die gesammelte Post hielt sich in Grenzen. Etwas Unangenehmes war auch nicht darunter. Am darauf folgenden Tag ging sie wieder ihrer Arbeit nach. Vierzehn Tage später erhielt sie einen Brief von ihrer Schwester.

Neugierig geworden lief sie die Treppe etwas ungestüm nach oben und wäre fast gestolpert. Schnell schloss sie die Wohnungstür auf, nahm als erstes ein Messer aus dem Besteckkasten und öffnete den Brief. Im Stehen begann sie die ersten Zeilen zu lesen; bei der zweiten Hälfte des Briefes musste sie sich dann allerdings hinsetzen. Da war es schwarz auf weiß zu lesen: *Als ich auf dem Fink-Hof ankam, wollte der Mann nicht mit mir sprechen. Auf Drängen seiner Verlobten – Resi (!) – gab er zu, dein vermisster Ehemann zu sein. Die Resi hätte ihn auf der Straße aufgelesen; als er wieder nüchtern war, sprach sie mit ihm und bot ihm Arbeit auf dem Hof an. Er ist glücklich, wieder einen Job zu haben und kommt keinesfalls wieder zu dir zurück. Er wird die Scheidung einreichen und dann seine Resi heiraten. Er trinkt auch nicht mehr und sagt, sein Glück habe er in Österreich gefunden. Auf meine Frage, wie er sich das weiterhin vorstelle, gab er zur Antwort, dass ich das gefälligst ihm überlassen sollte!*

Weiter las Verona nicht. Es war einfach nicht zu fassen. Beinahe zehn Monate galt er als vermisst und war… ganz einfach abgehauen! *Na warte mein Freund,* murmelte sie, *du sollst deine Scheidung haben. Aber mit Getöse – das verspreche ich dir.* Sie knöpfte den Mantel wieder zu, steckte den Brief ein und marschierte auf direktem Wege zum Polizeirevier. Dort verlangte sie, zu Polizeimeister Scholle vorgelassen zu werden, obwohl sie nicht angemeldet sei.

*

Fünf Minuten später saß sie dem *Fisch* in dessen Dienstzimmer gegenüber. Die Tür war noch nicht ganz hinter ihr zugefallen, als es aus ihr heraus brach: „Herr Scholle, Sie können die Suche nach meinen Noch-Ehemann abbrechen!" …und hielt ihm den Brief ihrer Schwester mit dem Zusatz von Schwager Alois hin.
Der Polizeimeister las in aller Ruhe die eng beschriebenen Seiten. Je weiter er zum Ende kam, desto mehr schüttelte er sein weises Haupt. Dann sah er Verona Kimme an, die auch gleich fragte: „Was passiert jetzt? Wird der Kerl festgenommen; muss er eine Strafe zahlen? Wer kommt denn für den entstandenen Schaden auf?"
„Nichts von alledem, liebe Frau Kimme. Wir schließen die Akte und alles, was die Scheidung betrifft, ist nicht unsere Sache", antwortete Scholle.
„Und – wer ersetzt die Kosten fürs Suchen, die Arbeitsstunden… ein Haufen Benzin wurde unnütz verfahren und andere, vielleicht wichtigere Fälle blieben deshalb liegen!"
„Tja! Wir werden nun mal aus Steuergeldern bezahlt, also auch von Ihnen. Und da Ihr Mann keine Straftat im Sinne des BGB begangen hat, schließen wir den Fall ab. Sowohl Ihrem Mann als auch Ihnen entstehen keine Kosten. Ihnen sowieso nicht!", schloss Scholle.
„Das ist aber doch nicht richtig", regte sich Verona Kimme auf, „er hat durch sein Verhalten mutwillig die Polizei bemüht, da muss er doch zumindest an den Kosten beteiligt werden."

„So ein Gesetz gibt es leider nicht; es wäre aber eine Eingabe an unsere Regierung wert. Ich wünsche Ihnen alles Gute und, wenn ich Ihnen einen Rat geben darf, besorgen Sie sich schnell einen Anwalt, der Ihnen zur Seite steht." Dann machte er eine Kopie dieses Schreibens für die Akten, gab Verona den Brief zurück und verabschiedete sie.

Langsam ging sie vom Polizeirevier nach Hause. Auf dem ganzen Weg wollte ihr nicht in den Kopf, dass dieser *Mistkerl*, der noch ihr Mann war, ungeschoren davon kommen sollte.

Zwei Monate später wurde die Ehe geschieden. Sie überließ die ganze Angelegenheit ihrem Anwalt. Auch vor Gericht ließ sie sich von ihm vertreten – sie wollte Eduard Kimme nie mehr begegnen.

Als alles überstanden war, suchte Verona sich am entgegengesetzten Ende der Stadt eine etwas kleinere Wohnung. Nach all dem Unglück hatte Fortuna jetzt ein Einsehen; sie behielt ihre Arbeit im Kaufhaus und konnte auch die Arztpraxis weiter betreuen. Von Männern hatte sie zunächst einmal die Nase voll.

Viele Wochen später besuchte sie Polizeimeister Scholle noch einmal in seiner Dienststelle. Sie wollte sich bei ihm und seinen Kollegen für die immer zuvorkommende Behandlung, und deren intensive Suche, bedanken. Bei dieser Gelegenheit teilte Scholle ihr freudestrahlend mit, dass er nun Polizei*ober*meister sei. „Und", meinte er verschmitzt, „wie ist es, Frau Kimme, haben Sie vielleicht Lust mit mir in der Polizeikantine zu Mittag zu essen…?"

\*

**Und dann ging das Licht aus...**

Eva und Katerina waren Freundinnen und verwitwet. Beide hatten, die Eine vor fünf, die Andere vor sechs Jahren ihren Mann verloren. Nicht verloren, wie man einen Schlüsselbund verliert, sondern Evas Mann erholte sich von einem Betriebsunfall nicht mehr und Katerinas Gatte war an unserer *Zivilisationskrankheit* Herzinfarkt verstorben. Beide Frauen mutmaßten des öfteren darüber, warum die Mädchen meist etwas ältere Männer heirateten. War es doch erwiesen, dass Frauen einige Jahre länger lebten; eigentlich sollte man es umgekehrt machen. Ältere Frauen heiraten jüngere Männer... so bestünde die Möglichkeit, dass sie nicht so lange allein durchs restliche Leben traben müssten.

Eva war gerade dabei, ihr Geschirr vom Mittagessen abzuspülen als das Telefon klingelte. Die nassen Hände an der Schürze abgewischt und im Eilschritt in die Diele, um den Hörer abzunehmen.

„Munden", meldete sie sich.

„Ja – hier ist Katerina. Hast du Zeit?"

„Ich bin gerade beim Spülen. In etwa zehn Minuten kannst du über mich verfügen", antwortete sie.

„Gut, ich komme dich abholen. Heute früh bekam ich einen Prospekt von Möbel-Zick in die Hand; du weißt ja, dass ich einen neuen Küchentisch suche. Die haben etwas im Angebot."

„Aber klar", lächelte Eva in den Hörer, „bummeln wir also mal durch den Möbelladen." Damit legte sie auf.

Zehn Minuten später; sie schlüpfte gerade in ihre Schuhe, da klingelte es auch schon an der Haustür.

„Bist du geflogen?", fragte sie lachend ihre Freundin als sie ihr die Tür öffnete.

„Nee, ich hatte bloß das Glück, dass sämtliche Ampeln mir wohl gesonnen waren. Also grün!"

„Na denn mal los."

Sorgfältig schloss Eva die Haustür ab und stieg zu Katerina ins Auto.

Sie fuhren aufs Parkdeck, stiegen aus und marschierten zum Eingang. Es war Samstag, kurz vor vierzehn Uhr. „Nun, dann haben wir noch knapp zwei Stunden Zeit", zeigte Katerina auf das Hinweisschild mit den Öffnungszeiten.

Einige Damen des Personals standen im Eingangsbereich und unterhielten sich, als die Beiden nach dem Weg zu den Küchenmöbeln fragten. „Erster Stock, dann links", bekamen sie zur Antwort und schoben los.

Sie machten einen großen Schritt, stiegen von der Rolltreppe, bewegten sich in die angegebene Richtung und kamen gerade noch bis in die Abteilung. Katerina kramte in ihrer Tasche, um den Prospekt heraus zu nehmen; da ging im ganzen Haus das Licht aus!

„Was soll denn das?", fragte Katerina ängstlich. „Haben die einen Stromausfall?"

„Komm, wir setzen uns an diesen Tisch. Dann kannst du gleich Probe sitzen."

Nach zehn Minuten brannte immer nur noch die äußerst magere Notbeleuchtung. Die Beiden riefen im Chor: „Hallo – ist hier jemand?" Es war verdächtig ruhig geworden. Doch eine Antwort blieb aus.

„Ich glaube, die haben uns hier vergessen", meinte Katerina etwas missmutig zu ihrer Freundin.

„Quatsch! Die können doch keinen vergessen. Am Eingang stand eindeutig auf dem Schild: Samstag geöffnet von acht Uhr dreißig bis sechzehn Uhr!"

Noch einmal riefen die beiden Frauen, so laut sie konnten *Hallo* in das riesige Gebäude, aber nichts rührte sich. Langsam begriffen die Zwei, dass sie in dem großen Kaufhaus allein waren.

„Und nun?", fragte Katerina.

„Wir werden uns jetzt erst einmal langsam zur Rolltreppe hin bewegen und versuchen, ins Erdgeschoss zu gelangen. Vielleicht ist da jemand, der uns nur nicht gehört hat."

Aber auch im Erdgeschoss befand sich kein Mensch und es war alles dunkel. Sie probierten an den Außentüren – abgeschlossen. Natürlich hatte keiner der Beiden ein Handy mit. Immer, wenn man es braucht…

„Wir suchen jetzt ein Telefon und rufen die Polizei an."

Der erste Apparat, den sie fanden, war lediglich ein interner Anschluss. Beim nächsten hatten sie dann Erfolg. Eva, ohnehin die Tatkräftigere von beiden, nahm den Hörer ab und wählte die 110. Kurz darauf meldete sich auch der Dienst habende Beamte:

„Wachtmeister Haller; was kann ich für Sie tun?"

Eva trug ihm das Dilemma vor und hatte ein bisschen das Gefühl, dass ihr Gegenüber in den Hörer schmunzelte.

„Wo sind Sie denn?", fragte Haller nach.

„Wir sind zwei Personen und im Möbelhaus Zick eingesperrt."

„Ich werde mich darum kümmern", versprach der Beamte mit einem Lächeln in der Stimme und legte auf.

Inzwischen setzten Eva und Katerina sich im Schaufensterbereich auf die Kante eines Bettes. Dort war es ein wenig heller - und warteten. Einige Passanten die vorbei kamen, blieben stehen und staunten die Frauen an. In ihren Gesichtern stand Unglaube; lebendige Schaufensterpuppen? Sie winkten und die eingeschlossenen Damen winkten zurück. Was sollten sie auch sonst tun? Die Passanten gingen, meist schmunzelnd, ihres Weges.

Katerina schaute auf ihre Uhr. „Nun sitzen wir hier schon eine gute halbe Stunde und nichts tut sich!"

Eva stand erneut auf und stahl sich durch die Abteilung, um ans Telefon zu gelangen. „Haller", meldete sich der gleiche Beamte.

„Hier ist noch einmal Eva Munden. Haben Sie uns vergessen?"

„Nein, natürlich nicht! Ein Abteilungsleiter der Firma ist mit einem Schlüssel unterwegs – es kann nicht mehr lange dauern."

Fünfzehn Minuten später wurde die Tür tatsächlich geöffnet und das Licht ging an. Dann standen sie sich gegenüber. Abteilungsleiter Stich, zwei Beamte und die Freundinnen. Eva fasste sich zuerst und sagte: „Das grenzt schon an Freiheitsberaubung! Wieso schließen Sie den Laden zu, wenn noch Kundschaft im Hause ist? Und überhaupt... draußen steht, bis sechzehn Uhr geöffnet!"

„Morgen ist verkaufsoffener Sonntag und da haben wir heute zwei Stunden früher geschlossen", entgegnete der Möbelhausfritze arrogant mit der trockensten Miene.

„... und dann lassen uns Ihre Angestellten noch kurz vor vierzehn Uhr in den Laden, ohne Bescheid zu sagen? Im Gegenteil, man wies uns noch den Weg in die Küchenabteilung."

„Nun, jetzt können Sie ja heimgehen", ließ er von sich hören – von einer Entschuldigung oder gar ein paar netten Worten keine Spur.

Eva war jetzt so richtig in Fahrt. „Unser Auto steht noch auf dem Parkdeck. Öffnen Sie bitte das Tor und dann, das können wir Ihnen versprechen, werden wir Ihr Haus *wärmstens* weiter empfehlen!"

Mit einem: „Komm Katerina; wir können deinen Küchentisch auch woanders kaufen", verließen sie den Verkaufsraum. Zur Frustbewältigung machten sie am nächsten Café halt und genossen jeder eine Portion Kaffee und ein Stück Schwarzwälder Torte. Nach diesem versiebten Möbelhausbesuch war ihnen sogar der Kaloriengehalt egal...

\*

## Auf Titelsuche

Ein Autor, eigentlich noch unbekannt
Hat sein Werk „Das knallrote Fahrrad" genannt
Als Info schrieb er ein paar Zeilen
Kunden sollten bei seinem Buch verweilen

Nun gab es jemanden, der interessierte sich sehr
Für diese Krimigeschichten und mehr…
Lief zur Buchhandlung, es zu besorgen
Dort vertröstete man ihn auf übermorgen

Doch der Autor, der von der Bestellung hört
Am gleichen Tag zur Post hin fährt
Und tatsächlich schafft es die Institution
Am nächsten Tag hatte der Kunde es schon

Nun fängt er gleich zu lesen an
Und zweifelt allmählich an seinem Verstand
Die Geschichte mit dem Fahrrad war nicht zu finden
Auch das Inhaltsverzeichnis wies nicht darauf hin

Da macht er für heute zu das Buch
Morgen wird wieder weiter gesucht…
Und dann hurra – er hat es entdeckt
Der Autor hat's auf Seite 251 versteckt

Doch ein „knallrotes Fahrrad" hat der Leser übersehen
Man kann es auf Seite 169 lesen
Denn dieses Rad hat der Autor zum Anlass genommen
Und ist so zu dem Buchtitel gekommen

Gastbeitrag ©Uwe Krohn, Köln

## Der Fall Kaschinsky

Horst Raller saß in seinem Ohrensessel und las die Tageszeitung. Seine Frau Corina war noch nicht wieder zurück vom Enkel hüten; Tochter Beate hatte einen Arzttermin. Da sie nicht weit voneinander entfernt wohnten, bot es sich an, die Oma zu bemühen.

Heute war ihr Hochzeitstag; die Küche blieb kalt, denn sie wollten am Abend chic essen gehen. Einen Tisch zu reservieren erübrigte sich. Erstens befand man sich mitten in der Woche und zum Zweiten hatten sich die Zeiten geändert. Das Geld saß nicht mehr so locker; da gab es immer einen Platz im Restaurant.

Gerade legte er die Zeitung zur Seite und schaute auf die Uhr, als er den Schlüssel an der Haustür klappern hörte. Es war kurz nach sechs am Abend. *Na,* dachte er, *das passt ja gut; dann machen wir uns ein wenig frisch und ziehen uns um. So gegen neunzehn Uhr sind wir dann im Lokal.*

Sie trafen in der Diele zusammen und begrüßten sich liebevoll. „Hast du schon das neue Auto unseres Nachbarn gesehen?", fragte Corina.

„Wieso neues Auto – der hatte sich doch erst voriges Jahr eines gekauft."

„Ich verstehe das auch nicht", murmelte Corina. „Die haben zur gleichen Zeit wie wir gebaut und wir müssen immer noch kräftig abzahlen, obwohl wir beide gut verdienen. Und", fügte sie nachdenklich hinzu, „irgendwie komisch finde ich das schon."

„Vielleicht haben sie im Lotto gewonnen oder von einer alten Tante geerbt, es aber niemandem erzählt", antwortete Horst. „Ist ja egal, wofür jeder sein Geld ausgibt. Mach dich frisch, damit wir weg kommen; ich habe Hunger!"

\*

137

Corina und Horst verlebten einen netten Abend bei *ihrem* Italiener. Überrascht bewunderte Corina den Rosenstrauß, den der Wirt in einer Vase an den Tisch brachte. So drei- bis viermal im Jahr kamen sie beide zum Essen hierher und gönnten sich eine gute Flasche Wein. „Vielleicht hat er ja irgendwas (…) gehört", meinte Horst. Doch ein kleines Lächeln in seinem Gesicht verriet den Auftraggeber.

Nach dem Essen, mit dem sie – wie immer – hochzufrieden waren, gesellte sich Francesco, der Wirt, eine Weile zu ihnen. „Habt Ihr es auch gehört", fragte er die Beiden, „gestern wurde zum zweiten Mal die gleiche Tankstelle im Nachbarort überfallen."
„Welche denn?", fragte Horst zurück. „Ich habe gestern Abend noch an der *Freien* getankt."
„Diese nicht", bekundete Francesco, „die *ESSO* am Ortsende, kurz vor der Autobahnauffahrt. Weißt du, da, wo der kleine Baggersee ist. Hast du das nicht in der Zeitung gelesen?"
„Und – haben sie den Räuber gekriegt?", fragte Horst zurück.
„Nee, obwohl die Polizei ziemlich schnell vor Ort war und die Umgebung abgesucht hat. Keine Spur! Noch nicht einmal sein Rad haben sie irgendwo entdeckt."
„Der kam mit dem Fahrrad?", versicherte sich Horst verblüfft.
Corina hatte die ganze Zeit stumm daneben gesessen; jetzt meldete sie sich. „Der kann sich doch nicht in Luft aufgelöst haben. Wenigstens eine Spur müsste doch zu finden sein…"
„Es war schon dunkel", entgegnete der Wirt, „wie mir heute früh der Tankstellenbesitzer sagte, wollte die Polizei am Vormittag noch einmal alles absuchen."

*

Zwei Streifenwagen-Besatzungen waren den ganzen Tag damit beschäftigt, die Gegend noch einmal genau unter die Lupe zu nehmen und auch einige Personen, die mehr zufällig vorbei kamen, zu befragen. Kommissar Schulze und Wachtmeister Schmitz, zwei waschechte Rheinländer, wie unschwer an deren Namen zu erkennen war, stellten ihr Auto am Baggersee ab und begannen systematisch das Ufer abzusuchen. Auch das Buschwerk in der näheren Umgebung ließen sie nicht aus. Als sie an einer etwas flacheren Stelle vorbeikamen, stoppte der Wachtmeister plötzlich und kniete sich auf den Boden. „Schauen Sie mal, Herr Kommissar – Fahrradspuren bis ans Wasser!"

Die herbei gerufenen Kollegen aus der Taucherabteilung fanden allerdings nichts. Weder ein Fahrrad, noch sonstige Gegenstände, die irgendwelche Rückschlüsse zugelassen hätten. Die Polizei stand vor einem Rätsel.

Nachdenklich resümierte Schulze: „Hat hier vielleicht ein Boot gelegen, mit dem der oder die Person(en) über den Teich das Weite suchen konnten? Dann müsste der Kahn am anderen Ende irgendwo festgemacht sein."

Weder die Taucher, die sozusagen zu Fuß zum anderen Ufer gingen, noch die Beamten, die den Teich am Ufer entlang umrundeten, fanden etwas Verwertbares.

Wieder zurück auf dem Revier musste der Papierkram erledigt werden; die Begeisterung war in allen Gesichtern zu lesen.

Der Kommissar stand bereits in Hut und Mantel, wie man so sagt, als das Telefon läutete. Sein Kollege nahm den Hörer ab: „Ja – bitte."

Schulze winkte ab, grüßte kurz mit dem Kopf nickend und verschwand leise durch die Tür.

„Kurt Mandel", meldete sich der Anrufer, „wohnhaft in der *Hölle* 12."

„Das ist nicht verboten", grinste der Polizeimeister in den Hörer.

Für einen kurzen Moment herrschte Ruhe, dann sprach Mandel ins Telefon: „Gestern ist mir etwas äußerst Komisches passiert. Ich drehe jeden Vormittag meine Runden um den Baggersee – wegen der Fitness und so ... und als ich an einer seichteren Stelle vorbeilaufe, taucht mit einem mal ein junger Mann, ich schätze ihn so an die zwanzig Jahre, aus dem Wasser auf und schiebt ein Fahrrad vor sich her! Ich verschwinde schnell hinter einem Gebüsch und sehe staunend, was da passiert. Der Mann stellte das Rad an einen Baum, zieht sich komplett aus und entnimmt einem verklebten Plastiksack erst ein Handtuch und trocknet sich ab. Danach kommen etliche Kleidungsstücke zum Vorschein, inklusive Schuhe. Nachdem er sich angezogen hatte, verstaute er die nassen Sachen in dem Plastiksack, wischt den Sattel des Fahrrades trocken und radelt Richtung Astheim davon!"

Der Dienst habende Beamte hatte mit offenem Mund zugehört und den Anrufer nicht unterbrochen. Als der nun das Gespräch beenden wollte, bat er ihn, sich doch bitte am kommenden Morgen im Büro der Polizei einzufinden, um die Geschichte noch einmal vorzutragen. Dann wäre auch Kommissar Schulze anwesend, der mit dem Fall betraut sei. Außerdem müsse diese Aussage zu Protokoll genommen werden. Er einigte sich mit Mandel auf zehn Uhr – dann legte er auf.

*Der muss nicht ganz nüchtern gewesen sein,* dachte der Beamte des Innendienstes, *so was gibt es doch gar nicht. Fährt einer mit dem Fahrrad durch den Baggersee. Warum geht der nicht gleich, wie Jesus, übers Wasser ...* Er fertigte eine Notiz an und legte sie auf Schulzes Schreibtisch.

*

Karin Weise stand in der Küche am Herd und bereitete das Abendessen zu, als ihr Mann Helge von der Arbeit kam. „Hast du unseren Nachbarn was getan?", fragte er nach der Begrüßung.

„Nee – wieso? Haben die was gesagt?"

„Gesagt haben sie nichts, aber sie guckten so komisch, als ich gerade das Auto in die Garage fuhr."

„Wahrscheinlich sind sie bloß neidisch auf unser neues Auto. Die fahren doch noch immer so eine uralte Kiste – Opel Kadett, wenn ich das richtig weiß."

„Dafür fahren die Rallers dreimal im Jahr in Urlaub", murmelte Helge, drehte sich um und marschierte ins Bad, um sich vor dem Abendbrot noch zu duschen.

Sie aßen immer in der Küche; nur wenn Besuch kam, deckten sie im Wohnzimmer den Esstisch. Heute gab es vorab eine Leberknödelsuppe und danach Kartoffeln mit Sauerkraut und Leberkäs', in Anlehnung ihres diesjährigen Urlaubs in Bayern.

„Hast du eigentlich mal wieder etwas von deinem Sohn gehört", fragte Helge zwischen zwei Bissen. Wenn er seine Frau ein bisschen ärgern wollte, sagte er immer *dein* Sohn.

Und dann kam es auch gleich. „Dein Sohn ist er wohl nicht, was? Aber wenn es dich beruhigt, ihm geht es gut. Wenigstens, was die Gesundheit angeht und angepumpt hat er mich auch nicht, als er vorige Woche anrief."

„Das wäre ja auch noch schöner! Erst kurz vor dem Abitur die Schule schmeißen, dann die Lehre nicht zu Ende bringen, frech werden und ausziehen! Möchte bloß mal wissen, von was der lebt in seiner WG", überlegte Helge laut.

„Am Telefon sagte er, zur Zeit sei er bei einer Spedition im Lager beschäftigt und würde auch entsprechend verdienen", gab Karin zurück.

Nach dem Essen trollte Helge sich ins Fernsehzimmer. Die Übertragung des Fußballspieles Nürnberg gegen Budapest wollte er unbedingt sehen. Karin ging ins Arbeitszimmer; ein paar Wäschestücke warteten aufs Bügeleisen.

*

141

Es war kurz vor zwanzig Uhr als der junge Mann vor dem Laden seine Zigarette ausdrückte und das Geschäft betrat. Eine Verkäuferin sprach ihn an, er möge sich doch bitte ein wenig beeilen, da sie gleich schließen würden. Der Mann nickte und verschwand schnellen Schrittes zwischen den Regalen. Als er dann an die Kasse zurückkam, schaute die Kassiererin demonstrativ auf ihre Uhr. Der Filialleiter stand schon an der Eingangstür, bereit, diese nach dem letzten Kunden abzuschließen. Der Käufer legte in aller Ruhe die Ware auf das Band und ließ dabei seinen Blick umher schweifen. „Geht das nicht ein bisschen schneller", moserte die Kassiererin. Antwort bekam sie keine. Der Mann zückte die Geldbörse, entnahm ihr einen größeren Schein und dann ging alles blitzschnell! Die Kassiererin war damit beschäftigt, das Wechselgeld aus der Kasse zu nehmen, als der vermeintlich späte Kunde sich vorbeugte und ihr eine Waffe entgegen hielt. Mit der freien Hand griff er in die Kasse und nahm nur die großen Scheine. Die stopfte er in seine Jackentasche, dreht sich um und ging schnellen Schrittes zur Tür. Erst als er schon durch den Ausgang verschwunden war, löste sich die Erstarrung der verblüfften Kassiererin und sie schrie: „Überfall – halten Sie den Dieb!"

Doch der war bereits um die Ecke des Kaufhauses verschwunden. Dem Dieb kam zugute, dass der Verkaufsleiter in der Tür stand, um auf den *letzten Kunden* zu warten. So konnte sich die Tür nicht selbsttätig schließen. Als der Betriebsleiter dann die Ecke erreichte, hinter der der Dieb verschwunden war, sah er diesen nur noch in einiger Entfernung heftig in die Pedale eines Fahrrades treten. Über sein Handy rief er die Polizei, die wenige Minuten später am Ort des Geschehens eintraf. Der Einsatzleiter forderte per Funk Verstärkung an, um möglichst schnell die Gegend absuchen zu können. Doch vom Täter fehlte bereits jede Spur. Die Beamten befragten auch verschiedene Passanten, ob sie denn einen Radfahrer gesehen hätten. Die Antwort lautete durch die Bank: „Ja mehrere!"

„Wir meinen einen, der es besonders eilig hatte", sagte einer der Polizisten darauf. Einer der Befragten überlegte einen Moment, seine Miene erhellte sich und er nickte: „Ja", streckte seinen Arm aus und zeigte in die Richtung Autobahn, „da ist einer auf einem tollen Rennrad lang…!"
Die Polizisten bedankten sich und fuhren die fragliche Strecke ebenfalls ab. So kamen sie zwangsläufig auch an dem Baggersee vorbei. „Mensch Karl", legte der Eine seinen Finger nachdenklich an die Stirn, „da war doch was! Schulze bearbeitete letztens einen Überfall auf eine Tankstelle. Da kam auch etwas mit einem Fahrrad und einem Baggersee vor… wenn ich mich richtig erinnere."
Sie stiegen aus und blickten über das Wasser; alles ruhig, bis auf ein Entenpaar, das seine Bahnen zog. An einer etwas entfernteren Stelle stiegen ein paar Luftblasen auf, doch das konnte keiner mit bloßem Auge sehen.

*

Corina und Horst Raller hatten sich ein aufblasbares Paddelboot gekauft; in diesem Jahr sollte es mal ein vierzehntägiger Urlaub auf dem Wasser sein. Horst liebäugelte mit der Lahn oder der Mosel. Mit der Eisenbahn zum Ausgangspunkt und dann flussabwärts. Das Boot, die Paddel und eine Pumpe waren in einem maßgerechten Koffer verstaut; in zwei Rucksäcken sollte das Nötigste mitgenommen werden.
Heute war Samstag und Horst schlug beim gemeinsamen Frühstück vor, zum Baggersee zu fahren, um das Boot auszuprobieren. Der Wettergott spielte mit und ließ die Sonne scheinen, als Horst mit dem aufgepumpten Boot und Corina mit den Paddeln die letzten Meter vom Parkplatz zum See marschierten. Vorsichtig ließen sie das Boot zu Wasser, stiegen ein, stießen sich vom Ufer ab und glitten langsam in die Mitte des Gewässers. Sie genossen die herrliche Ruhe und beobachteten vom Wasser aus, wie die ersten Jog-

ger um den See trabten. Am gegenüber liegenden Ufer machten sie eine kurze Pause und übten das Ein- und Aussteigen, ohne nasse Füße zu bekommen. Beim Einsteigen wären sie dann doch noch beinahe gekentert; es kam nämlich ein wenig Wind auf und leichte Wellen schlugen an das Ufer.

Horst saß hinter Corina im Boot und konnte nicht gleich erkennen, um was es ging, als Corina sagte: „sieh mal! Da kommt doch glatt einer mit dem Fahrrad und der fährt ins Wasser!"
Horst drehte sich zur Seite und sah gerade noch einen Kopf im See verschwinden. „Lass uns einen Schlag zulegen, der ertrinkt sonst… Vielleicht können wir ihm helfen."
Das Boot schaukelte bedenklich als sie ihre Paddel tief ins Wasser tauchten, um ihr Gefährt schneller zu machen.
An der Stelle angekommen, war weder von der Person, noch von dem Rad etwas zu sehen. So sehr die Beiden ihre Blicke schweifen ließen – nichts. Das war umso verwunderlicher, weil das Wasser relativ klar war.
„Komisch", meinte Corina, „der muss doch hier irgendwo sein!"
Sie fuhren, so dicht es ging, am Ufer entlang, was an einigen Stellen gar nicht so einfach war. Diverse überhängende Äste hinderten sie daran. „Das ist aber eigenartig", meinte Horst, „wir sollten zum Ausgangspunkt zurück paddeln. Ich rufe dann per Handy die Feuerwehr und du behältst das Ufer im Auge."

*

Kurz vor dreizehn Uhr ging bei der Polizei der Notruf ein. Die Spielhalle in der Bahnhofstraße sei überfallen worden. Ein Mann, etwa um die Dreißig, hatte gewartet, bis die Aufsichtsperson den Laden zur Mittagspause schließen wollte. Mit vorgehaltener Waffe zwang er die ältere Frau, ihm die Einnahmen auszuhändigen Und mit einem Fahrrad flüchtete er Richtung Autobahn.

Wachtmeister Franz Schmitz hatte Dienst und erinnerte sich sofort: Räuber – Fahrrad – Autobahn – Baggersee. Er rief seinen Vorgesetzten, Kommissar Schulze an, der daraufhin entschied, nicht zuerst zur Spielhalle, sondern gleich zum Baggersee zu fahren. Eine andere Streifenwagenbesatzung beorderte er an den Tatort.

Die beiden Beamten kamen am See an und staunten nicht schlecht, dort auf einen Kranken- und einen Feuerwehrwagen zu treffen. Die am Ufer stehenden Feuerwehrleute zeigten ihnen das Ehepaar Raller, auf dessen Veranlassung sie hier seien. Der Kommissar ließ sich von Horst Raller seine Wahrnehmungen schildern, als von den Männern, die das Seeufer absuchten, plötzlicher Lärm zu hören war. Mit einem Boot unterwegs und langen Stangen bewaffnet, mit denen sie im Wasser herum stocherten, stießen sie mit einem Mal auf Widerstand. Mit schmerzverzerrtem Gesicht tauchte ein Männerkopf aus dem Gewässer auf; genau an der Stelle, wo Corina und Horst wegen der überhängenden Äste bei ihre Suche nicht hingekommen waren. Die Wehrmänner zogen den Mann heraus und verfrachteten ihn in ihr Boot. Sie wollten soeben in Richtung ihres Einstiegs losrudern, als der abgetauchte Kollege wieder hochkam und *Halt, Halt* rief. Mit einer Hand hielt er das Fahrrad und mit der anderen einen blauen Plastiksack in die Höhe. Mann und Beute wurden ins Boot gezogen, dann ging es zurück. Ein Fluchtversuch erübrigte sich, saß doch die Person von vier Feuerwehrleuten umringt in der Mitte des Bootes. Im Krankenwagen durfte der Mann sich umziehen, dann übergaben die Rettungskräfte ihn der Polizei. Schmitz und Schulze verfrachteten das Rad auf den Dachträger des Streifenwagens – man hatte zum Glück eine Art Minitransporter geschickt – und den gefassten Taucher, mitsamt seiner Habe, auf den Rücksitz. Dann ging es ab zum Revier.

\*

Die beiden Rallers wurden aufgefordert, am kommenden Wochentag zwecks unterschreiben des Protokolls im Revier vorzusprechen. Die Einsatzbeamten begaben sich hinter ihre Schreibtische und forderten den Gefassten auf, seine Habseligkeiten auf dem kleinen Tisch auszubreiten. Viel war es nicht, was zum Vorschein kam. Die nassen Sachen, ein paar aufgeweichte Taschentücher und eine kleine Kunststofftasche.

„Und was ist da drin?", fragte Schmitz. Bisher hatte der aus dem See gefischte Mann noch kein Wort gesprochen. Auch jetzt nicht, als er sich der Tasche zuwandte, um sie ganz langsam zu öffnen. Neben einem geringen Geldbetrag kullerten eine Spritze, ein Löffel, ein Feuerzeug und ein kleines, weiß schimmerndes Briefchen auf den Tisch. „Und was haben Sie noch in den Hosentaschen?", ließ sich der Kommissar hören.

Stumm krempelte er die Taschen nach außen – leer! Keine Papiere, die ihn ausweisen könnten. Einfach nix!

Der Kommissar lehnte sich zurück und forderte den Mann auf, sich auf den Stuhl vor seinem Schreibtisch zu setzen. Er schaltete einen Kassettenrekorder ein und begann: „So, nun erzählen Sie mal, wer Sie sind, wo Sie wohnen und so weiter... oder sind Sie stumm?"

In der Zwischenzeit hatte Wachtmeister Schmitz dem Kommissar einen Ordner auf den Tisch gelegt. *Ungeklärte Fälle!*

„Mein Name ist Igor Kaschinsky", begann der Mann in etwas holprigen Deutsch. „Ich bin seit einem Jahr in Deutschland und stamme aus Kasachstan. Bin mit meinen Eltern gekommen, die haben mich vor sechs Wochen rausgeschmissen, weil ich ... angefangen habe, Drogen zu nehmen. Da ich nicht weiß wohin, wohne ich zurzeit in einer Gartenlaube; Tulpenweg 12. Sie wissen sicher, die Gartenanlage, die abgerissen werden soll ... wegen der Autobahn. Hat man mir erzählt. Arbeit habe ich keine", fuhr er fort, „ich benötige aber Geld für meinen Stoff. Da habe ich mir ab und zu etwas besorgt, aber immer nur soviel, wie ich wirklich brauchte. Habe auch keinem Menschen etwas getan, nur ein wenig Angst gemacht, sonst bekam ich ja nix! Das Fahrrad habe ich ausgeliehen und immer wieder zurück gebracht. Die Menschen schließen ihr Rad meistens nicht ab, wenn sie nur kurz zum Bäcker gehen. Nachdem ich mir Geld besorgt hatte, bin ich in den See, nicht weit von der Gartenanlage, und habe gewartet, bis die Luft wieder rein war."

„Und wie haben Sie das unter Wasser ausgehalten", unterbrach der Kommissar das erste Mal neugierig die Aussage.

Igor zögerte einen Moment und Schulze war es so, als huschte ein Lächeln über das Gesicht seines Gegenübers. „Ich hatte ein dünnes Rohr dabei. Das hielt ich ein kleines Stück aus dem Wasser und atmete da durch. So konnte mich keiner sehen, wenn das Ufer abgesucht wurde. Wer achtet schon auf ein Stück Rohr, das aus dem Wasser guckt. Es hätte ja auch ein abgebrochenes Schilfrohr sein können."

Zwischenzeitlich hatte Kommissar Schulze in dem Ordner geblättert. „Sie geben also zu", überrumpelte er den Kontrahenten, „dass die Überfälle auf die Tankstelle, den Lebensmittelmarkt und die Spielhalle auf Ihr Konto gehen."

Wieder zögerte Igor. Dann nickte er kleinlaut: „Ja, das war ich. Aber, wie gesagt, ich habe niemandem etwas getan."

Schulze schaltete das Aufnahmegerät aus und beugte sich vor. „Ich habe mir etwas überlegt. Ich schicke Sie mit einem unserer Beamten zu Ihrer Schlafstatt. Dort holen Sie Ihre restlichen Habseligkeiten und kommen wieder hierher zurück. Ich kümmere mich inzwischen in der Krankenanstalt um einen Platz für Sie, damit Sie erst einmal einen generellen Entzug machen können. Sie müssen von den Drogen herunter – aber das wissen Sie vermutlich selbst. Dorthin bekommen Sie dann auch den Bescheid, wenn Ihre Verhandlung vor Gericht beginnt... Da kommen Sie nicht drum herum. Klar? Vielleicht finden Sie ja einen milden Richter. Aber... eines müssen Sie mir versprechen", fügte der Kommissar ernst hinzu.

„Sie dürfen nicht versuchen zu türmen. Nur so kann und will ich Ihnen helfen."

„Das verspreche ich Ihnen", murmelte Igor. Dann ging die Bürotür auf und der angeforderte Beamte erschien. Egon Schulze erklärte kurz den Sachverhalt, dann machten die Beiden sich auf den Weg.

*

Igor bemühte sich wirklich und das Glück stand ihm zur Seite. Ein Richter verurteilte ihn zu einer Geldstrafe, die er in einer Abteilung des Krankenhauses abarbeiten musste. Der Kommissar hatte sich tatsächlich für ihn stark gemacht und eine Bleibe in einem Junggesellenheim für ihn gefunden. Igor wusste allerdings nicht, dass er unter Aufsicht stand bis er, entsprechend stabilisiert, sein weiteres Leben in die eigenen Hände nehmen konnte. Als er ein paar Jahre (!) später soweit war, fasste er sich ein Herz und entschuldigte sich bei allen Betroffenen. Nur der Tankstellenbetreiber, den er zweimal heimgesucht hatte, nahm seine Entschuldigung nicht an.

*

# Thekengespräch

In der Wirtschaft, in der das Bier so lecker
Treffen sich der Metzger und der Bäcker
Wie üblich man an der Theke steht
Wo jeder Mann mit jedem red'...

Sie diskutieren in froher Runde
Und es vergehen Stund um Stunde
Irgendwann entscheiden sie sich
Ein, zwei Schnäpschen, die schaden nicht

Der Wirt, der kennt hier jeden Mann
Ist gespannt und beobachtet dann
Ob das gut geht mit den Beiden
Oder ob sie wieder anfangen zu streiten

Grad' schon hört er den Metzger sagen
He Bäcker, was machst du noch in deinem Laden
Den fertigen Teig kriegst du gebracht
Statt ihn zu kneten in der Nacht

Dem Bäcker, dem das nicht gefällt
Als Faulenzer wird er hingestellt
Erwidert mit erhobener Stimme
Zum Metzger: du bist doch um vieles schlimmer...

Schlachten brauchst du schon lang nicht mehr
Aus dem Schlachthaus schleppen sie's Fleisch dir her
Die Wurst, die in deinem Laden hängt
Du auch von einem Großmarkt empfängst

Nun spricht der Metzger, schon gereizt
Auf euch Bäcker könnt' ich verzichten leicht
Jeder große Lebensmittelmarkt
Auch all' deine Produkte hat

Dem Wirt wird das Ganze nun zu laut
Er mit der Faust auf die Theke haut
Und schaut sie an mit bösem Blick
Sagt: *Ruhe – sonst es kein Bier mehr gibt*

Da schauen sich die Streithähne an
Der will uns kein Bier mehr geben – der Mann …
Der Metzger spricht: ich geb' einen aus
Ich auch, sagt der Bäcker – dann geht's nach Haus'

Merke: spricht man kräftig dem Alkohol zu
Unser Gehirn hat dann mächtig zu tun
Unterscheidet nicht mehr zwischen Wahrheit und Bluff
Ein Dritter dann meistens schlichten muss

Wenn sie dann wieder mal am Tresen steh'n
Sagen zum Wirt, das letzte Bier sei schlecht gewes'n
Der grinst und schaut die Beiden an
Sagt: Ich würde das Letzte nicht mehr trinken dann!

# Die defekte Kühltruhe

Andreas Kolbe nahm die rechte Hand vom Lenkrad seines Sattelzuges und griff nach dem Handtuch auf dem Beifahrersitz. Es war unerträglich heiß in der Kabine. Nicht nur, dass die Sonne mit voller Kraft auf die riesige Frontscheibe des Führerhauses schien; zu allem Überfluss war vor einer halben Stunde auch noch die Klimaanlage ausgefallen. Er hatte zwar über Funk seinen Chef informiert, doch zur Antwort bekam er: „Du bist doch sowieso fast leer. Mach am Rastplatz Lenne eine Pause und dann geht's schon wieder bis zur nächsten Abladestelle. Wir reparieren das gleich wenn du dann auf den Betriebshof kommst", schob Horst Schabe, der Betriebsleiter, nach.

*Der hat gut reden,* murmelte Andreas vor sich hin. Die Raststätte war zwar schon angezeigt – noch fünf Kilometer – doch die letzte Abladestelle lag davon vierzig Kilometer entfernt und dann ging es nochmals dreißig Kilometer weiter bis zum Firmenparkplatz.

Das Hinweisschild *Ausfahrt in fünfhundert Metern* tauchte auf; er reduzierte die Geschwindigkeit, hängte sich das Handtuch um den Hals und setzte den Blinker. Auf dem Rastplatz war der Teufel los. Erst ganz am Ende, schon wieder kurz vor der Ausfahrt zur Autobahn, fand er noch einen Stellplatz. Andreas riss beide Türen auf, holte den kleinen Hocker hinter dem Beifahrersitz hervor, sowie aus der Kühlbox die Flasche Tee und verzog sich auf die schattige Seite des Trucks. Gerade blickte er auf die Uhr und wollte sich erheben, als ein Mann um die Ecke seiner geöffneten Tür schaute. Mit einem *Hallo Kollege* kam er auf ihn zu.

„An deinem Nummernschild sehe ich, dein Heimathafen ist Leverkusen. Ich hätte eine Bitte. Auf halbem Weg liegt die Ausfahrt Hilden. Mein Motor hat den Geist aufgegeben und ich habe dringende Fracht für eine Gaststätte. Denen ist die Eistruhe kaputt gegangen und ich komme heute hier nicht mehr weg. Würdest du das für mich erledigen? …ist nur eine Kiste. Hast du Platz dafür und eine halbe Stunde Zeit?"

„Platz hätte ich schon, aber da muss ich erst mit dem Boss sprechen." Andreas stand auf und angelte sich aus seinem Cockpit das Funkgerät.

\*

Sibylle und Max lagen wieder einmal miteinander im Clinch. „Hättest du bloß nicht wieder allein an dem Automaten herumgewerkelt, statt einen Fachmann kommen zu lassen."

„Ach ja – und wer und vor allem *von was* sollen wir den Fachmann bezahlen?", fauchte er zurück.

„Das wäre allemal billiger gewesen. Jetzt hast du den Salat! Durch deine Fummelei ist die ganze Ware für die morgige Feier verdorben", antwortete sie lautstark. „Nicht nur, dass die Kosten für die Entsorgung anfallen; ich muss neue Ware kaufen und darf die ganze Nacht in der Küche stehen, um alles noch einmal zuzubereiten!"

„Die Truhe war sowieso nicht mehr die Jüngste. Wir hätten ohnehin bald eine Andere gebraucht", gab Max zur Antwort. „Außerdem haben wir, wie du weißt, den Kühlbehälter nur geleast."

„Wenn die merken, dass der durch dein Verschulden defekt ist, werden die dir, bezüglich kostenfreier Reparatur, was husten. Dann bezahlst du den Rest von der alten und den Preis für eine neue Truhe gleich dazu. Außerdem bin ich es sowieso leid, ewig plus minus null über die Runden zu kommen. Wir hätten schon vor Jahren verkaufen sollen, als es das blöde Raucher/Nichtrauchergesetz noch nicht gab", maulte Sibylle.

„Kommt gar nicht in Frage! Ich habe die Gaststätte von meinen Eltern geerbt. Die haben sich ein ganzes Leben dafür krumm gelegt. Im Übrigen habe ich vergangene Woche eine Gefriertruhe bestellt, die sollte heute geliefert werden." Mit diesen Worten drehte er sich um und ging zum Telefon, um sich nach deren Verbleib zu erkundigen.

Es war kurz vor siebzehn Uhr; Zeit zum öffnen. *Schließlich können die Gäste nichts für die Differenzen mit meinem Mann,* dachte Sibylle. *Doch wenn das so weiter geht, schmeiße ich irgendwann die Brocken hin,* murmelte sie weiter und schloss die Tür auf.

\*

Ulrich Irsig hörte zwar nur, was Andreas seinem Vorgesetzten antwortete, doch daraus konnte er schließen, dass das mit seiner Kiste wohl nicht klappen würde. *So ein Mist,* dachte er, *dann muss ich wohl einen Anderen fragen.*

Er hatte richtig vermutet. Als der Gefragte sein Funkgerät ausgeschaltet und wieder in die Halterung gesteckt hatte, beschied er ihm, dass er gleich los müsse und kein zusätzliches Frachtstück befördern dürfe. „Es tut mir leid", schob Andreas nach, aber da kann ich nichts machen. Der Chef meinte, das sei übrigens dann auch eine versicherungstechnische Angelegenheit…"

„Ich sehe mich mal um, vielleicht finde ich ja noch jemanden", antwortete Ulrich und verschwand in Richtung Parkplatz.

Andreas verstaute den Rest Tee und seinen Klappstuhl, setzte sich auf den Bock und ließ den Motor an. Die Sonne stand nun schon etwas tiefer; jetzt blendete sie die Autofahrer, dafür war es ein wenig kühler geworden. Man kann eben nicht alles haben. Während er den letzten Auftrag erledigen musste, fand Irsig doch einen Fahrer, der ihm seine Kiste mitnahm. Allerdings musste er dafür zwanzig Euro löhnen, sozusagen als Spritgeld für den kleinen Umweg. Im Rasthaus durfte er eine Kopie des Transportauftrages machen, den er dann von dem hilfreichen Fahrer unterschreiben ließ.

\*

Max Hilger kam vom Telefonieren zurück und machte sich mit mürrischem Gesicht hinter der Theke zu schaffen. Gäste waren bislang keine im Schankraum, aber seine Frau war auch nirgendwo zu sehen. Gerade wollte er durch die Küche in den oberen Räumen nachsehen, als die Tür aufging und der erste Kunde erschien. Mit einem *wohl bekomm's* stellte er ihm das Gewünschte auf die Theke und hörte gleichzeitig seine Frau die Treppe herunter kommen. Im Schankraum angekommen begrüßte Sibylle den Gast und fragte ihren Mann, ob die Truhe heute noch ausgetauscht würde.

„Ich hab' alles geregelt", gab er zur Antwort.

„Ja... kommt sie nun oder kommt sie nicht? Ich muss einkaufen, vorkochen und die Speisen bis zum morgigen Abend kalt stellen! Sonst kannst du deine Feier vergessen", sprach's und verschwand durch die Tür ehe ihr Mann antworten konnte.

Dieser hörte nach ein paar Minuten, wie die Garagentür aufging; kurz darauf fuhr seine Frau mit dem Auto weg.

Inzwischen betraten einige Leute den Raum, die er noch nie in seinem Lokal gesehen hatte. Ob das mit dem *Rauchen verboten* zu tun hatte? *Vielleicht gleicht sich das wirklich aus,* dachte er, *die Einen bleiben weg, weil sie nicht qualmen dürfen und Andere kommen, gerade* weil *hier nicht geraucht werden darf.* Etwas Positives hat es nebenbei ja gebracht; früher stank die Kleidung am Feierabend nach Qualm und Bier – jetzt nur noch nach Bier!

Gerade ging wieder die Tür auf. Ein Mann in Arbeitskleidung betrat den Raum, die Zigarette im Mundwinkel. Max wollte gleich loslegen, *hier darf nicht geraucht werden,* als er sah, dass die Zigarette nicht angezündet war. Er konnte sich soeben noch zurückhalten. „Sind Sie Max Hilger?", kam der Fremde auf ihn zu.

„Ja, um was geht es?"

„Ich habe hier eine Kühltruhe abzuliefern – wohin soll die?", zeigte er Max die Papiere.

Die Gefriertruhe war endlich eingetroffen.

„In den Keller, bitte – und die Defekte gleich mitnehmen", antwortete Max.

„Weder das Eine, noch das Andere", gab der Speditionsfahrer zurück. „Ich habe nur einem Kollegen, der einen Motorschaden hat, einen Gefallen getan. Sie unterschreiben mir bitte den Erhalt, dann lade ich die Truhe vor dem Haus ab und fahre wieder. Alles Andere müssen Sie mit dem abmachen, mit dem Sie auch den Auftrag ausgehandelt haben…". Sprachs und ging nach draußen.

*Laffe*, dachte Max, *warum fragt der denn erst, wohin er sie bringen soll, wenn er sie dann bloß vors Haus stellt...*

Der Wirt schaute schnell in die Runde, ob noch alle Gläser gefüllt waren, unterschrieb den Auftrag und rannte dem Fahrer nach draußen hinterher. Er konnte ihn wenigstens überreden, die große Kiste in der Garage abzustellen, dann war er damit allein. Max grinste in sich hinein, als er sich ausmalte, wie es ausgehen würde, wenn seine Frau vom Einkaufen käme und in die Garage wollte. Kurz darauf kamen einige Jungs vom örtlichen Fußballverein auf ein Bier zu ihm und wurden mit den Worten empfangen: „Euch schickt der liebe Himmel!"

„Was ist denn mit dir los?", ließ sich einer der vier Jugendlichen vernehmen. „Sonst kriegst du den Mund kaum auf – da stimmt doch was nicht!"

„Ich hab' 'ne Bitte", kam er mit der Sprache raus, „in der Garage steht eine Kiste, die muss in den Keller." Dann erklärte er das Warum und Wieso. „Wenn Ihr das macht, gehen die Getränke heute auf mich", meinte er zum Schluss.

Eine Stunde später stand die neue Truhe, ausgepackt und angeschlossen, im Keller, an Stelle der defekten. Die wiederum stand nun in der Garage.

\*

Es hatte länger gedauert, als Sibylle Hilger vorher veranschlagte. In dem einen Laden war etwas nicht mehr vorrätig, bei dem Metzger, bei dem sie immer kaufte, gab es eine bestimmte Fleischsorte nicht mehr. Und so weiter…

Es war schon fast dunkel, als sie in die Einfahrt bog und fast vor das Garagentor gefahren wäre. *Wieso hat er das nicht offen gelassen?* dachte sie und stieg aus. Sie trug ihre Einkäufe ins Haus und ging gleich durch in die Küche. Ein Blick durch die Tür in den Gastraum sagte alles. Ihr Mann saß mal wieder zwischen den Gästen, statt hinter der Theke zu stehen. Und es ging ziemlich lautstark zu. *Alles muss ich allein machen,* murmelte sie und begann erneut, die Speisen für die Feier am Samstag vorzubereiten. Als sie zwischendurch in den Keller ging, um einige Büchsen aus dem Vorratsschrank zu holen, sah sie die neue Truhe. *Na, wenigstens etwas hat geklappt,* zuckte sie mit den Schultern und marschierte mit ihren Sachen wieder nach oben.

Es ging schon auf Mitternacht zu, als sie mit den Vorbereitungen fertig wurde. Ihr Mann war noch nicht einmal gekommen, um nachzufragen, ob er ihr vielleicht helfen könne. So verstaute sie die abgekühlten Speisen in der neuen Kühltruhe und richtete die Küche her, nicht, ohne noch einmal einen Blick in den Gastraum zu werfen. Max saß jetzt mit am Stammtisch. Alle anderen Gäste waren schon gegangen. Und ganz nüchtern schien er auch nicht mehr zu sein. Sibylle zog die Tür wieder zu und ging rauf in die Wohnung; duschte und verschwand im Bett. Morgen würde ein anstrengender Tag werden.

*

Sibylle wurde durch das Geräusch einer Klingel geweckt. Sie blickte auf den Wecker. Ein halb acht in der Früh. Schnell zog sie sich den Morgenmantel über und ging nach unten, um nachzusehen, wer ihren wohlverdienten Schlaf störte. Als sie die Haustür öffnete, verdunkelten zwei Männer – Statur Marke Preisboxer – den Eingang. Sie fragte nach deren Wünschen; dann sah sie einen riesigen Sattelschlepper auf der Straße stehen.

„Wir sollen hier eine defekte Kühltruhe abholen. Die Neue wurde Ihnen gestern durch einen fremden Spediteur geliefert", sprach einer der Beiden und legte ihr einen Auftrag vor.

„Einen Moment bitte, ich hole nur den Auto- und Garagenschlüssel. Das Auto muss ich wegfahren und etwas überziehen muss ich mir auch."

Fünf Minuten später, der Truck hatte etwas zurückgesetzt und sie konnte ihr Auto aus der Einfahrt bugsieren, schloss sie die Garage auf. Dort stand eine verschlossene Kiste und es sah aus, als hätte sie noch niemand ausgepackt.

„Und wo ist die defekte Truhe?", fragte einer der beiden Fahrer.

„Na – da drin", gab Sibylle zur Antwort, „ich dachte, so ließe sie sich besser transportieren."

Die Beiden schauten sich an und einer ging zum LKW, um mit einem Stapler zurückzukommen. Dieser nahm die Kiste hoch und lud sie auf dem Wagen wieder ab. Mit einem „Schönen guten Tag noch Frau Wirtin", verabschiedeten sich die Beiden und fuhren davon.

Sibylle setzte ihr Auto in die Garage, verschloss sie und ging wieder in die Wohnung, um sich einen Kaffee zu kochen.

*

Es war Sonntag und Sibylle war noch rechtschaffen müde. Die Feier hatte länger gedauert als vorgesehen; über die Sperrstunde hinaus. Gut, dass die Gäste noch jemanden mitbrachten, der beim Bedienen half. Allein, mit nur einer eigenen Hilfskraft, hätte sie das wohl nicht geschafft, zumal ihr Mann seit dem Saufgelage mit den Jugendlichen vom Fußballverein nicht wieder zu Hause aufgetaucht war. „Wo immer der sich wieder herumtreibt…", gab sie zur Antwort, wenn ein Gast sie danach fragte.

Auch in den nächsten Tagen blieb Max Hilger verschwunden und Sibylle ging am Donnerstag, ihrem freien Tag, den sie normalerweise zum Einkaufen nutzte, zur Polizei, um eine Vermisstenanzeige aufzugeben.

Der Beamte befragte sie sehr ausführlich: „Welche Kleidung trug Ihr Mann zuletzt? Hat er dergleichen schon öfter gemacht, …ist also einige Tage nicht nach Hause gekommen? Hat er vielleicht ein Verhältnis? Wo könnte er sich aufhalten…?" Und vieles andere mehr.

Nach einer Stunde verließ sie die Wache mit der Gewissheit, dass nach ihrem Mann gesucht wurde.

Die Tage gingen dahin; von Max Hilger keine Spur. Weder hatte ihn im Ort jemand gesehen, noch brachten die ausgehängten Plakate einen Hinweis. Von den Jugendlichen gab es auch keine neuen Erkenntnisse. Sie hatten alle über den Durst getrunken. Einer erinnerte sich, dass sie noch in der Lotus-Bar im Nachbarort gewesen seien, doch so gegen ein halb drei in der Frühe hatten sie sich voneinander verabschiedet… glaubte er.

In der Gaststätte war ohnehin nicht mehr soviel zu tun – sie dankte dem Rauchverbot – somit schaffte sie die Arbeit locker allein.

Auch nach vier Wochen blieb Max weiterhin verschwunden. Die Polizei kam mit einem Durchsuchungsbeschluss, um eventuell im Hause einige Anhaltspunkte zu finden. Sie sichteten die persönlichen Sachen des Verschwundenen, fanden nichts Auffälliges und verabschiedeten sich nach zwei Stunden ergebnislosen Suchens. Sibylle bekam den Hinweis, sich sofort zu melden, sollte ihr Mann auftauchen.

Nach zwei weiteren Wochen gab Sibylle in der Tageszeitung eine Anzeige auf: Pächter für die *Gaststätte Zum Wilden Mann* gesucht.

Es meldeten sich zwar einige Leute, aber als sie die Umsatzzahlen sahen, nahmen sie Abstand.

Es verging eine ganze Weile und Sibylle glaubte schon nicht mehr an eine erfolgreiche Vermietung, als ein jüngeres Ehepaar Interesse zeigte. Sie hatten neue Ideen und wollten es probieren.

Ein paar Tage später stand ein Möbelwagen vor der Tür und Sibylle ließ ihr Hab und Gut einladen. Am gleichen Abend übergab sie den *zukünftigen Wirtsleuten* die Schlüssel, setzte sich in ihr Auto und fuhr davon.

\*

Horst Schabe und seine Frau hatten in den letzten Wochen wieder und wieder das Risiko diskutiert, ob sie sich nun vergrößern sollten oder nicht. Es ging nicht um zehn- oder zwanzigtausend Euro. Gewiss, die Geschäfte liefen gut, und seitdem die Bahn sich mit den Lokführern nicht einig wurde, kamen immer wieder Kunden dazu. Aber zwei neue Zugmaschinen, dazu das Personal und der Abriss des alten Schuppens, um dafür einen Neubau für die Fahrzeuge hinzustellen – das wollte gut überlegt sein. Doch sie wollten es versuchen und Horst Schabe ging zu seiner Hausbank, um über einen Kredit zu verhandeln.

Als die Finanzierung in trockenen Tüchern war, beauftragte er eine Baufirma vor Ort mit dem Abriss und dem Neubau. Zwei ihm bekannte ältere Arbeitslose, stellte er zum Entrümpeln und Sortieren der Materialien des alten Schuppens ein. Es hatte sich im Laufe der Jahre allerhand angesammelt. Vergessene Verpackungen aus Kundenanlieferungen, Holz, Pappe, Kunststoff, sowie vergammelte Eisenteile von alten Containeraufbauten. Nach vier Tagen war der Schuppen leer und die Beiden begannen, den Außenbereich in Augenschein zu nehmen. Hinter dem Schuppen stießen sie auf eine schon verwitterte Palette mit einem Holzverschlag; eine verrostete Kühltruhe schimmerte durch die Bretter. Einer der Männer nahm das Brecheisen zur Hand und hebelte den Verschlag auf. Dabei hätte er sich fast auf seinen Allerwertesten gesetzt, das morsche Material gab sofort nach. Das Holz warfen sie auf den Haufen für brennbare Materialien, dann wollten sie die Truhe von der Palette heben und stutzten.... „Die ist aber schwer! Haben die vergessen, sie leer zu machen?"

Der zweite Mann fasste den Griff an, um einmal hineinzuschauen, und hatte diesen auch schon in der Hand. „Abgebrochen", stellte er lakonisch fest.

„Nimm doch mal das Eisen", meinte sein Kollege. Der tat wie vorgeschlagen und hebelte den Deckel auf. Beide Männer schauten gleichzeitig hinein, prallten mit einem Schrei zurück und ließen den Deckel wieder fallen...

„Hans", stotterte Paul, „du wartest hier – ich geh den Chef holen!" Damit rannte dieser quer über den Hof, ohne eine Antwort abzuwarten.

Er vergaß das Anklopfen und riss die Tür zum Chefzimmer auf... „Herr Schabe, Sie müssen sofort mit hinter den Schuppen kommen. Am besten rufen Sie auch gleich die Polizei!"

„Nun mal langsam. Beruhigen Sie sich, Herr Sand, so arg wird es sicher nicht sein. Haben Sie einen toten Hund oder eine Katze gefunden?"

Immer noch aus der Puste, stieß der Angesprochene hervor: „Tot ist gar nicht so verkehrt – in der Kühltruhe liegt eine männliche Leiche!"

„Was?" Jetzt wurde auch Horst Schabe mobil.

*

Als der Polizeiwagen auf den Betriebshof fuhr, winkte Schabe ihn zu sich heran. Die beiden Arbeiter waren immer noch ein wenig blass um die Nase, als die Beamten ausstiegen.

Auf Geheiß von Kommissar Seher streifte Wachtmeister Kunde sich ein Paar Handschuhe über und öffnete die Truhe. Nach der Kleidung, handelte es sich, wie gemeldet, um eine männliche Leiche. Als geklärt war, wie die Truhe hinter den Schuppen gelangte – Andreas Kolbe und sein Kumpel hatten das Ding schon längst wieder vergessen – orderte der Kommissar einen Kastenwagen, um die Truhe samt Inhalt abzutransportieren.

Horst Schabe gab der Polizei noch die Kopien der Transportpapiere mit, dann war der Fall für ihn und seine Firma erledigt. Vom Gesprächsthema in den folgenden Tagen mal ganz abgesehen.

Für die Polizei begann nun die Arbeit erst. Wer war der Mann? Wie kam er in die Truhe? Wurde er ermordet? Wenn ja – von wem? Und… vor allem, wenn es Mord sein sollte, wie…? Viele Fragen auf einmal. Einiges würde die Gerichtsmedizin herausfinden, anderes die Spurensicherung. Sicher war nur, dass die Kühltruhe, laut der Frachtpapiere, an der *Gaststätte Zum Wilden Mann* aufgeladen wurde.

„Das wird morgen früh unsere erste Amtshandlung sein", sagte Seher zu seinem Kollegen als sie wieder im Auto saßen und zeigte mit dem Finger auf eine Stelle in den Papieren.

Tabea und Boris Romanski schauten sich erstaunt an, als es morgens um acht an der Haustür klingelte. „Erwartest du jemanden?", fragte sie.

„Nein", gab Boris zurück und ging ans Fenster, um von oben festzustellen, wer dort vor der Tür stand. „Was wollen die denn von uns?", murmelte er vor sich hin.

„Wer ist denn da unten?"

Boris öffnete das Fenster und rief hinunter, dass er gleich käme, um aufzuschließen; zu Tabea gewandt sagte er: „Polizei!"

Boris zog sich eine Jacke über, nahm die Schlüssel vom Dielen-tisch und ging hinunter, die Tür öffnen. „Wir suchen Frau Hilger oder Herrn Hilger", begann Wachtmeister Kunde das Gespräch.

„Wir kennen nur eine Frau Hilger; von ihr haben wir vor knapp ei-nem halben Jahr die Gaststätte gepachtet und seit vier Wochen sind wir die Besitzer. Wir haben der Frau die gesamte Liegenschaft, in-klusive Grundstück, abgekauft. Das können Sie nachprüfen!"

„Und wohin haben Sie das Geld überwiesen?", lautete die nächste Frage.

Sie standen immer noch in der Haustür; Boris bat die Beamten ins Haus und bot ihnen im Gastraum einen Platz an. „Ich gehe hinauf, die Papiere holen, dann können Sie sich von der Richtigkeit meiner Angaben überzeugen und sich Notizen machen, wenn Sie möch-ten", sprachs und verschwand durch die Tür.

„Ich erinnere mich", sagte Kunde zu seinem Kollegen, „der Hilger soll nach einer durchzechten Nacht verschwunden sein. Seine Frau hatte damals eine Vermisstenanzeige aufgegeben. Auf dem Revier werde ich dem Kommissar gleich Bericht erstatten – der wird sich freuen!"

Sie machten sich einige Kopien, vor allem von den Kontoauszügen über die Zahlungen der monatlichen Pacht, sowie des Kaufvertra-ges, dann zogen sie wieder ab.

„Da scheint etwas nicht zu stimmen", meinte Boris. „Ob was mit dem verschwundenen Ehemann ist...?"

Tabea meinte ein wenig lapidar: „Sollte etwas Außergewöhnliches vorgefallen sein, steht sicher ein Bericht in der Zeitung."

Das morgendliche Frühstück konnten die Beiden nun vergessen; es war Zeit, die Gaststätte zu öffnen.

*

Sibylle Hilger war damals nach Bayern gezogen. Von dem Erlös der verkauften Gaststätte bezahlte sie die letzte Rate für das kleine

Café, das sie bis dato gemietet hatte. Im Sommer gab es zu Kaffee und Kuchen auch Speiseeis; im Winter kamen stattdessen eine Brotzeit und ein paar warme Speisen auf den Tisch. Die Lage mitten im Ort war nicht schlecht, so hatte sie ihr Auskommen.

Am Anfang war es nicht einfach, doch jetzt ließen sich auch ab und an mal Einheimische sehen. Ihr ehemaliges Zuhause und auch ihren Mann hatte sie nicht vergessen, doch das war ziemlich in den Hintergrund getreten. Bis … nun ja, bis sie an einem Morgen in der Post ein amtliches Schreiben fand. Der Absender ließ ihr Gesicht erblassen; sie nahm ein Messer aus der Schublade, öffnete das Kuvert und begann zu lesen. Mit jedem Wort, das in ihr Bewusstsein drang, wurde sie um einen Schein weißer – dort stand geschrieben:

*Vorladung*
*Bezüglich der Angelegenheit Ihres vermissten Gatten bitten wir sie, schnellstmöglich – spätestens jedoch zwei Tage nach Erhalt dieses Schreibens – auf dem nächstgelegenen Polizeirevier, oder an ihrem ehemaligen Wohnort, vorzusprechen.*

In Sibylles Kopf war mit einem Schlag alles wieder präsent. *Vom Abend, an dem die Kühltruhe kaputt ging, bis auf die dadurch verdorbenen Speisen für die anstehende Feier am Folgetag. Auch, dass ihr Mann, statt sich zu kümmern, mit den Jungens vom Verein in der Gaststube ein Bier nach dem Anderen kippte und sie nach dem erneuten Einkauf bis tief in die Nacht in der Küche stand, um die Speisen neu zuzubereiten. Und... ihr Erstaunen, im Keller eine neue Truhe vorzufinden. Irgendwann, spät in der Nacht, hörte sie ihren Mann, laut singend, nach Hause kommen. ...wie sie ihn am Morgen suchte und unterhalb der Kellertreppe fand.*
*Leblos – als sie in Panik geriet und ihn, nachdem sie den Puls gefühlt hatte, in den Keller zog und abschloss.*

Jeder wusste, dass sie öfter als einmal Krach hatten. *Die denken, ich hab' ihn da runter gestoßen. Ich komme ins Gefängnis!*
Noch heute konnte sie sich nicht mehr konkret erinnern, wie sie den Abend durchgestanden, danach in der Nacht ihren Mann die Kellertreppe rauf geschafft und in der Garage in die defekte Truhe gewuchtet hatte; den Verschlag zugenagelt und gehofft, dass keiner die Kiste aufmachte, bevor sie abgeholt wurde.
*Wie erkläre ich das jetzt der Polizei? Es war doch ein Unfall! Wieso hat man den überhaupt gefunden und wieso ist die komplette Kiste nicht, wie vorgesehen, im Schrott gelandet?*

Als Kommissar Knut Seher seinen Dienst antrat, erwartete ihn eine Überraschung. Im Postkasten lag der Untersuchungsbericht des Pathologen.

*Anhand der übrig gebliebenen Leichenteile und der Utensilien, die in der Truhe gefunden wurden, steht erstens fest, dass es sich um den verschollenen Max Hilger handelt und zum Zweiten, dass er infolge eines Sturzes an einem Genickbruch verstarb. Fremdeinwirkung ist nicht festzustellen*

*Mit freundlichen Grüßen*
*Hubert Sonnenschein*

Immer, wenn er den Namen las, musste er lächeln. Ein Pathologe, namens Sonnenschein – ob es wohl bei der Arbeit hilfreich ist?

Nun wartete er auf Frau Hilger und war neugierig, was sie ihm für eine Geschichte auftischen würde. Dass es bei ihm im Oberstübchen nicht geklingelt hatte, als ihm zu Ohren kam, dass die Gaststätte verkauft wurde, ärgerte ihn immer noch. Also musste Sibylle Hilger doch gewusst haben, wo ihr Mann ist. *Ganz schön hinterhältig, ihn als vermisst zu melden!*

Er wollte gerade in die Kantine gehen und sich einen Kaffee holen, als es an der Bürotür klopfte. „Herein", rief er und schon öffnete sich die Tür. Etwas zögerlich tauchte die Gestalt der Sibylle Hilger auf und dahinter sein Kollege Kunde. Mit den Worten: „Hier ist Besuch für Sie", wollte dieser sich schon wieder zur Tür wenden. Ein lautes *stopp* ließ ihn innehalten. „Bleiben Sie bitte gleich hier, damit ich einen Zeugen habe", meinte der Kommissar und Kunde nahm widerwillig auf einem Stuhl neben der Tür Platz; Frau Hilger auf einem vor dem Schreibtisch des Kommissars.

Ein paar Minuten herrschte totale Stille im Raum, dann räusperte sich der Kommissar. „Nun, dann erzählen Sie mal", forderte er Sibylle Hilger auf. Am Anfang noch etwas stockend begann sie zu reden. Von dem unschönen Zusammenleben; dass sie schon über Jahre hinweg getrennte Schlafzimmer hatten, weil ihr Mann zu oft spät und betrunken heim kam und sie deshalb in der dieser Nacht nicht hörte, dass es wieder einmal der Fall war. Und was er noch im Keller wollte – meist holte er sich noch ein oder zwei Flaschen Bier. Die Zapfanlage war dann schon gereinigt und er musste in diesen Fällen mit Flaschenbier vorlieb nehmen. Die leeren Flaschen standen dann am nächsten Tag in seinem, nach Alkohol stinkenden, Zimmer.

Zwei Stunden berichtete sie dem Kommissar, wie alles abgelaufen war. Zum Schluss sagte sie: „Was sollte ich machen? Ich wollte nicht ins Gefängnis. Oder hätten Sie mir die Geschichte geglaubt? … glauben Sie mir denn jetzt? Es war wirklich so!"

Nachdenklich betrachtete Seher die Frau vor seinem Schreibtisch. So unwahrscheinlich diese Geschichte auch klang – er glaubte ihr wirklich. Um keine falschen Schlüsse aufkommen zu lassen, entgegnete er etwas barsch: „Abgesehen davon, dass sich bestimmt Einiges rekonstruieren lassen wird…. Ich habe tatsächlich den Eindruck, dass es so gewesen sein könnte. Sie werden von uns hören – halten Sie sich bitte bis alles geklärt ist, zu unserer Verfügung."

\*

Die Leiche, oder das, was noch von diesem Menschen übrig war, wurde ein paar Wochen später zur Bestattung freigegeben. Die Gerichtsmediziner konnten, aufgrund der Analysen, die Geschichte von Sibylle Hilger zum größten Teil bestätigen. Ein milder Richter verhängte wegen Falschaussage eine Geldstrafe, zuzüglich der Kosten, die seinerzeit für die Suchaktion entstanden.

Einige Tage vergingen noch mit zur Erledigung aller Behördengänge. Seitens der Polizei wurde Max Hilger nun amtlich für tot erklärt und die Beerdigung musste in die Wege geleitet werden. In dieser Zeit kam sie in einem kleinen Zimmer in ihrer ehemaligen Wirkungsstätte unter.

Danach verschwand Sibylle ohne Aufsehen wieder Richtung Bayern. Zurück in den kleinen Ort, den sie lieben gelernt hatte und in dem ihr Café stand. In ihrem damaligen Heimatort wurde sie nie wieder gesehen, zumal sie ihren Mann stillschweigend und anonym bestatten ließ.

*

# Eine Kahnfahrt

Es fuhr der Hein mit seinem Kahn
Des sonntags auf dem Fluss die *Lahn*
Kinder, die am Ufer standen
Das bunte Bötchen lustig fanden

Sie winkten ihm mit beiden Armen
Bis Heinrich hatte ein Erbarmen
Mit dem Ruder lenkt er den Kahn
Nach rechts und legt am Ufer an

Kind für Kind springt in das Boot
Hein hat seine liebe Not
Das Bötchen wackelt her und hin
Bis alle Kinder endlich drin

Dann legt er ab mit seinem Kahn
Und die Flussschifffahrt begann
Sie sahen Kühe auf der Wiese grasen
Und auf dem Feld sich Hasen jagen

Im klaren Wasser des Flusses Mitte
Sahen die Kinder viele Fische
Eine Entenfamilie konnten sie sehen
Und am Uferrand einen Reiher stehen

Hein sah plötzlich eine dunkle Wolke
Und er ahnte schon, was folgte
Sie würden alle pitschenass
Verderben ließen sich nicht den Spaß

Eine kleine Brücke kam in Sicht
Dort warteten sie, bis die Wolke sich verzieht
Dann drehte Heinrich seinen Kahn
Und die Fahrt zurück begann

Am Ausgangspunkt dann angekommen
Die Kinder haben von Hein Abschied genommen
Alle winkten mit beiden Armen kräftig
Das Bötchen verschwand und schaukelte heftig

Auch Heinrich hatte seine Freude
An der lustigen Kindermeute
Vor allem das helle Kinderlachen …
man sollte so was öfter machen!

## Wenn die Töchter Schicksal spielen

Heute war es soweit; seine beiden Trabanten wurden eingeschult. Michael hatte sich eine Woche frei genommen, um seine Töchter die ersten Tage zum Unterricht zu begleiten und auch wieder abzuholen. In den vergangenen Wochen hatten sie gemeinsam geübt, wie man den Schulweg am besten bewältigt. Von der Wohnung nach rechts; auf dem Gehweg bleiben und nach ungefähr zweihundert Metern – an der Ampel und nur bei grün (!) wobei trotzdem darauf zu achten sei, ob die Autofahrer auch wirklich anhalten – die Straße überqueren. Das war die gefährlichste Stelle; dann ging es knappe zehn Minuten nur noch geradeaus. Ein ziemlich weiter Weg, doch Michael wollte seine Töchter von Anfang an nicht von seinen *Fahrdiensten* abhängig machen.

Nachdenklich blickte er vor sich hin. Wie hatten sich seine Frau Veronica und er auf die Geburt der Zwillinge gefreut. Der Gedanke, sie gemeinsam aufwachsen sehen zu können, beflügelte in den letzten Wochen vor der Niederkunft alle Aktivitäten. Und dann passierte es. Veronica verstarb bei der Geburt – Herzversagen. Die Ärzte konnten ihr nicht mehr helfen und waren ebenso fassungslos wie er. Zumal Veronica niemals über Beschwerden klagte. Gut, sie war oft müde, doch das schrieb man der Schwangerschaft zu. Einen Herzfehler hatte keiner der Ärzte vorher erkannt. Veronica Rosen hatte ihre Kinder nie kennen gelernt.

Von einem Moment auf den anderen stand Michael mit zwei Neugeborenen da; es bahnten sich turbulente Jahre an. Gut, er war immer zu den Vorbereitungskursen, die von der Entbindungsklinik angeboten wurden, mitgegangen und hatte auch schon mal selbst mit Hand angelegt, wenn es hieß ein Baby zu wickeln oder es beim Baden festzuhalten ... doch das Meiste machte seine Frau. Und, es war eben ein Unterschied zwischen einer Puppe und einem lebendigen Kind.

Welche Zutaten kommen ins Fläschchen, wie viel und wie oft wird gefüttert? Die ersten Monate waren recht stressig und ohne seine Mutter, die ab und an einsprang, wäre er sicher aufgeschmissen gewesen. Mit dem Personalchef der Firma kam er überein, sich für zwei Jahre freistellen zu lassen. Was dann die Behörden alles wissen wollten! Das ging so weit, dass man ihm unterstellte, er könne die beiden Neugeborenen nicht ordentlich versorgen. Sie wollten ihm sogar über das Jugendamt die Kinder wegnehmen. Als dieser Kampf endlich ausgefochten war, gab es Ärger mit der Versicherung, die sie Gott sei Dank abgeschlossen hatten. Denen fiel auch immer wieder etwas Neues ein, um nicht zahlen zu müssen. Michael sah durchaus ein, dass die Zeit, in der die Versicherungsbeiträge eingezahlt wurden, relativ kurz war, doch dafür ist eine Risikoversicherung schließlich da. Das Schicksal hatte ihn wirklich hart genug getroffen, als er seine geliebte Veronica mit gerade mal neunundzwanzig Jahren gehen lassen musste.

Nach und nach kam er dann mit allem, auch mit der Wäsche, allein zurecht. Gut, dass er von daheim wusste, wie es in einem Haushalt zuging. Seine Eltern hatten ihn beizeiten dazu angehalten, mit zu helfen; das kam ihm in der jetzigen Situation zugute.

Nach zwei Jahren kam er mit dem Arbeitgeber überein, nur noch Frühschicht zu machen, somit hatte er den restlichen Tag mehr Zeit für seine Töchter. Seinem Chef war er dafür mehr als dankbar. Bis auf die Urlaubszeit holten seine Eltern die Kinder vom Kindergarten ab und aßen mit ihnen zu Mittag. Auf dem Heimweg von der Arbeit kaufte Michael meist für das Abendessen ein.
Dafür sorgte er selbst.

*

170

*Was für ein schönes Bild,* dachte Michael, *könnte meine Veronica das doch noch erleben!* Aber vielleicht schaut sie ja von oben zu. Dass sie *oben* war, davon war er hundertprozentig überzeugt. Die beiden Mädels mit dem Schulranzen; der eine gelb und der andere pink. In gleicher Farbe die riesigen Schultüten mit allerlei brauchbarem Inhalt. Tina und Monika waren ein wenig aufgeregt. Beim Frühstück hatten sie zum wiederholten Mal gefragt: „Schaut Mama auch wirklich aus dem Himmel zu?"

„Ganz bestimmt", antwortete ihr Vater. „Sie wäre sicher gern heute dabei gewesen. Sie freut sich, dass Ihr ein Medaillon mit ihrem Bild an einer Kette um den Hals tragt."

Wie auf Kommando fassten Beide an die Halskette und schlugen die Augen nieder.

Ein halbe Stunde bevor sie los mussten, trafen sich beide Großelternpaare bei ihnen. Ein befreundetes Ehepaar von Michael begrüßten sie auf dem Schulhof. In einem Kreis, mitten auf dem Hof, waren Bänke aufgestellt und auf einer Tafel las man: links Klasse 1a und rechts Klasse 1b. Drumherum standen die Kinder des zweiten und dritten Schuljahres. Die Lehrerin sprach nette Begrüßungsworte und die Erstklässler wurden mit einem Lied der Kinder oberer Klassen in ihrer Mitte willkommen geheißen. Danach gingen die I-Dötzchen das erste Mal für fünfundvierzig Minuten in ihre Klassenräume. Die Erwachsenen vertrieben sich die Zeit mit Gesprächen und waren damit beschäftigt, ihre Kameras *schussfertig* zu machen. Nach genau fünfundvierzig Minuten stürmten Tina und Monika mit strahlenden Gesichtern aus dem Schulgebäude; Michael fiel ein Stein vom Herzen. Beide hatten im Vorfeld immer wieder beteuert, sich auf die Schule zu freuen – doch die Wirklichkeit sah dann oft anders aus. Scheinbar brachten sie der Klassenlehrerin Sympathie entgegen. Das war viel wert.

*

171

Michael hätte zwar zu Hause kochen können, doch heute war ein besonderer Tag und er lud alle zum Italiener ein. Was seine beiden Töchter bestellen würden, wusste er im Voraus und hatte in weiser Voraussicht für jedes Mädchen ein Handtuch mitgenommen. Spaghetti mit Tomatensauce waren angesagt!

Nach dem Essen gab es für die Erwachsenen zum Espresso einen Grappa gratis, die beiden Kinder bekamen ein Eis.

Zuerst verabschiedeten sich die Freunde, danach die Schwiegereltern; nicht, ohne auf ein baldiges Wiedersehen zu hoffen. Monika und Tina hatten ihrer Oma viel zu erzählen: vierundzwanzig Kinder seien sie in der Klasse, davon aber nur acht Mädchen. Und die Lehrerin sei auch ganz lieb. Jeder musste auf ein Blatt Papier den Inhalt seiner Schultüte malen. … Morgen haben wir schon zwei Stunden und am Nachmittag turnen.

Bevor auch Oma Ida und Opa Horst sich verabschiedeten, empfahlen Vater und Sohn sich kurz von der Gesellschaft und verschwanden für *Herren*. Horst Rosen sprach seinen Sohn an: „Was ich dich schon länger fragen wollte: „Hast du eigentlich noch nie daran gedacht, eine neue Frau kennen zu lernen? Du weißt, Mutter hilft dir gern mit den beiden Kindern, doch wir sind nicht mehr die Jüngsten. Und dann – die Mädchen ohne Mutter aufwachsen zu sehen, ist doch auch nicht das Ideale, oder? Wir hätten Verständnis, auch mit deinen Schwiegereltern haben wir schon darüber gesprochen. Sie hätten nichts dagegen, obwohl Veronica sie jedes Mal aus Tinas und Monikas Gesicht anlacht, wenn sie bei ihnen sind."

„Ja, Vater, es ist schön, dass Ihr Euch Gedanken darüber macht, ob ich eventuell eine neue Frau habe. Ich kenne schon jemanden, aber das wissen meine Beiden nicht. Und ob es was Festes wird, weiß auch ich derzeit noch nicht. Außerdem, weißt du, solange bei Tina oder Monika jedes zweite, dritte Wort *unsere Mutter* ist, möchte ich ihnen eine neue Frau in der Familie nicht zumuten. Ich weiß", wehrte er mit einer Armbewegung ab, „ich bin selbst Schuld, dass sie so auf Veronica fixiert sind, obwohl sie sie nie kennen gelernt haben... aber bislang komme ich mit Eurer und der Schwiegereltern Unterstützung gut zurecht. So, wie ich es im Moment sehe, nehmen die Kinder keinen Schaden. Wenn ich den Eindruck habe, und daran werde ich behutsam arbeiten, so dass ich es auch verantworten kann, werde ich schon einen Weg finden. Ich bin ja erst fünfunddreißig, habe also noch Zeit. Kannst der Mutter ja sagen, sie möge noch ein, zwei Jahre Geduld haben", schmunzelte er.

Als sie gemeinsam wieder an den Tisch zurückkamen, schaute niemand hoch; so sehr waren Tina und Monika mit ihrer Oma in ein Gespräch vertieft. Michael rief den Ober, bezahlte die Rechnung und, nachdem sich seine Eltern verabschiedet hatten, marschierten auch sie wieder heim. Aufgrund des schönen Wetters schlug Michael seinen Töchtern vor, noch eine Stunde in den Zoo zu gehen, was begeistert angenommen wurde. „Da haben wir morgen in der Schule auch gleich etwas Neues zu erzählen...!"

Zwei Jahre gingen ins Land. Immer noch machte den Kindern die Schule Spaß und die Hausaufgaben stellten sie vor nicht allzu große Probleme. Auch Michael kam gut klar, obwohl anfangs manches Elternpaar komisch guckte, wenn er zum Elternabend sozusagen in *Personalunion* erschien. Doch man gewöhnte sich daran, zumal Michael von der Lehrerin öfter ein Lob betreffs seiner Töchter erfuhr, da die Beiden zu den Klassenbesten gehörten. Sie waren nie vorlaut, machten im Unterricht mit und hatten vor allen Dingen kaum Fehlzeiten.

Nun standen die großen Ferien an. Gerade hatten die Mädchen ihren achten Geburtstag gefeiert. Michael konnte natürlich keine sechs Wochen Urlaub nehmen, deshalb hatte er mit den Großeltern beider Seiten ein Abkommen getroffen. In den ersten drei Wochen würde er mit seinen Töchtern Wanderurlaub machen, was natürlich nicht ausschloss, baden zu gehen oder Dinge zu tun, die die Mädchen sich wünschten. Seine Eltern wollten danach mit ihren Enkeln für eine Woche nach Mallorca fliegen. Im darauf folgenden Jahr übernähmen seine Schwiegereltern die Betreuung und mit den Kindern vierzehn Tage Italien unsicher machen. Beide Großelternpaare wollten das als Dankeschön verstanden wissen, dass es ihren Enkelkindern an nichts fehlte.

Michael hatte für alle drei ein Zimmer im Rosenhof in Berchtesgaden gebucht. Ein Mehrbettzimmer zu einem akzeptablen Preis; zentral gelegen für Ausflüge und Wanderungen. Viele interessante Stätten gab es zu erforschen. Das Salzbergwerk, den Königssee mit seinem Echo und vieles andere mehr.

Tina und Monika fanden einige Spielkameraden, mit denen es sich auf der Wiese vor dem Anwesen prächtig toben ließ. Ein Mädchen hatte es ihnen angetan. Nicht schwarzhaarig wie sie, sondern strohblond und im gleichen Alter. Allerdings bekamen sie Andrea, so hieß das Mädchen, immer erst am Spätnachmittag zu Gesicht. Auf die Frage, wo sie denn den ganzen Tag über sei, sah sie Tina und Monika fragend an. Dann antwortete sie: „Na, in der Schule natürlich."

„Wieso Schule? Bist du denn nicht im Urlaub hier?"

„Nein. Erstens haben wir in Bayern noch keine Ferien und zweitens arbeitet meine Mutter hier."

*

Mitte der zweiten Woche waren sie an einem Vormittag zusammen im Schwimmstadl; den Nachmittag wollten sie gemeinsam unter den Bäumen in Liegestühlen verbringen. Natürlich hatten die beiden Trabanten keine Ruhe. Immer wieder machten sie sich auf, Ball oder Verstecken zu spielen. Michael musste wohl etwas eingenickt sein, als er aufschreckte und sich nach seinen Kindern umsah. Er stand auf und blickte sich um, keines der Mädchen war zu sehen.

Er hörte bei ein paar anderen Gästen nach, ob ihnen etwas aufgefallen sei... „Die sind mit dem blonden Mädchen weggegangen", meinte ein Gast.

*Weit können sie nicht sein,* dachte Michael, *eigentlich melden sie sich immer ab.* Trotzdem klappte er seinen Liegestuhl zusammen und ging auf die Suche. Rund ums Haus – nix; Nachfrage an der Rezeption – nix; nahm ein paar Stufen auf einmal Richtung Zimmer – auch nix.

Michael war gerade im Begriff, das Hotel zu verlassen, als seine Töchter mit der neuen Freundin angestürmt kamen.

„Wir haben dich schon überall gesucht! Wo warst du denn, Papa?"

„Ihr seid gut; ich bin wohl etwas eingenickt und als ich aufwachte, wart ihr plötzlich weg", maulte Michael. „Wo wart *Ihr* denn?"

„Bei Andrea zu Hause. Wir haben alle drei Limonade bekommen", sprudelte Tina aufgeregt hervor.

„Und jeder ein Stück Pflaumenkuchen, der hier aber Zwetschgendatschi heißt, haben wir auch gegessen", meldete sich Monika zu Wort.

„Ja – und meine Mutter will mit uns einen Stadtbummel machen, wenn Sie Tina und Monika mitgehen lassen...?" Andrea schaute Michael erwartungsvoll an. Der schmunzelte: „So, so einen Stadtbummel möchtet Ihr machen! Und mich wollt ihr nicht dabei haben?"

„Ooh, du willst mit in die Stadt? Wir dachten, du wolltest heute Nachmittag im Liegestuhl bleiben."

„Ich mache Euch einen Vorschlag: Du, Andrea gehst erst einmal heim und fragst, ob es recht wäre, wenn wir alle zusammen bummeln gehen. Und wir drei", sah er auf seine verschwitzten Töchter, „ziehen uns um und treffen uns dann vor dem Eingang des Hotels. Okay?"

*

175

Andrea stürmte nach Hause und rief ihrer Mutter schon von weitem zu: „Mutti, Mutti – der Papa von den Zwillingen geht auch mit in die Stadt. Dann sind wir zu fünft und brauchen den ganzen Bürgersteig für uns! In zehn Minuten sollen wir uns vor dem Hotel treffen – hat der Papa von meinen Freundinnen gesagt!"

Marianne Kiefer grinste ihre Tochter an: „So, so ... das hat der Papa der beiden Mädchen gesagt. Na, dann wollen wir mal! Wasch dir aber erst deine Schnute ab, sonst sieht jeder, dass du Pflaumenkuchen gegessen hast."

Als Marianne mit ihrer Tochter vor dem Hotel ankam, standen die *drei Rosen* schon vor der Tür.

Die beiden Erwachsenen stellten sich mit Namen vor dann marschierte die kleine Gruppe los. Noch waren die Wege ungefährlich, keine Autos auf den Feldwegen und die Kinder liefen vorweg.

„Wie kommt es, dass ich Sie noch nie im Hotel gesehen habe? Wir sind schon fast zwei Wochen am Ort", fragte Michael.

„Ganz einfach", erwiderte Marianne Kiefer, „ich bin in der Hotelküche angestellt. Und wenn ich Feierabend habe, gehe ich nicht zur Vordertür hinaus. Das Personal hat einen separaten Ausgang. Dann habe ich natürlich auch daheim meine Arbeit. Ich wohne, zusammen mit meiner Tochter, ungefähr einhundert Meter vom Hotel entfernt in dem kleinen Haus. Als ich hier anfing zu arbeiten, bekam ich das Häuschen zur Verfügung gestellt. Ich komme eigentlich aus Thüringen, doch da sieht es mit Arbeit noch schlechter aus als in Bayern. ...und Sie? Sie machen hier Urlaub – ein Paradies für Kinder und Erwachsene."

„Ja, wir kommen aus Nordrheinwestfalen. Das Auto mit dem Leverkusener Kennzeichen ist unseres. Ich mache mit meinen Töchtern den ersten Urlaub seit acht Jahren. Meine Frau verstarb bei der Geburt der Kinder und ich bin nun Vater und Mutter in einer Person", erwiderte Michael.

„In Thüringen hatte ich einen Freund. Als ich schwanger wurde, hat er sich verdünnisiert. Zahlen tut er auch nicht, keiner weiß, wo der abgeblieben ist", seufzte Marianne und senkte den Kopf.

Inzwischen hatten sie den Stadtrand erreicht und jeder nahm seine Sprösslinge an die Hand. Offiziell war auch die Innenstadt von Berchtesgaden Urlaubergebiet, doch die Autos genossen schon ein gewisses Vorrecht. Auf eine Unachtsamkeit der Kinder wollte es keiner der Beiden ankommen lassen. Nach zwei Stunden schmerzten allen die Füße vom Pflastertreten, obwohl es immer wieder Neues zu entdecken gab. Tina und Monika kauften zwei Ansichtskarten, die an die Omas und Opas geschickt werden sollten. Michael lud alle noch zu einem Eis ein, danach ging es heimwärts.

Vor dem Hotel verabschiedeten sie sich und Michael bedankte sich bei Marianne Kiefer für den angenehmen Nachmittag mit ihr.

„Das Kompliment gebe ich gerne zurück", lächelte sie, „mir hat es auch sehr gut gefallen … unsere Kinder haben sowieso keine Probleme, wie mir scheint."

*

Marianne und Andrea saßen beim Abendessen und sprachen noch einmal von dem gemeinsamen Nachmittag. „Nicht wahr Mutti, der Papa von Tina und Monika ist nett… Die Beiden schwärmen auch von ihm; weil er zu Hause alles macht, was sonst eine Mutti machen würde."

Michael und seine Töchter hatten sich frisch gemacht und danach ein wenig die Füße hochgelegt. Sogar Tina und Monika protestierten nicht, obwohl sie diese Art von ausruhen sonst als *Alte-Leute-Manier* verachteten. Ein Zeichen dafür, dass auch ihre Füße keine Pflastersteine mochten. Etwas später gingen sie hinunter in den Speiseraum. Tina meldete sich: „Ich habe wenig Hunger nach dem großen Eis heute Nachmittag." Mit einem *ich auch nicht*, schloss Monika sich ihrer Schwester an.

*Gut, dass wir bloß mit Frühstück gebucht haben,* dachte Michael und laut sagte er, „okay – dann gibt es heute Abend nur Würstchen mit Brot!"

„Nee! Pommes", kam es im Duett zurück und er grinste in sich hinein. *Die Jugend kann also doch essen... auch wenn sie angeblich keinen Hunger hat. Aber Pommes passen immer!*

Nach dem Essen zogen sie sich in den Aufenthaltsraum zurück und spielten eine Runde Mensch ärgere dich nicht.

Andrea hatte mit ihrer Mutter zu Abend gegessen und meinte dann: „Ich gehe nach oben in mein Zimmer und lese noch ein bisschen. In der Schule ist im Geographieunterricht Italien dran. Damit muss ich mich noch ein wenig beschäftigen."

„Ist gut Schatz, ich komme dann zum Gute-Nacht-Sagen; danach gehe ich für eine Stunde rüber, um ein Glas Wein zu trinken. Ab Morgen habe ich ohnehin für eine Woche Spätdienst, dann kann ich nicht weg."

„Okay Mutti – Erlaubnis erteilt!"

Auch Michael hatte mit seinen Töchtern eine Freistunde für sich abgehandelt, die sie ihm lachend erteilten. So trafen Marianne und Michael sich in der Bar des Hotels Rosenhof.

\*

Die letzte Woche des Urlaubs verging wie im Flug. Der Abschied nahte und man traf sich in dem kleinen Haus am Rande des Hotelgrundstückes bei Marianne und Andrea. In den zurück liegenden Wochen leistete Marianne immer wieder Überstunden und hatte aufgrund dessen frei bekommen. Diese Auszeit nutzte sie nun, um Michael mit seinen Töchtern zum Essen einzuladen. In zwei Tagen, Sonntag, ging es für die drei wieder heim. Tina und Monika wurden ein bisschen traurig, weil sie eine lieb gewonnene Spielkameradin verlieren würden. Auch Andrea hatte am Nachmittag gesagt: „Nicht wahr Mutti, es ist schade, dass die Rosens schon nach Hause fahren."

Nach dem Essen meldeten sich die Kinder ab; sie wollten noch in Andreas Zimmer etwas spielen.

Michael half Marianne, gegen deren Willen, bei der Küchenarbeit. Sie drehte sich zu ihm um und sagte: „Sie könnte ich mir gut als Vater für meine Andrea vorstellen. Sie schwärmt in den allerhöchsten Tönen von Ihnen."

Michael wurde ein bisschen rot: „Dieses Kompliment kann ich unterschrieben zurück geben. Ich könnte Sie mir ebenso als Mutter für Tina und Monika vorstellen. Abgesehen davon, dass Sie mir ganz einfach gefallen, …äußerlich meine ich, aber vor allem hat Ihre liebenswerte Art es mir angetan.

Und nun wurde er doch ein bisschen rot …

Marianne, den letzten Teller noch in der Hand, beugte sich vor und gab ihm einen Kuss mitten auf den Mund.

„Trockne dir mal die Hände ab", lächelte Michael und rutschte wie selbstverständlich in das vertrauliche du, dann nahm er sie in den Arm und küsste auch sie. „Wir sind vielleicht fix…!", murmelte er noch.

Dann versank die Welt um sie herum.

Sie hörten nicht, wie Andrea die Treppe herunter kam, auf der Hälfte stehen blieb und den Erwachsenen zuschaute. Mit einem Lächeln im Gesicht ging sie leise wieder zurück zu ihren Freundinnen. Die waren erstaunt, dass Andrea ohne die Limonadenflasche im Zimmer erschien.

„Was ist? Hast du keine Limo gefunden?", fragte Tina.

„Ich bin gar nicht soweit gekommen", grinste Andrea verschmitzt, „ich musste auf halber Treppe stehen bleiben."

„Und warum?", runzelte Monika die Stirn.

179

„Hm…, ich glaube", flüsterte Andrea, „Ihr bekommt eine neue Mutter und ich einen neuen Papa."

Jetzt war es an Tina und Monika, die Augen aufzureißen und Andrea staunend anzuschauen. „Die beiden haben sich geküsst, als ich die Treppe herunterging…"

Sie steckten die Köpfe zusammen und waren sich einig: „Wir lassen uns nichts anmerken!"

„Dann bis Morgen", verabschiedeten sie sich. Wir kommen schnell noch mal vorbei, wenn wir die Vorbereitungen für die Heimfahrt am Sonntag getroffen haben. Und auch noch danke für das schöne Essen. Und für alles andere auch!

*

Drei Wochen waren nun endgültig um; am Vormittag gingen Tina, Monika und Michael noch einmal in die Stadt. Sie wollten etwas für die Großeltern kaufen. Zurück im Hotel, bezahlte Vater Rosen die Rechnung; dann ging es ans einpacken. Der größte Teil war bereits im Auto verstaut. So blieben für den kommenden Morgen nur noch die Schlafanzüge und der Kulturbeutel. Während Michael zur nächsten Tankstelle fuhr, um nachzutanken, nutzten seine Töchter die Gelegenheit, ein letztes Mal mit Andrea zu spielen. Am Abend sollte es früh zu Bett gehen; mit den Wirtsleuten war abgesprochen, etwas früher zum Frühstück erscheinen zu dürfen. Es waren doch immerhin mehr als siebenhundert Kilometer bis heim und mit ausreichend Pausen kämen da schon acht bis neun Stunden Fahrzeit zusammen.

Nach dem Abendessen fragte Michael seine beiden Töchter, ob sie sich schon von ihrer Freundin verabschiedet hätten. „Na klar", erklärten beide Mädchen gleichzeitig.

„Ich muss mich auch noch von Marianne, ähm… ich meine Frau Kiefer und Andrea verabschieden. War doch eine schöne Zeit hier, nicht wahr?"

Tina und Monika hatten Schwierigkeiten, ernst zu bleiben. „Ja, – geh' ruhig, Papa", meinte Monika, „wir werden zu Bett gehen und noch ein wenig lesen. Dann machen wir das Licht aus."

*Das hörte sich aber recht komisch an; ob die Kinder doch was gemerkt haben?* dachte er. Er ging noch mit ins Zimmer, wartete bis seine Beiden im Bett lagen und wünschte ihnen mit einem Kuss gute Nacht. „Ich bleib' auch nicht lange", meinte er, „wir müssen ja morgen früh raus!"

„Mach dir keine Sorgen, wir lesen auch nicht mehr so lange…"

Dann zog er leise die Tür hinter sich zu und ging langsam die Treppe hinunter. An der Rezeption machte er kurz halt, bedankte sich und nahm den bestellten Blumenstrauß entgegen. Es dämmerte bereits, als er die kurze Strecke zu Mariannes Haus ging. Durch die vorgezogenen Gardinen sah man das Licht aus dem Wohnzimmer schimmern. Kaum hatte Michael den Klingelknopf berührt, wurde die Tür schon geöffnet. „Hast du auf mich gewartet?", fragte er.

Er bekam keine Antwort. Marianne schloss die Tür, drehte sich zu Michael um und umschlang ihn mit beiden Armen. Der Kuss wollte nicht enden. Immer noch hielt Michael die Blumen in der Hand. Dann mussten beide Luft holen. „Hast du keine Angst, dass deine Tochter uns sieht?"

„Nein, überhaupt nicht", grinste Marianne hintergründig. „Ich habe ihr nämlich erlaubt, auf der Geburtstagsfeier einer Schulkameradin etwas länger zu bleiben als üblich – wenn sie jemand nach Hause fährt."

Erst jetzt nahm sie ihm die Blumen ab und stellte sie in eine Vase. Dann liebkosten sie sich wieder; zwischen zwei Küssen flüsterte Marianne: „Ich wollte mich doch ganz intensiv von dir verabschieden: Wer weiß, wann ich dich wieder sehe." Dann löschten sie in der Wohnstube das Licht. Auf dem Weg zum Schlafzimmer waren sie halb ausgezogen.

Nach einer wunderschönen Stunde, zogen sich beide wieder an. Beim Abschied standen Tränen in Mariannes Augen, die Michael einfach wegküsste: „Sei nicht so traurig, Liebste. Wir telefonieren miteinander. Es gibt so unendlich viel zu besprechen, wenn wir zusammen bleiben wollen. Und vielleicht... Wann, sagtest du, ist Saisonschluss?" Er ließ erst einmal offen, ob er kommen würde oder ob er darüber nachdächte, dass Marianne ihn und seine Töchter besuchen käme. Sie küssten sich noch einmal ausgiebig.

„Bestell deinem Töchterchen einen lieben Gruß." Dann drehte er sich um und ging. Mehrmals wendete er den Kopf zurück. Marianne stand in der Tür und winkte, bis er nicht mehr zu sehen war.

Als er leise sein Zimmer betrat, wartete eine Überraschung auf ihn. An seinem Bett war die Nachtischlampe eingeschaltet; daran angelehnt fand er einen Zettel: „Gute Nacht, lieber Papa. Seid Ihr Euch einig geworden und wir kriegen eine Mama und eine Schwester dazu?"

Tina und Monika
Wir lieben dich!

Jetzt war es an ihm, ein paar Tränen zu vergießen. *Da denkt man immer, die Kinder merken nicht, wie es oftmals um das Seelenleben der Erwachsenen bestellt ist,* dachte er.

Er nahm einen Filzstift aus seiner Jacke und schrieb unter die Worte seiner Kinder: „Ich liebe Euch auch – und... ich werde mich bemühen!"

Euer Papa

*

# Regenwetter

Heut ist wieder so ein Tag
Den meine Mutter gar nicht mag
Schaut aus dem Fenster – nichts als grau
Da bleibt sie lieber gleich im Bau

Viele Menschen traurig sind
Wenn dicke Wolken zieh'n geschwind
Und fallen dann noch Regentropfen
Die an ihre Fenster klopfen

Die Fensterscheiben, gerad' geputzt
Dank Regen sieht man neuen Schmutz
Auch kostet so ein Tag viel Geld
Weil die Dauerwelle nicht mehr hält

Dazu kommt heftiger Wind aus Westen
Lässt viele Regenschirme bersten
Sogar die Nachbarn sind dem Wetter gram
Weil sie gerade das Auto gewaschen hab'n

Statt nun mal darüber nachzudenken
Mit dem Regen will man uns beschenken
Denn worüber sollen wir uns freuen
Würde nur die Sonne scheinen

Keine Blumen, kein Laub an den Bäumen
Aus Wassernot müsste man die Glocken läuten
Das Trinkwasser würde rationiert
Manches Tier wär' schon krepiert

Dann höre ich die Mutter flehen
Lieber Petrus schick' wieder Regen
Auch wenn der Himmel grau ist wie 'ne Maus
Ich geh sogar zu 'nem Spaziergang raus

## Carmen
*die ungeliebte Tochter*

Morgen würde Carmen achtzehn Jahre alt und heute war ihr letzter Tag zu Hause. Zu Hause…? Manchmal war sie sich dessen nicht sicher und im Laufe der Jahre wurde es immer schlimmer. Mit den Eltern, die sie und sich selber bei jeder Gelegenheit anschnauzten und auch mit den Geschwistern, die fast alles durften. Gewiss, als diese zur Welt kamen, zählte sie bereits zehn Jahre; doch seitdem, fand sie, war sie nur noch das fünfte Rad am Wagen. Ein wenig traurig packte sie ihre letzten persönlichen Sachen ein; ihr Vater bestand darauf, dass sie mit Erreichen ihrer Volljährigkeit auszog. Ihr Zimmer würde für die Brüder benötigt.

„Und jetzt, wo es mit der Arbeit immer schlechter wird, müssen wir sparen", sprach der Vater.
Bei einer ihm bekannten Familie im gleichen Ort brachte er sie unter. Die Leute hatten eine kleine Tochter und Carmen sollte dort als Hausdame beziehungsweise Kindermädchen arbeiten. Im ausgebauten Dachgeschoss hatte man für sie ein Zimmer und ein kleines Bad hergerichtet.
Carmen hatte die Familie schon ein paar Mal besucht und fand sie recht umgänglich; trotzdem konnte sie nicht fassen, dass ihre Eltern sie sang- und klanglos gehen ließen. Am schlimmsten bedrückte sie, dass sie die Schule nicht zu Ende bringen konnte. Carmen nahm sich fest vor, ihren Abschluss in *Heimarbeit* nachzuholen.
Mit vielen Gedanken an den morgigen Tag und warum sich alles so entwickeln konnte, ging sie an diesem Abend zum letzten Mal in *ihrem* Zimmer zu Bett. An schlafen war nicht zu denken. *Warum muss ich die Familie verlassen? Warum hacken alle immer nur auf mir herum? Andere Familien haben auch drei und mehr*

*Kinder, da wird keines einfach fortgeschickt...!* Mit Tränen in den Augen fiel sie endlich in einen unruhigen Schlaf.

\*

Familie Neuenberg besaß ein Eigenheim am Ortsrand; rund ums Haus bot sich viel Platz zum Spielen. Im Garten installierten sie für ihr Töchterchen eine Schaukel und einen Sandkasten. Emil Neuenberg war Abgeordneter im Landtag; seine Frau Autorin und beide somit oft unterwegs. Er zu Sitzungen und Besuchen verschiedener Einrichtungen; sie zu Lesungen und Vorträgen. Beide waren deshalb erfreut, dass es demnächst jemanden geben würde, der sich den ganzen Tag um ihre Tochter kümmern konnte. Die fünfjährige Ingeborg schien sich auch zu freuen. Nach einem Besuch von Carmen antwortete sie auf die Frage ihrer Eltern: „Ich finde Carmen ganz nett und außerdem ist es toll, dass sie künftig immer für mich da sein wird... Dann habe ich endlich jemanden, mit dem ich spielen kann und der mir Geschichten erzählt."
Am Abend schaute Frau Neuenberg noch einmal in das kleine Appartement, ob auch alles gerichtet sei. Ein paar Blumen stellte sie als Willkommensgruss in einer Vase auf den Tisch. Mit sich und ihrem Werk zufrieden ging sie wieder hinunter. Das neue Familienmitglied konnte kommen.

\*

Samstag, dreizehnter Mai. Carmens Geburtstag. *Gut, dass heute nicht Freitag ist,* dachte sie, nachdem sie aufwachte. Sie sah auf ihren Wecker; erst sechs Uhr in der Früh und im Nebenzimmer tobten bereits die Brüder herum. *Das hat nun bald ein Ende – ich werde mein eigenes Reich haben. Wenn ich auch arbeiten muss, in der fremden Familie wird es mir besser gehen. Ich darf kostenlos wohnen, werde verpflegt und bekomme ein angemessenes Taschen-*

*geld,* überlegte sie. Carmen drehte sich noch einmal auf die andere Seite und döste vor sich hin. Zum Aufstehen war es noch zu früh. Bevor die Eltern nicht im Bad waren, hatte sie keine Chance. Auch dann musste sie noch aufpassen, dass ihr die beiden Jungen nicht zuvor kamen. Als Carmen so gegen halb acht aus den Federn kroch und sie nebenan immer noch Lärm hörte, ging sie schnell ganz leise ins Bad und drehte von innen den Schlüssel herum. Keine Sekunde zu früh. Kurz darauf wurde die Klinke herunter gedrückt. Glück gehabt!

Nachdem ihre Morgentoilette beendet und sie sich angezogen hatte, sammelte sie auch hier ihre wenigen Sachen ein. Beim Verlassen des Bades begegnete ihr der Vater mit den Worten: „Beeil dich – der Kaffee ist fertig. In einer halben Stunde fahre ich dich zu den Neuenbergs und… ach ja! Herzlichen Glückwunsch zum Geburtstag." Dann lief er an ihr vorbei, Richtung Garage.

In der Küche nahm die Mutter sie in den Arm und wünschte ihr alles Gute. „Kannst sofort Kaffee trinken; musst nicht auf die Anderen warten", sagte sie. „Vater ist schon zur Garage, das Auto holen. Er wollte in der Zwischenzeit schon mal deine Sachen einladen."

Vor der Tür die erklang die Autohupe, sie verabschiedete sich von allen, schaute ein letztes Mal in ihr Zimmer, ob auch nichts liegen geblieben war und ging nach draußen.

Der Vater fuhr sie bis auf das Grundstück der Neuenbergs, half seiner Tochter noch, die Sachen auszuladen und wollte bereits wieder ins Auto steigen, als ihm noch etwas einfiel. Aus seiner Rocktasche nahm er ein Kuvert und gab es Carmen mit den Worten: „Darin ist alles, was du für dein weiteres Leben wissen solltest." Erstaunt schaute Carmen den Vater an; der grüßte die an der Haustür erschienenen Neuenbergs mit einem Kopfnicken, ging zu seinem Auto und fuhr davon, als ob er vor etwas Angst hätte.

*

186

Inge und Emil Neunberg ließen sich ihre Verwunderung über das Verhalten des Herrn Miller nicht anmerken und begrüßten Carmen freundlich. Inzwischen war auch Ingeborg – die fast den gleichen Namen wie ihre Mutter trug, was öfter auch schon mal zu Verwechslungen führte – auf Carmen zugelaufen. Zur Begrüßung meinte sie: „…und du bleibst jetzt immer bei mir. Spielst mit mir und liest mir Geschichten vor, ja? Ich bin auch ganz lieb. Bist du das auch?"

Carmens Gesichtszüge entspannten sich. Sie bückte sich und nahm das ihr ab jetzt anvertraute Mädchen auf den Arm. „Wir werden bestimmt Freundinnen", erwiderte sie.

"Oh ja – dann erzähle ich allen im Kindergarten, dass ich ab jetzt eine große Freundin habe."

Nun halfen alle, Carmens Sachen in ihr Zimmer zu tragen. „Lass dir Zeit mit dem Einräumen. Zwölf Uhr dreißig essen wir zu Mittag. Den Rest des Tages hast du erst einmal frei", sagte Inge Neunenberg. „Alles Andere besprechen wir Morgen beim Frühstück. Solltest du heute Abend noch weggehen, melde dich nur bitte ab. Wir, also mein Mann und ich, werden das auch so halten, damit jeder weiß, wo der Andere sich aufhält."

Dann war Carmen allein und begann, ihre wenigen Sachen in den Kleiderschrank sowie in ihr Badezimmer einzuräumen. Ein eigenes Bad! Sie konnte es noch gar nicht glauben. Das dicke Briefkuvert… legte sie mit einiger Skepsis erst einmal zur Seite. Das wollte sie nach dem Mittagessen in aller Ruhe (?) öffnen.

*

Das Einräumen dauerte nicht lange. Danach meldete sie sich kurz ab; es war noch über eine Stunde Zeit bis zum Mittagessen und sie wollte im Ort einiges besorgen. Carmen war pünktlich zurück und überraschte ihre Gasteltern mit einer guten Flasche Wein und die kleine Ingeborg mit einem Puzzlespiel, das diese natürlich sofort ausprobieren wollte. Nach dem Essen musste Emil Neuenberg noch mal das Haus verlassen; Ingeborg sollte ihren täglich Mittagsschlaf absolvieren – heute nicht ganz freiwillig – und Carmen ließ es sich nicht nehmen, ihrer neuen Chefin beim Abwasch in der Küche zu helfen, um anschließend in ihr Zimmer zu gehen. „Wenn du nicht mehr weggehen möchtest, kannst du gern gegen achtzehn Uhr zum Abendbrot herunter kommen", rief ihr Inge Neuenberg noch nach.

Mit einem *vielen Dank* auf den Lippen verschwand Carmen hinter ihrer Zimmertür. Sie konnte in den letzten Jahren daheim von ihrem Taschengeld nicht viel sparen. Doch ein paar Euro, die sie sich immer schon mit Babysitten und auch durch die Aushilfe in einem Café verdiente, konnte sie zurücklegen. Das kam ihr nun zugute; denn von Zuhause bekam sie keinen Cent für die ersten Wochen mit.

Erst jetzt nahm sie das Kuvert zur Hand, das ihr der Vater bei dem überhasteten Abschied in die Hand drückte. Sie setzte sich in den kleinen Sessel am Fenster und besah den Umschlag von allen Seiten. In der rechten oberen Ecke entdeckte sie, in ganz kleiner Maschinenschrift geschrieben: *Für Carmen, an ihrem achtzehnten Geburtstag zu öffnen.*

Langsam erhob sie sich noch einmal und holte sich ihr kleines Messer aus der Handtasche; dann schlitzte sie das Kuvert auf. Heraus zog sie etliche amtliche Papiere. Obenauf lag ein zweimal gefaltetes Blatt. Als sie es auseinander klappte, las sie: *Geburtsurkunde.* In großen Buchstaben stand dort zu lesen: Carmen Bolito, geboren am dreizehnten Mai neunzehnhundertvierundachtzig in Gladbeck. Dahinter Mutters Name – Vater unbekannt!

Carmen begriff erst einmal nicht, was sie da las. *Mutter und Vater sind nicht meine wahren Eltern?* Das konnte nicht sein; aber *das Dokument ist echt; einwandfrei,* dachte sie. Der zweite Beleg war eine Versicherungspolice, ausgestellt auf ihren Namen, Carmen Miller und das Geburtsdatum stimmte. Sie lautete über fünftausend

Euro. Auszahlbar an ihrem einundzwanzigsten Geburtstag oder bei Heirat. Sie entfaltete das letzte Blatt. Auf der eng beschriebenen Seite blickte sie auf die Handschrift ihres Vaters.

Ihres Vaters? Wer war ihr Vater?

Carmen begann zu lesen und verstand zunächst gar nichts mehr.

*Hallo Carmen,*

*deine Mutter kam als Gastarbeiterin nach Deutschland. Als sie schwanger wurde, hat sich der Mann, trotz vorherigen Eheversprechens, aus dem Staub gemacht. Gleich nachdem du geboren wurdest, gab deine Mutter dich zur Adoption frei. Die Ärzte sagten damals, meine Frau, also deine (Adoptiv-)Mutter könne keine Kinder bekommen. Deshalb entschlossen wir uns, ein Kind zu adoptieren. So kamst du in unsere Familie. Wie du weißt, hat es wenige Jahre danach doch noch geklappt und meine beiden Jungen kamen auf die Welt.*

*Ob wir es nun richtig gemacht haben, diese Information so lange zurück zu halten, musst du entscheiden. Auch hast du so manches Mal Unbill erlitten und dafür möchte ich mich bei dir entschuldigen. Gehe bitte nicht zu streng mit uns ins Gericht. Wir wollten dir gute Eltern sein – das musst du uns glauben.*

*Deine Eltern, deren Namen du trägst*

Tränen rannen über ihr Gesicht und die Buchstaben verschwammen vor ihren Augen. Sie wusste wirklich nicht, was sie zuerst denken sollte. Der Kopf schwirrte ihr.

Wer waren ihre wirklichen Eltern?

Wo waren sie geblieben?

Warum hat meine leibliche Mutter mich einfach weggeben?

Warum hat sie nicht einmal nach mir gefragt?

Jetzt macht es Sinn, warum ich pechschwarze Haare und so einen melodischen, außergewöhnlichen Vornamen habe und auch, dass sich das Verhältnis mit den Jahren zwischen den *Eltern* und mir verschlechterte, nachdem die leiblichen Kinder geboren wurden. Das war ein richtiger k.o.-Schlag; es würde wohl eine Weile dauern, diese Nachricht zu verarbeiten. Mit dem Gedanken ging sie zu Bett; morgen begann ihr erster Arbeitstag. *Hoffentlich sind meine Tränen bis dahin getrocknet...*

*

Als es am Morgen an ihre Zimmertür klopfte, schrak Carmen zusammen, schaute auf die Uhr und sprang aus dem Bett. „Ist alles in Ordnung?" fragte Inge Neuenberg vor der Tür.
„Ja", antwortete Carmen, „entschuldigen Sie bitte – ich bin in wenigen Minuten unten."

Sie wusch sich mit kaltem Wasser in der Hoffnung, dass nicht gleich erkannt würde, wie viel sie geweint, wie wenig geschlafen und obendrein wildes Zeug geträumt habe. Als Carmen angezogen war, entschloss sie sich, ihren Gasteltern alles mitzuteilen. Sie wollte mit offenen Karten spielen; schließlich hatte sie nichts Unrechtes getan und war auch nicht plötzlich ein anderer Mensch geworden. Unter Umständen halfen die Gasteltern ihr sogar, diese Offenbarung zu verarbeiten. Also nahm sie den Papierkram mit zum Frühstück hinunter.

Natürlich bemerkten die bereits am Tisch sitzenden Eheleute eine Veränderung in Carmens Gesicht, sagten aber nichts. Während des Essens wurde nicht viel gesprochen; die kleine Ingeborg versuchte es ein paar Mal, doch die Blicke der Eltern ließen sie verstummen. Dabei hatte sie eine Menge Fragen an das Mädchen Carmen. Und so vieles, was sie ihr erzählen musste! Doch das musste erst einmal warten. Nach dem gemeinsamen Frühstück ging sie noch eine Stunde mit ihrem Papa spazieren. Aber dann!

Carmen ging mit Frau Neuenberg, nachdem der Tisch abgeräumt war, in die Küche und bevor die Arbeitsbesprechung begann, zeigte sie ihrer neuen Chefin, was sie gestern so aus der Bahn geworfen hatte.

*

Im Hause Miller ging alles seinen Gang. Gleich nach dem Auszug der *Tochter* hatten sie renoviert und für die beiden Jungen je ein Zimmer hergerichtet. Man gewann den Eindruck, alle waren froh, das Kapitel Carmen so *elegant* bewältigt zu haben. Diese Ansicht vertraten jedenfalls die Eltern. Sie hätten sich vermutlich schwer getan mit den Fragen ihrer Adoptivtochter nach dem Woher und Warum.
Carmen selbst besuchte ihre Eltern nur noch einmal nach dem Auszug. Sie bemerkte deutlich, nicht mehr willkommen zu sein. Wenn man sich im Ort über den Weg lief, ging man auch nur mit einem grüßenden Kopfnicken wortlos aneinander vorbei.

*

In den Neuenbergs hatte sie eine neue Familie gefunden. Carmen wurde wie eine erwachsene Tochter behandelt; die kleine Ingeborg hatte sie bereits regelrecht adoptiert. Abends jedoch, in ihrem Zimmer, dachte sie schon noch ab und zu an ihr fast achtzehnjähriges Zuhause. Aber nicht mehr im Groll, denn es waren nicht nur schlechte Zeiten, die sie dort verbrachte. Carmen lernte in ihrer Freizeit für die Schule; in zwei Jahren wollte sie unbedingt das Abitur nachmachen. Zusätzlich lernte sie spanisch. Sie hatte sich fest vorgenommen, ihren ersten Urlaub dort zu verbringen, wo ihre Wurzeln lagen. Dazu brauchte sie das Geld der Versicherung, welches im Alter von einundzwanzig Jahren an sie ausgezahlt werden sollte. „Das ist noch ein wenig hin", meinte sie.

191

Die Zeit verging wie im Flug. Zwei Jahre wohnte sie nun schon bei Neuenbergs. Statt in den Kindergarten, ging Ingeborg nun seit einem Jahr zur Schule. Carmen hatte ihr Abitur geschafft und mit der spanischen Sprache ging es auch voran. Herr Neuenberg hatte noch weniger Zeit für seine Familie; man schlug ihn zum Bürgermeister der Gemeinde vor. Und Inge Neuenberg schrieb weiterhin Bücher. Vor einem halben Jahr wurde ihr, anlässlich einer Lesung in Nürnberg, für eines ihrer Bücher ein zusätzlicher Lizenzvertrag angeboten.

Kurz vor Carmens einundzwanzigsten Geburtstag; es war Samstag und sie saßen beim Mittagessen, als Herr Neuenberg, ganz gegen seine Gewohnheit, zu sprechen begann. „Ich habe seit gestern Gewissheit und somit einige Neuigkeiten für Euch! Es ist so gut wie bestätigt, dass man mich zum Bürgermeister wählen wird."
„Herzlichen Glückwunsch!" riefen alle im Chor und quasselten durcheinander. „Das ist noch nicht alles", bat er um Ruhe und berichtete weiter. „Ich habe mir einige Gedanken gemacht. Ingeborg wird nun schon acht Jahre und sollte ein eigenes Zimmer bekommen."
Carmen wurde ein wenig blass um die Nase und Herrn Neuenberg war das nicht entgangen. Er sprach weiter: „In meinem zukünftigen Büro fehlt, neben der schon lange vorhandenen Sekretärin, zusätzlich eine Halbtagskraft für den Anfang. Dabei habe ich an dich gedacht, Carmen; gleichzeitig habe ich in unserem Neubaugebiet eine kleine Wohnung reservieren lassen. Ich stelle mir also Folgendes vor: Du könntest halbtags als zweite Sekretärin arbeiten und Geld verdienen, um die eigene Wohnung zu bezahlen. Nachmittags wären dann noch ein paar Stunden für die üblichen Kleinigkeiten im Haus und für Ingeborg reserviert; am Wochenende hättest du frei…! Was haltet Ihr Hübschen davon?" fragte er in die Runde.

Das Essen auf den Tellern war nicht mehr warm, so gespannt hatten sie zugehört. Als erste meldete sich Ingeborg: „Ich finde es prima, dass ich ein eigenes Zimmer mit Bad bekommen soll. Aber, dass Carmen nicht mehr den ganzen Tag bei mir ist, finde ich nicht gut."

„Sieh mal", meinte der Vater, „du bist inzwischen ein großes Mädchen; bringst deine Freunde mit und besuchst sie selbst zu Hause. Dadurch brauchst du Carmen in der letzten Zeit doch sehr viel weniger, nicht wahr? Oder sehe ich das falsch?"

„Na ja", antwortete Ingeborg etwas lang gezogen, „also – muss ich wohl einverstanden sein."

„Nun, ich muss mich wohl wieder verstärkt um unseren Haushalt kümmern und meine Schreiberei in die Abendstunden verlegen", meldete sich seine Frau zu Wort. „Aber… für Carmens weiteres Fortkommen… Einverstanden!"

Carmen hatte das Gehörte noch nicht ganz verarbeitet. Jetzt sollte wieder ein neuer Lebensabschnitt beginnen. Bisher war sie in dieser Familie geborgen, nun würde sie teilweise für sich selbst sorgen müssen. Doch das ängstigte sie nicht. Hier, in dieser Familie hatte sie gelernt, Verantwortung zu übernehmen. „Danke, dass Sie sich so für mich einsetzen", antwortete Carmen und sah ihren *Chef* offen an. Einverstanden!"

\*

Eigentlich wollte Carmen vierzehn Tage Urlaub machen und im Juni an die See fahren; das würde sie um ein Jahr verschieben. Jeder Euro wurde gebraucht. Zum ersten Juli wäre ihr neues Domizil bezugsfertig und am ersten September begänne die Arbeit im Bürgermeisteramt. Nun war es soweit; ihr zweiter Umzug konnte beginnen. Diesmal handelte es sich nicht nur um zwei Kartons voll Sachen, mit denen sie umzog. Frau Neuenberg half mit ihrer Familienkutsche; deshalb benötigten sie nur zwei Touren. Einige junge Frauen, die seit der Kindergartenzeit mit Ingeborg bekannt waren, boten Hilfe an und Carmen bedankte sich aufrichtig für diese Angebote. Da sie nun über reichlich Zeit verfügte; es musste nicht an einem Tag alles fertig werden, lehnte sie die gut gemeinte Hilfe ab. Sie werkelte nun vormittags in ihrer Wohnung und war zum Mittagessen pünktlich bei Neuenbergs. Danach half sie, erst noch etwas in der Küche und anschließend. wie immer, Ingeborg bei den Schulaufgaben. Zum Frühstück und Abendbrot kaufte sie jetzt für sich selbst ein und langsam gewöhnte sie sich daran, bei diesen beiden Mahlzeiten allein am Tisch zu sitzen.

Freitag, erster September. Als Carmen pünktlich im Bürgermeisteramt erschien, war Herr Neuenberg noch nicht anwesend. Frau Kruse, die erste Sekretärin, nahm sie in Empfang. Carmens Aufgaben beschränkten sich am ersten Tag darauf, ihr über die Schulter zu schauen und einige Mitarbeiter im Hause kennen zu lernen. Doch ein Auftrag wurde konkret an sie heran getragen: mit einem Ort in Spanien bestand eine Partnerschaft, und sie sollte die Korrespondenz, später eventuelle gegenseitige Besuche, usw., koordinieren. Carmen fand ihre Kollegin, Frau Kruse, richtig nett und die wiederum hatte an Carmens Auftreten anscheinend auch nichts auszusetzen.

\*

Was ist schon ein Jahr, wenn die Tage so ausgefüllt sind? Carmen kam immer besser mit ihrer Arbeit zurecht, hatte sich die Wohnung kuschelig eingerichtet und ging nach wie vor ab mittags für einige Stunden zur Familie Neuenberg. Seit geraumer Zeit breitete sich in Carmens Kopf ein besonderer Wunsch aus. *Sie wollte ihre leibliche Mutter kennen lernen.* Durch ihre Tätigkeit sprach sie bereits recht gut spanisch und auch in der Schriftsprache taten sich keine Probleme auf, so dass sie sich durchaus zutraute, die Suche

194

aufzunehmen. Erst vor drei Wochen sandte sie dem Ansprechpartner der spanischen Gemeinde ein Schreiben, in dem sie ihre Wünsche darlegte und um Hilfe bat. Sie erklärte, warum sie eine bestimmte Person suchte und legte eine Kopie ihrer Geburtsturkunde vorsichtshalber gleich dazu. Nun wartete sie auf Antwort. In ihren Gedanken war sie schon oft in Spanien; doch in diesem großen Land… ob man da überhaupt jemanden finden konnte? Und wenn, wollte ihre Mutter sie überhaupt sehen? Carmen gab schon fast die Hoffnung auf, als sie eines Tages, eine Woche vor Beginn ihres Urlaubs, einen Brief aus dem Kasten holte. Absender:
Das Rote Kreuz in Spanien.

Aufgeregt schloss sie die Wohnungstür auf; den Brief fest in der Hand, als könnte jemand ihn ihr wegnehmen. Schnell öffnete sie den Umschlag, zog den Bogen heraus, doch während sie las, wurde ihr Gesicht immer unglücklicher. Das Schreiben schloss mit den Worten: *eine Person mit dem Namen Cora Bolito ist in unserer Gegend nicht gemeldet. Es tut uns leid, Ihnen nicht weiterhelfen zu können…*
Mit niedergeschlagener Miene erschien sie zu Mittag in der Rosenstraße bei Neuenbergs. Als erste rannte Ingeborg auf sie zu: „Schau mal Carmen, was ich für ein tolles Zeugnis bekommen habe!"
„Sehr schön", murmelte diese und belohnte das Mädchen mit einem Zwei-Euro-Stück. Ingeborg schaute ihr ins Gesicht: „Du guckst so komisch – gefällt es dir nicht?"
„Doch, doch", antwortete Carmen ihrer kleinen Freundin, „aber ich habe eine etwas deprimierende Nachricht bekommen."
Natürlich beherrschte das Thema die nächsten Stunden. Carmen wollte sich nicht mit der Antwort aus dem Brief zufrieden geben. Frau Neuenberg hatte dann *die* zündende Idee!
Sie meinte: „Weißt du, was wir machen? Du gibst in einer spanischen Zeitung, die landesweit vertrieben wird, zum Beispiel El

Pais, ein Inserat auf. Dann fährst du in deinen bereits gebuchten Urlaub und, wer weiß, wenn du zurück bist, wissen wir vielleicht mehr. Was hältst du von der Idee?" Erwartungsvoll guckte Inge Neuenberg ihren Schützling an.

„Dass ich nicht selbst darauf gekommen bin", entgegnete Carmen, „so machen wir es." Die Anzeige sollte wie folgt aussehen:

*Datum und Ortsangabe zur Zeit des Aufenthaltes*
*Vor- und Zuname aus dieser Zeit, gegebenenfalls also den Ge-*
*burtsnamen, (sie könnte ja verheiratet sein)*
und dann, als Text:
Carmen Miller,     geboren am 13.05.1984 in Gladbeck
                   als Carmen Bolito, sucht ihre leibliche Mutter.
                   Antwort unter folgender Adresse erbeten…

*

Carmen kam braun gebrannt aus dem Urlaub, meldete sich telefonisch bei Familie Neuenberg und dann persönlich bei ihrer Nachbarin, die auch die Post gesammelt hatte. Besonderes war nicht dabei – obwohl sie das während ihres ganzen Urlaubs erhoffte.

Am Montag kam sie wieder ins Amt und wurde sehnsüchtig erwartet. Eine Reisegruppe aus der Partnergemeinde war für die Woche angesagt und bis auf die Unterkünfte war noch nichts vorbereitet. Außerdem wurde Carmen, wegen ihrer Sprachkenntnisse, als Dolmetscherin gebraucht. Da gab es viel zu tun und die privaten Dinge mussten zurückzustehen.

Gemeinsam mit dem Team des Bürgermeisters war alles gerichtet als der Reisebus aus Spanien gegen zehn Uhr auf dem Marktplatz hielt. Der Bürgermeister und einige Honoratioren der Gemeinde begrüßten die Gäste und hießen sie willkommen. *Die müssen die ganze Nacht gefahren sein,* dachte Carmen und dann hörte sie auch schon den Bürgermeister sprechen. Die Gäste würden zunächst hier im Ort und ein Teil von ihnen in der Nachbargemeinde in verschiedene Hotels verteilt. Abends fände im Gemeindesaal die offizielle Begrüßung statt. „Dann sind Sie sicher alle wieder fit und empfänglich für das vorgesehene Programm", beendete er seinen Willkommensgruß. Als Vertreter des Gemeinderates der Partnergemeinde waren sowohl der zweite Bürgermeister als auch ein Ratsmitglied erschienen, die Herrn Neuenberg die Passagierliste überreichten.

*

Gegen achtzehn Uhr hatte der Busfahrer die in der Nachbargemeinde logierenden Besucher vor dem hiesigen Gemeindesaal abgesetzt; die Gäste aus dem Hotel vor Ort gesellten sich dazu; um neunzehn Uhr sollte der Begrüßungsabend beginnen, zu dem auch die Bewohner des Ortes herzlich eingeladen waren.
Nach der offiziellen Ansprache beider Gemeindevertreter sah das Programm ein gemeinsames Abendessen vor; danach sollte sich ein gemütliches Beisammensein anschließen. In diesem Rahmen würden alle Anwesenden die Gelegenheit haben sich, mit mehr oder weniger guten Sprachkenntnissen, zu unterhalten. Sogar Ingeborg, die Tochter des Bürgermeisters, durfte eine Stunde mit von der Partie sein. Gegen einundzwanzig Uhr verließen Mutter und Kind die Gesellschaft. Carmen war für die Zeit der Anwesenheit dieser Gäste von ihrer Büroarbeit freigestellt. Sie kümmerte sich während der Tage um alle Belange der Besucher. Es waren noch einige Führungen und ein Theaterbesuch zu organisieren und zu bewältigen. Auch an diesem ersten Abend war sie mittendrin; hier ein Vorschlag – dort ein paar Worte übersetzen und fast jedermann wollte ihr als Dank einen Drink spendieren.
Ein Ehepaar fiel Carmen besonders auf; sie saßen etwas abseits und beteiligten sich kaum an Gesprächen mit Einheimischen. Sie

wollte gerade an den Tisch gehen, als sie aus den Augenwinkeln sah, wie ein anderer Gast mit dem Finger in ihre Richtung zeigte. *Sicher sprechen die beiden kein Wort deutsch und haben Angst, etwas falsch zu machen,* dachte Carmen, drehte sich um und ging zu dem mitgereisten Gemeindevertreter, um sich nach diesen beiden Gästen zu erkundigen. „Wissen Sie, Fräulein Carmen, die Beiden sind nicht aus ihrer Partnergemeinde. Als sie hörten, dass wir nach Deutschland fahren, haben sie uns gebeten, sie unbedingt mitzunehmen. Sie zahlten einen ziemlichen Beitrag in unsere, immer unter Schwindsucht leidenden Kasse, und so konnten wir nicht nein sagen. Wären aber nicht zufällig zwei Personen zurückgetreten, hätte es trotzdem nicht geklappt."

„Dankeschön", erwiderte Carmen, „ich werde mich um sie kümmern." Eine viertel Stunde später suchte sie den Saal ab, doch die beiden Gäste waren nicht aufzufinden.

*

Am nächsten Vormittag holte Carmen die im örtlichen Hotel logierenden Gäste ab und hielt dabei Ausschau nach dem Ehepaar, das sich am Abend zuvor so abgesondert hatte. Die anderen Gäste warteten bereits in der Hotelhalle, doch das Paar befand sich nicht unter ihnen. Komisch, dachte sie, und erkundigte sich nach den Beiden. „Die sind wohl schon zum Bus gegangen", meinte eine ältere Dame und Carmen murmelte halblaut: „Na, dann wollen wir mal los"

Die Gruppe setzte sich in Bewegung; die andere Hälfte der Gäste saß bereits im Bus; auch die zwei *Vermissten* waren mit darunter.

Zunächst ging es zur Besichtigung eines Bio-Bauernhofes; später sollte im Nachbarort die Brauerei besucht werden. Dort gab es eine Kleinigkeit zu essen. Erfahrungsgemäß waren die Besucher hinterher alle ziemlich *platt* und so stand der Rest des Nachmittages zur freien Verfügung. Auf dem Rückweg wurde Carmens Hälfte zuerst ausgeladen; mit den Anderen fuhr sie noch bis zum Hotel im

Nachbarort. So konnte sie sicher sein, dass auch die etwas Bierse-ligeren ihr Ziel unbeschadet erreichten. Der Busfahrer nahm Car-men wieder mit zurück zum Marktplatz; dort stieg sie aus und schaute noch einmal im Hotel vorbei. Abends stand ein Theaterbe-such in der benachbarten Stadt auf dem Programm; vorher gab es ein deftiges Abendessen in einem traditionellen Brauhaus.

Nach einer kurzen Ruhepause hielt es sie nicht mehr daheim und die verbliebene Zeit zum Dienstantritt am späten Nachmittag ver-brachte Carmen bis zum erneuten Eintreffen ihrer Gäste in der Ho-telbar. Bis auf ein Ehepaar, das ihr den Rücken zuwandte und dem Barmann, war noch niemand zu sehen. Alle schienen noch in den Hotelbetten zu liegen, um für den Abend wieder fit zu sein.
Klaus, der Mann hinter der Bar, Typ Salonlöwe mit strohblonder Mähne und einem gewollten, aber nicht gekonnten, Spitzbart, rief ihr ein Hallo zu und spitzte die Lippen. Carmen drohte ihm mit dem Finger, lächelte aber, als er ihr ein Glas Sekt hinstellte. Die beiden Gäste, *genau diese Gäste*, drehten sich zu ihr um und blick-ten sie eine Weile an, ohne etwas zu sagen. Carmen fragte sich in-zwischen äußerst unbehaglich, warum sie sich bereits den zweiten Tag so zurückhielten und ging zu ihnen an den Tisch.
„Ob ihnen etwas nicht gefiel? Oder ob Sie vielleicht irgendwelche Beschwerden hätten?"
„Viele Fragen auf einmal", wandte sich der Herr an Carmen. „Sie sind also Carmen Miller?" fragte er sie.
Erstaunt darüber, dass sich das bis zu den Beiden herumgespro-chen haben sollte, lächelte sie und sagte ja.
„Dann darf ich meine Frau und mich vorstellen. Wir sind die Ehe-leute Cabossa aus Sitges."
„Ich hörte, Sie hätten eine große Summe Euro bezahlt, um diese Tour mitmachen zu dürfen", antwortete Carmen.
„Ja, das ist richtig. Meine Frau hat eine Suchanzeige in der überre-

gionalen Zeitung bei uns gelesen; deshalb sind wir hier…"

Carmens Gesichtsfarbe wurde um einen Schein blasser.

„Bedeutet das, dass Sie – ich meine, dass Du…" Verstört, hoffnungslos festgefahren brach Carmen ab. „Das kann ich noch gar nicht glauben…"

Frau Cabossa, die bis jetzt kein Wort gesagt hatte, dafür aber immerzu sichtlich schlucken musste, holte ihren Reisepass aus der Handtasche. Dort konnte Carmen es schwarz auf weiß lesen:

„Cora Cabossa, geborene Bolito."

Von wegen zu Hause etwas ausruhen! Daraus wurde nichts. Als die ersten Gäste wieder in der Hotelhalle erschienen, gestylt für den Theaterbesuch, saßen Carmen, ihre leibliche Mutter, sowie ihr Stiefvater immer noch an der Bar. Carmen ließ sich für den Rest des Tages oder besser, des Abends, beim Bürgermeister entschuldigen. Der legte ihr verständnisvoll beide Hände auf die Schultern und lächelte: „Auf *die* Theatervorstellung werdet ihr wohl alle drei am besten verzichten…!"

## Das Samenkorn

Der Samen einer alten Buche
Einen Landeplatz sich suchte
Er landete, ach wie gemein
Statt auf der Erde, auf 'nem Stein

Der Stein begrüßte ihn und spricht
Rutsch in die Spalte, da fällst du nicht
Das Korn tat wie ihm geheißen
Und ließ in den Spalt sich gleiten

Ein wenig Laub, ein bisschen Erde
Ließen aus ihm einen Keimling werden
Die Zeit verging und es geschah
Dass er rasch ein Pflänzchen war

Bald hatte der Stein nun ein Problem
Die Wurzeln machten es sich bequem
Keine Ruhe hatte er mehr
Die Wurzeln drückten in der Spalte sehr

Als dann noch der Winter kam
Und Wasser in die Spalte rann
Verbündeten sich Wurzel und Eis
Den armen Stein es nun zerreißt

In zwei Teile jetzt zerrissen
Rollen sie zu Tal auf eine Wiese
Von dort entsorgte sie der Bauer
Zum Teil einer Begrenzungsmauer

Der Baum, der seinen Halt verloren
Machte sich auch seine Sorgen
Er fiel auf einen Wanderweg
Vom Förster wurde er zersägt…

Und die Moral von der Geschicht:
Auch dem Menschen ständ's gut zu Gesicht
Möchte er in Ruhe weiterleben
Nicht Anspruch auf den Platz eines Anderen zu erheben

**Anhalten bitte!**

Harry stand auf dem Bahnsteig und wartete auf den Vorortzug. Wie immer um diese Zeit war es rappelvoll; doch heute hatte er den Eindruck, stauten sich die Menschen regelrecht. Ob wieder einmal ein Zug ausgefallen war? ...und da quäkte es auch schon aus dem Lautsprecher: „Die Regionalbahn Nummer achtundvierzig von Köln nach Essen hat voraussichtlich fünfzehn Minuten Verspätung. Wir bitten alle Fahrgäste um Verständnis."
*Verständnis...?* dachte Harry, *wenn noch nicht einmal gesagt wird, warum?*
In der Leitstelle des Bahnhofes wurde es inzwischen wohl einigen Leuten doch etwas mulmig; ein auf einem Abstellgleis stehender Zug wurde kurzfristig eingesetzt um der Menschenmenge Herr zu werden. Jedenfalls meldete sich der Lautsprecher: „Vorsicht an der Bahnsteigkante – der Sonderzug nach Essen über Köln-Mülheim und Opladen hat Einfahrt auf Gleis zwei."
Jetzt kam Bewegung in die Menschenmenge. Alles drückte nach vorne. Obwohl der dicke, weiße Strich zur Vorsicht mahnte, schob sich die Menge bis hin zur Bahnsteigkante. Der Lokführer sah, in welcher Gefahr sich die Fahrgäste befanden und ließ einen lauten Pfiff ertönen. Ohne Rücksicht wurde nun nach hinten geschoben und ehe Harry sich bewegen konnte, trat die vor ihm stehende Dame auf seinen Fuß ... und das mit einem mindestens zehn Zentimeter hohen Pfennigabsatz! – Oder heißt das jetzt Centabsatz...?
„Au – können Sie denn nicht ein bisschen sanfter auftreten?"
In diesem Moment hielt der Zug und die Menschen drängelten gegen die Waggons, dass man kaum die Türen öffnen konnte. Es waren noch alte Wagen, an denen die Türen nach außen aufgingen und nicht, wie bei den modernen Zügen, an denen Schiebetüren installiert sind. Mit viel Glück erwischte Harry einen Sitzplatz; zwar nicht in Fahrtrichtung, doch primär war, er kam überhaupt heim.

*

203

Die Bürouhr zeigte bereits kurz vor neun, von Harry Wolle keine Spur. Klaus Finger, der Abteilungsleiter des Bankhauses, fragte bei den Mitarbeitern nach, ob denn jemand was wüsste. Es war so gar nicht Harrys Art; er kam sonst niemals zu spät und wenn etwas vorlag, versäumte er keinesfalls, sich zu entschuldigen. *Sollte da irgendein Problem bestehen?* Dachte er. Alle Mitarbeiter schüttelten nur ihre weisen Häupter… er hatte sich am Vortag zum Feierabend verabschiedet, wie immer. Sehr eigenartig. *Aber warten wir bis Mittag,* meinte Klaus Finger und ging nachdenklich in sein Büro zurück.

„Wenn da nur nichts passiert ist…", er setzte sich zerstreut an seinen PC und tippte ein paar Daten ein.

Na, das ist ja ein Ding! Die Devisen-Schecks waren noch nicht gebucht. Harry Wolle hatte doch gestern versprochen, bei der Zentralbank kurz Halt zu machen und sie abzugeben. Jetzt wartete der Abteilungsleiter nicht mehr, sondern nahm den Hörer ab und wählte Harrys Nummer. Nach dem sechsten Freizeichen sprang der Anrufbeantworter an; also war er nicht daheim und Finger legte nachdenklich wieder auf.

Siebzehn Uhr, die Mitarbeiter hatten die Bank verlassen und Harry Wolle meldete sich nicht. *Was ist da bloß geschehen,* dachte er, kontrollierte noch einmal alle Sicherheitsmaßnahmen und begab sich ebenfalls auf den Heimweg. Die ganze Strecke dachte er über seinen Mitarbeiter und die ihm anvertrauten Devisenschecks nach.

*

Harry kam nach Hause, betrat die Wohnung und wurde von seiner Frau mit den Worten empfangen: „Du wolltest doch heute früher Schluss machen – das Fußballspiel fängt gleich an und essen musst du auch noch…!"

„Hab' ja auch eher aufgehört", antwortete er, „doch wie üblich …
die Deutsche Bahn! Ein Zug fiel aus und der nächste kam verspä-
tet. Immer dasselbe", brummelte er noch und räumte seine Akten-
tasche aus. „Ach du meine Güte!", sagte er laut, „das gibt Ärger.
Ich habe vergessen, die Schecks zur Zentralbank zu bringen."
„Kannst sie doch morgen, vor der Arbeit, in den Tresor werfen",
antwortete Susi.
„Nee – da ist der Chef pingelig; ich esse schnell etwas, dann nehme ich das Auto und fahre in die Stadt."
„Ich komme mit, dann können wir direkt vor der Bank halten und
brauchen keinen Parkplatz zu suchen. Nur … was wird aus deinem
Fußballspiel!"
„Gute Idee, so machen wir es; Pflichtbewusstsein siegt! Den Fuß-
ball kann ich wohl vergessen."
Eine knappe halbe Stunde später saßen sie im Auto und machten
sich auf den Weg. Über die Kölner Straße, Wiesdorf, vorbei an der
*großen Mutter* und an der ruinierten AGFA, Richtung Mülheim.
Sie waren kurz vor dem Abzweig zur Autobahn, als sie das Tatütata des Unfallwagens hörten und nach rechts auswichen. Susi und
er hatten noch das durchdringende Geräusch im Ohr und wollten
gerade wieder anfahren, als beide Hintertüren aufgerissen wurden
und zwei schwarz gekleidete Gestalten einstiegen. In etwas holprigen Deutsch wurden sie mit den Worten: „Los – weiterfahren"
animiert, ihre Fahrt fortzusetzen. … im Nacken spürten beide einen harten, kalten Gegenstand.
„Was wollen Sie? Wir haben keine Wertsachen bei uns", sagte
Harry nach dem ersten Schock.
„Schnauze! Wenn hier jemand redet, dann ich, verstanden!" Die
beiden Gauner dirigierten Susi und Harry am Kölner Zoo rechts
rum, dann gleich links auf den Parkplatz unter der Zoobrücke. Inzwischen war es dunkel geworden als das laute Stopp ertönte.
„Aussteigen – hier endet die Fahrt!"

Man sah es nicht, aber beide Wolles waren blass bis an den Haaransatz „Keine Mätzchen, Hände über den Kopf und ganz langsam aussteigen…" Mit einer automatischen Bewegung wollte Harry den Autoschlüssel abziehen.

„Stecken lassen", schnauzte er Anführer.

Langsam schälten sie sich aus den Sitzen. Das war gar nicht so einfach, wenn man sich nirgendwo festhalten durfte.

„Ausziehen", kommandierte der Ganove, „bis auf die Unterwäsche. Und ein bisschen dalli – wir wollen hier nicht die Nacht verbringen!"

Mittlerweile war es einundzwanzig Uhr und ganz schön frisch. Die Räuber dirigierten die beiden bis zu einem Baum mitten im Gebüsch. Die Gauner fesselten sie mit Handschellen und warfen den Schlüssel im hohen Bogen weg; zusätzlich banden sie Wolles mit einem Strick am Baum fest. Mit einem höhnischen „Gute Nacht" verabschiedeten sich die Diebe unter Mitnahme sämtlicher Sachen und fuhren mit dem Auto davon. Die Hilferufe der beiden Gefesselten wurden von den Fahrgeräuschen auf und neben der Brücke verschluckt.

Ein erster Parkplatzsuchender am Morgen hörte, nachdem er sein Auto abgestellt hatte, ein Wimmern und ging diesem nach. Er fand die Beiden halb erfroren und fast ohne Stimme. Über sein Handy rief er die Polizei – so erfüllte ein Handy einmal wirklich einen sinnvollen Zweck!

*

Klaus Finger hatte die Angewohnheit, morgens als Erster das Gebäude der Bank zu betreten. Zwei Gründe gab es dafür: zum einen hatte es zur Folge, dass die meisten Mitarbeiter pünktlich kamen und zweitens trank er gern einen frischen Kaffee, bevor er seine Runde begann. Außerdem war es für ihn ein Muss, in die Tageszeitung zu sehen. Dort interessierten ihn in erster Linie die Börse und die Aktienkurse. Die Kaffeemaschine war gerade präpariert, als das Telefon klingelte. Nanu, *wer stört meine heilige halbe Stunde*, dachte er und eilte die wenigen Schritte vom Vorzimmer in sein Büro. „Finger" meldete er sich.

„Harry Wolle hier, ich wollte…!"

„Mensch, Wolle, wo sind Sie? Warum sind Sie nicht am Arbeitsplatz und warum sind die Schecks noch nicht gutgeschrieben?"

„Das ist eine umfassende Geschichte; meine Frau und ich sind zurzeit noch im Krankenhaus. Wir wurden überfallen. Morgen komme ich… Ach nein, am Montag komme ich wieder – bin zwei Tage krank geschrieben!" Danach legte er auf. *Der Chef denkt nur an sein Geld und was es ihn kostet, wenn ein Mitarbeiter fehlt,* dachte Harry.

Am Freitag, im Verlaufe des Vormittags, wurden Harry und seine Frau aus dem Krankenhaus entlassen. Einen Nachbarn, der den Schlüssel zu ihrer Wohnung besaß, baten sie, ihnen ein paar Sachen zum Anziehen zu bringen und ein Auge auf die Wohnung zu haben, denn ihre Schlüssel waren mit den Gaunern verschwunden Seine Scheckkarte ließ Harry sofort sperren und hatte Glück, dass die Gauner nicht so schnell reagierten. Anscheinend waren sie mit dem Auto und den gefundenen Schecks zufrieden. Von der Polizei bekam er eine Durchschrift des Protokolls, auch von den Krankenhauspapieren ließ er sich Kopien anfertigen. So konnte er bei der Versicherung eindeutig beweisen, dass sein Auto gestohlen wurde. Jetzt musste Harry am Montag nur noch seinem Chef erklären, warum er den Auftrag, zur Zentralbank zu gehen, erst so spät erledigte. *Man kann schließlich doch wirklich mal was vergessen*, dachte er mürrisch. Hätte er doch bloß nicht zugesagt – der Bote des Geldtransportunternehmens war schon weg – die Papiere noch zur Zentralbank zu bringen. Es war lediglich eine Gefälligkeit; der

Chef hätte sie ja bis zum nächsten Tag in den Tresor schließen können. Doch hinterher ist man immer schlauer!

Am Freitag überschlugen sich dann die Ereignisse. Erst einmal bestellten Harry und Susi einen Schlüsseldienst, um in der Wohnung ein neues Schloss einbauen zu lassen. Dann meldete er sein Auto bei der Versicherung als gestohlen. Der Versicherungsvertreter erschien noch am gleichen Abend. Die übrigen Papiere konnten sie sowieso erst am nächsten Werktag, also montags, beantragen und es machte sich bezahlt, dass sie von jedem Dokument eine Kopie daheim aufbewahrten. Die Polizei meldete sich auch noch einmal bei ihnen und vergewisserte sich bezüglich des Autotyps und des amtlichen Kennzeichens. Allerdings ließen sie sich nicht dazu herbei zu erklären, warum sie diese Auskunft noch einmal benötigten. Die Sachbearbeiterin ihres Girokontos bei der Bank meldete sich ebenfalls und teilte mit, dass man versucht habe, mit der gesperrten Scheckkarte Geld abzuheben. Am Montag würde ihm eine neue Karte ausgehändigt. Leider war auf dem Film die Gestalt nicht zu erkennen; nur die ungefähre Größe konnte man bestimmen. Die Polizei nahm dies achselzuckend zur Kenntnis und entschied: „Damit können wir nicht viel anfangen…"

*

Am späten Abend meldete sich die Polizei noch einmal bei Susi und Harry. Beide dachten, *was wollen die denn jetzt noch?*

Der Beamte am Telefon sagte: „Wir haben Ihr Auto gefunden; es steht zur weiteren Untersuchung bei einem, mit uns zusammenarbeitenden, Abschleppunternehmen."

„Das ist ja prima", freute sich Harry, „wann kann ich es wiederhaben?"

„Ich glaube nicht, dass Sie damit noch etwas anfangen können", antwortete der Polizist. „Uns rief am frühen Morgen die Feuerwehr aus dem Ortsteil Füllingen an, sie wären dabei, einen brennenden

PKW zu löschen. Als meine Kollegen am Ort des Geschehens eintrafen, war nur noch am Rahmen ersichtlich, das das überhaupt mal ein Auto war. Die Fahrgestellnummer, Das Fahrzeugemblem und das Kennzeichen waren so gerade noch zu erkennen. Sagen Sie Ihrer Versicherung Bescheid, sie solle sich bitte mit uns in Verbindung setzen."

Harry legte auf und rief Susi, die in der Küche war, zu: „Ich glaube, wir brauchen ein neues Auto…" und erzählte ihr von dem soeben beendeten Gespräch. Im Anschluss telefonierte er noch einmal mit dem Versicherungsvertreter und bat darum, sollte er ein Foto von dem Wrack machen, ihm einen Abzug zukommen zu lassen. Mittlerweile war es zwanzig Uhr geworden und sie beschlossen, auf diesen Schrecken, ein frisches Kölsch in ihrer Stammkneipe zu trinken. Trübsalblasen daheim machte es auch nicht besser.

*

Montagmorgen. Harry kam ins Geschäft und wurde sofort zum Abteilungsleiter gerufen. Klaus Finger hatte wohl am Wochenende darüber nachgedacht, dass die Vorwürfe, die er seinem Mitarbeiter gemacht hatte, in dieser Form nicht gerechtfertigt waren. Er hätte die Schecks, ebenso wie die anderen Devisen, einschließen können. Aber wer rechnet denn mit so was! Überfall! Das lag bislang außerhalb jeglichen Gedankens. Obwohl die Räuber anscheinend nur das Auto haben wollten, waren die zufällig im Besitz des Fahrers gewesenen Wertpapiere eine willkommene Zugabe. Somit fiel die Unterredung relativ ruhig aus und hatte für Harry keinerlei Konsequenzen. Dieser hatte sich innerlich schon auf eine Verteidigung eingestellt. Sie hatten beide daraus gelernt; man sollte alle Möglichkeiten in Betracht ziehen und sehr sorgfältig mit Kundengeldern umgehen. Allerdings war ihnen zu diesem Zeitpunkt der neuste Steuerskandal noch nicht bekannt…

Übrigens hatte acht Tage später ein Autofahrer Glück. Er hielt abends vor der roten Ampel an der Kreuzung Werkstättenstraße Richtung Busbahnhof, als zwei vermummte Gestalten an seine Autoscheiben klopften und ihn aufforderten, zu öffnen. Er reagierte sofort und gab Gas – trotz der roten Ampel! Auch er hatte in den vergangnen Tagen die Aufforderung der Polizei gehört, während der Fahrt, die Autotüren verriegelt zu halten. Bei etwaigen Unfällen wäre das Öffnen verschlossener Autotüren für Polizei und Feuerwehr kein Problem.

*

Die beiden Beamten unterhielten sich über die neue Masche der Gauner, Autofahrer an Kreuzungen bei roter Ampel zu bedrohen, ihnen dann die Pkws plus aller Habseligkeiten zu entwenden um damit die nächsten Straftaten, Wohnungseinbrüche, zu begehen. Fanden sie dann noch Scheckkarten und die Bestohlenen waren nicht schnell genug, ihre Konten zu sperren, wurden diese ruck zuck abgeräumt.

Joachim und Herbert waren in Zivil unterwegs; ihr Dienstwagen war weder am Nummernschild, noch an der Aufmachung auf den ersten Blick als Behördenfahrzeug zu erkennen. Es wurde schon langsam dunkel, als sie sich am Opladener Bushahnhof mit ihrem Wagen an den Anfang der Fußgängerzone stellten und den Verkehr beobachteten. Herbert drehte auf der Beifahrerseite das Fenster ein Stück runter, weil er sich eine Zigarette anzünden wollte, als zwei Passanten auf sie zukamen. Einer Eingebung folgend drehte er das Fenster sofort wieder hoch und sein Kollege betätigte die Zentralverriegelung. Dann meldete er sich per Handy auf dem Revier. Die Nummer war so gespeichert, dass er nur sagen musste: Streife 0022, Standort Busbahnhof, zwei verdächtige Personen kommen auf unser Auto zu. Dann legte er das Gerät, eingeschaltet, auf die Mittelkonsole, damit die Kollegen auf der Wache mithören konnten, was im Fahrzeug gesprochen wurde.

Die beiden Gestalten befanden sich kurz vor dem Auto, als sie sich Wollmasken über den Kopf zogen. Dann klopften sie mit vorgehaltener Waffe an die Scheiben und forderten die beiden Polizisten auf, die hinteren Türen des Autos zu öffnen. Herbert drehte an seiner Seite die Scheibe einen Spalt herunter und Joachim rief, so laut er konnte: „Was wollt Ihr denn? Macht, dass Ihr wegkommt, sonst rufe ich die Polizei!"

„Halt die Schnauze und mach sofort das Auto auf, sonst knallt's!" bekam er zur Antwort. Joachim tat, als bediene er den Schalter für die Entriegelung der Türen, dabei drehte er sich zur Seite und sah im Rückspiegel ein Fahrzeug kommen. Dann ging alles ganz fix. Aus drei Richtungen kam, für die Räuber ganz plötzlich, je ein Streifenwagen. Alle Beamten rissen die Türen auf, auch Joachim und Herbert. Die beiden Ganoven hatten keine Chance. Diesmal wollten sie den falschen Wagen stehlen!

In den Vernehmungen wurden ihnen weitere Straftaten zugeordnet; außerdem gaben sie zu, auch für einige Wohnungseinbrüche verantwortlich zu sein. Als Wiederholungstäter bekamen sie keine Bewährungsstrafen mehr, sondern landeten hinter schwedischen Gardinen. Ob das allerdings zur Besserung der Beiden beitrug, kann man mit Recht bezweifeln.

\*

## Tomatenanbau

Im Supermarkt kauf ich Tomaten
Obwohl wir haben keinen Garten
Trocknen wir aus diesen Früchten
Ein paar Kerne, um zu züchten

Und hoffen, dass aus diesen Kernen
Ein paar Tomatenpflanzen werden
In Töpfchen mit guter Blumenerde
Versenken wir die Samen gerne

Nun stehen sie auf der Fensterbank
Und wir warten … taaagelang
Dann, tatsächlich sehen wir an einem Morgen
Sich etwas Grünes aus der Erde bohren

Schnell werden zarte Pflänzchen daraus
Wir stützen sie und sie wachsen geradeaus
Bald sind sie zwanzig Zentimeter hoch
Verlangen nach 'nem größ'ren Topf auch noch

Der letzte Frost macht sich davon
Sie kommen jetzt auf den Balkon
Mit Dünger und frischer Erde versehen
Werden sie ab jetzt im Freien stehen

Sie gedeihen prächtig, weil's draußen warm
Und sie einen geschützten Standort hab'n
Fast siebzig Tage sind vergangen
Die Pflanzen schon zu blühen anfangen

Jetzt wird's spannend und es stellt sich die Frage
Ob wir Glück haben und sie Früchte tragen
Wir werden es beobachten und mit ihnen sprechen
Man hat uns gesagt … das würde helfen

Vier weitere Wochen sind vergangen
Seitdem sie haben zu blühen angefangen
Und tatsächlich, wenn auch noch sehr klein
Sieht man ein paar Früchtchen zart und fein

Interessant ist's, ihnen zuzusehen
Wie sie werden groß und schön
Erst grün – dann gelblich, später rot
Schmecken sie zum Butterbrot

Es dauert weitere dreißig Tage
Die ersten Früchte kriegen Farbe
Doch weiter ging es Schlag auf Schlag
Bis jede Tomate geerntet ward…

**Zivilcourage**

Seit zwei Jahren waren Tanja und Torsten ein Paar. Sie schlank, blond, immer zum Scherzen aufgelegt; er das ganze Gegenteil. Ein eher ernsthafter Typ mit rabenschwarzem Haar und das nicht nur auf dem Kopf. Sein Vollbart glänzte ebenfalls tiefdunkel im Gesicht. Dazu hatte er die Figur eines Preisboxers und beide standen sich in der Länge nichts nach. So um einen Meter achtzig waren sie locker und lernten sich in einer Muckibude kennen. Wie auch anders. Tanja war der Typ für Laufen und Schwimmen; Torsten stemmte Gewichte und versuchte sich im Judo. Nach dem Duschen, bei einem Cappuccino kamen sie sich näher und später dann überein, es mit einer gemeinsamen Wohnung zu versuchen. Es gelang auch alles vorzüglich bis auf ein Hobby, dem Torsten immer samstags frönte. Er traf sich gern mit seinen Kumpels auf dem Fußballplatz. Nicht, um selbst zu spielen, ihn faszinierte das Spiel mit dem Ball. Auch die anschließende Diskussion in der Stammkneipe bei einem guten Kölsch hatte etwas. Tanja hatte ein gutes Verhältnis zu ihren Eltern und besuchte sie an solchen Samstagen. Gegen zwanzig Uhr trafen sie sich dann wieder zu Hause in ihrer Wohnung.

*

Heute war es wieder soweit. Um vierzehn Uhr dreißig verabschiedeten sich beide voneinander und wünschten sich gegenseitig viel Vergnügen. Tanja gab Torsten noch mit auf den Weg: „Hoffentlich gewinnen sie heute mal wieder…!"
„Eigentlich sollte man gar nicht mehr hingehen", erwiderte Torsten. „Am meisten ärgert es mich, wenn die Spieler auf dem Platz denken, es sei ein Freizeitvergnügen. Stattdessen ist es ihr Job, von der Meinung der *Überbezahlung* mal ganz abgesehen. Es liegt einfach daran, dass die Vereine nicht mehr gewachsen sind, sondern

die Mannschaft zusammen gewürfelt wird. Oft genug gibt es auch noch Verständigungsschwierigkeiten." Mit einem dicken Kuss und den Worten: „Pass gut auf dich auf" verschwand Torsten durch die Tür. Als er dann an die Straßenbahnhaltestelle kam war die Bahn, wie könnte es auch anders sein, gerade weg. *Das kostet mich wieder fünfzehn Minuten; hoffentlich schaffe ich es noch bis zum Anstoß,* dachte er.

Es wurde knapp; seine beiden Freunde warteten vor dem Eingang auf ihn. „Wo bleibst du denn?" kam es dann auch von Jens und Elmar wie aus einem Mund.

„Mir ist die Bahn vor der Nase weggefahren", tat er kund; dann machten sie sich auf den Weg ins Innere der Arena.

Das Stadion war ausverkauft und die Stimmung prächtig. Nur unterhalten konnte man sich während des Spiels nicht. Sie sahen von ihren Plätzen aus sehr gut. Vor ihnen hatte sich eine Gruppe mit Trommlern und einem Trompeter breit gemacht. Der Lärm war kaum zum aushalten; erst in der Halbzeitpause konnten sich ihre Ohren etwas erholen. Sie erzählten sich von der Arbeit, der Familie und Jens, mit seinen zweiundzwanzig Jahren der jüngste im Kreis, berichtete vom Bund. Nach dem Spiel, das übrigens 2:1 für den Heimatverein ausging, verabschiedeten sich Jens und Elmar. Sie hatten noch andere Termine und Torsten fuhr demzufolge allein nach Hause. Gegen achtzehn Uhr war er vor Ort und kehrte, da Tanja ohnehin nicht daheim war, auf ein paar Bier in seine Eckkneipe ein. An der Theke fand er noch ein Plätzchen und es ging, trotz der frühen Stunde, bereits hoch her. Alle schauten gespannt auf den Bildschirm in der Ecke – die Bundesliga wurde übertragen. Torsten widmete sich seinem Bier; er hatte sich schon im Stadion über die anderen Ergebnisse informiert.

*

215

Kurz vor zwanzig Uhr schloss Tanja die Wohnungstür auf, machte in der Diele Licht und zog sich Mantel und Schuhe aus. Sie dachte, Torsten scheint noch nicht da zu sein, als sie den Lichtschimmer durch einen Spalt der aufstehenden Schlafzimmertür sah. Mit schnellen Schritten war sie an der Tür und stieß sie auf. Ein Handtuch auf seinem Kopfkissen und ein nasses Tuch auf dem Gesicht… so lag ihr Torsten im Bett und schlief. Schnell war sie an seiner Seite und nahm das nasse Handtuch von seinem Gesicht. Von ihrem entsetzten „du meine Güte, was ist denn mit dir passiert" wachte Torsten auf. Er konnte kaum die Augen öffnen, um Tanja anzusehen, so geschwollen waren sie. Auch seine Lippe war aufgeplatzt und was sonst noch demoliert war, konnte sie höchstens ahnen. Kaum zu verstehen bat Torsten: „Leg mir bitte wieder ein neues kaltes Tuch aufs Gesicht – ich erzähle dir dann morgen früh alles, ja. Außer Beulen habe ich nichts; war schon beim Arzt im Krankenhaus… sonst ist alles okay."

„Okay ist gut", murmelte Tanja erschrocken und ging ins Bad, um einen neuen kalten Umschlag zu machen. Sie legte auch noch ein frisches Tuch auf das Kopfkissen und ging dann in die Küche, um sich einen Tee zu zubereiten. Torsten wollte keinen.

Bevor sie selbst zu Bett ging, wechselte sie noch einmal das Handtuch, um sein Gesicht zu kühlen. Dann fiel sie in einen unruhigen Schlaf. Im Kopf kreisten die Gedanken, was da wohl passiert sei. Ein Unfall? Eine Schlägerei am Stadion? Oder eine der unzähligen Baugruben in der Stadt? Hineingefallen? Vieles war denkbar; sie musste sich bis zum kommenden Morgen gedulden.

*

Torsten wachte am Sonntagmorgen auf und ihm taten alle Glieder weh. Tanja schlief noch; so schälte er sich langsam aus seiner Bettdecke und ging leise ins Bad. Vorsichtig wusch er sein Gesicht, putzte die Zähne und zog sich danach an. Aufs duschen verzichtete er an diesem Morgen, er wollte Tanja nicht wecken und außerdem dachte er an seinen malträtierten Körper. In der Küche setzte er die Kaffeemaschine in Gang, stellte alles bereit und steckte die Brotscheiben in den Toaster. Tanja hatte ihn wohl doch gehört oder der durch die Wohnung ziehende Kaffeeduft hatte sie geweckt – jedenfalls hörte Torsten das Wasser in der Dusche laufen.

Zehn Minuten später kam sie in die Küche. Vorsichtig gab sie ihm einen Guten-Morgen-Kuss. Bevor sie mit dem Frühstück anfingen, die erste Tasse Kaffee stand auf dem Tisch, begann Torsten zu erzählen:

„Vom Stadion kam ich allein nach Hause. Jens und Elmar hatten noch einen anderen Termin; so ging ich in unsere Kneipe. Die meisten guckten Sportschau. Ich stellte mich an die Theke. Außer den üblichen Gästen stand da noch ein älterer Herr und neben ihm zwei junge Burschen, die ich nicht kannte. So gegen neunzehn Uhr zahlten die drei, wobei ich zufällig die Geldbörse des Älteren sah; dick gefüllt mit großen Scheinen.

Jakob, der Wirt, hatte mir gerade ein neues Glas Bier hingestellt als ich, trotz der Lautstärke im Lokal, von draußen Hilferufe hörte. Ich raus. Nach rechts und links geschaut – da sah ich die zwei Jugendlichen, wie sie den älteren Herrn bedrängten und mit Fäusten malträtierten. Ich rief ihnen zu, sie sollten von dem Mann ablassen und ging einige Schritte auf sie zu. Inzwischen lag der Mann schon auf der Erde und einer der Beiden versuchte, ihm das Geld zu entwenden. Während ich mich mit den beiden Jungen beschäftigte, konnte der ältere Herr fliehen. Als die Halbwüchsigen dann merkten, dass sie bei mir an der falschen Adresse waren, suchten sie allerdings auch schleunigst das Weite. Jemand musste aber inzwischen den Rettungswagen verständigt haben, der mich dann ins Krankenhaus brachte. Das war alles – außer, dass ich meine Zeche bei Jakob noch bezahlen muss."

Tanja hatte mit offenem Mund zugehört. „Man kann dich wirklich nicht alleine laufen lassen! Es wird eine Zeit dauern, bis dein Gesicht wieder hergestellt und alle anderen Beulen verschwunden sein werden. Sei froh, dass nicht jemand ein Messer, einen Schlagring oder Ähnliches bei sich hatte."

„Selbst wenn", antwortete Torsten leise, „ich glaube, ich war zu fix für die Zwei."

„Aber so schnell, dass du ungeschoren davon kamst, dann wohl doch nicht!"

Dann frühstückten sie und wollten danach einen Waldspaziergang machen. Da traf man wenigstens nicht gleich bekannte Gesichter.

*

Montag gingen sie wieder ihrer Arbeit nach; am Sonntagabend hatte Tanja bei Jakob noch die offene Rechnung bezahlt. „Das kommt davon, wenn er allein in die Kneipe geht", witzelte Tanja boshaft und nicht nur Jakob löcherte sie, wie es Torsten ginge.

Im Laufe der Woche verfärbte sich Torstens Gesicht und nicht nur die Freunde und Kollegen meinten, dass er nun langsam Ähnlichkeit mit einem Chinesen bekäme. Von dem Mann, dem er zu Hilfe eilte, hörte er nichts mehr. Seine Gedanken kreisten um diese Angelegenheit; obwohl es für ihn selbstverständlich war... ein *danke* wäre angebracht gewesen.

Vierzehn Tage waren seit dem Ereignis vergangen. Torstens Gesicht ging in Richtung normal, auch seine Lippen waren verheilt, so dass küssen wieder Spaß machte. Es war Freitag und das nächste Wochenende stand an. Seinen Kumpels hatte er abgesagt, obwohl mit Schalke ein attraktiver Gegner ins Stadion kam. Stattdessen wollten er und Tanja das kommende Wochenende in die Heide fahren.

Als sie am Sonntagabend wieder heim kamen, war ihr Parkplatz vor dem Haus besetzt. Sie mussten eine Laterne weiter parken. Auf *ihrem* Parkplatz stand ein Jaguar; nicht gerade das neueste Modell, aber topp gepflegt. Einmal musste Torsten um das Fahrzeug herum gehen und einen Blick ins Innere werfen. Zu Tanja sagte er: „Der könnte mir auch gefallen."

„Ja", gab sie zurück, „wenn wir mal im Lotto gewinnen, können wir darüber reden! Es müssten aber mehr als drei Richtige sein, fügte sie vorsichtshalber hinzu."

Sie gingen ins Haus und vergaßen das Auto. Die nächsten Tage stand es immer noch auf dem gleichen Platz; keiner hatte es bewegt. Eigenartig war nur, dass es ein hiesiges Kennzeichen trug. „Wenn es nächste Woche noch hier steht", meinte Torsten, „melde ich das der Polizei. Vielleicht wurde es irgendwo gestohlen …"

*

Als sie am folgenden Mittwoch von der Arbeit kamen und ihren Briefkasten leerten, erlebten sie eine Überraschung. Ein Päckchen mit einem Absender aus den USA steckte zwischen den anderen Sachen. „Wer könnte das denn sein? Kennst du jemanden dort?", fragte Torsten.

„Nee – du denn?"

„Ich auch nicht."

*

Tanja legte die Post zunächst auf das Dielentischchen; sie wollte sich umziehen und hausfein machen. Danach nahm sie die Sachen mit in die Küche und öffnete auch das ominöse Päckchen. Es fielen ihnen ein Autoschlüssel, Papiere und ein Brief entgegen. Beide sahen sich an. Tanja faltete den Brief auseinander und begann zu lesen. Die Augen wurden immer größer. Die Zeilen waren an Herrn und Frau Heiden gerichtet.

„Ich wusste gar nicht, dass wir schon verheiratet sind", schmunzelte sie als sie fertig war mit lesen und gab ihm das Schreiben mit den Worten: „Hier, das liest du besser selbst…"
Torsten fing an…

*Liebe Frau und lieber Herr Heiden!*
*Entschuldigen Sie bitte, dass ich mich jetzt erst melde, um mich bei Ihnen für die* handfeste Unterstützung an jenem Abend *zu bedanken. Es war, als wir uns an der Theke bei Jakob begegneten, mein letzter von acht Urlaubstagen in Deutschland. Ich hatte von einer alten Tante ein Haus geerbt und es durch einen Makler verkaufen lassen. Weil ich ein* bisschen *Steuern sparen wollte, hatte ich den gesamten Betrag in bar bei mir. Das wäre mir fast zum Verhängnis geworden, hätten Sie nicht tatkräftig eingegriffen. Zum Dank habe ich den gleichen Makler veranlasst, Ihnen eben dieses Dankeschön vor die Tür zu stellen. Er fand auch für mich Ihren Namen und die Adresse heraus. Ich bitte Sie und Ihre Frau, dieses Geschenk anzunehmen und werde Sie immer in guter Erinnerung behalten.*

*Mit den besten Grüßen*

*Jonathan Miller*
*Texas/USA*

Jetzt war es an Torsten, seine Tanja mit großen Augen anzusehen. „Du – der Jaguar da unten gehört uns…! Das ist ja ein Ding; das glaube ich alles noch nicht!"
„Und was machen wir damit? Lass uns erst einmal darüber schlafen, vielleicht fällt mir ja was ein", meinte Tanja und die Anspannung äußerte sich in einem herzhaften Gähnen.
Am nächsten Morgen hatten sie ihrer Meinung nach die Lösung gefunden. Torstens Eltern hatten sich gerade einen Neuwagen zugelegt, die benötigen also kein neues Auto. Tanjas Eltern fuhren ei-

ne alte Karre und hatten vor, sich ein neues Fahrzeug zuzulegen. „Denen schenken wir *unser* Auto und wir behalten den Jaguar – mal schauen, ob sie einverstanden sind." Torsten grinste.

„Da werden aber alle Gesichter machen, wenn wir beide mit einem solchen Auto vorfahren", lachte Tanja in hämischer Vorfreude.

„Das glaube ich auch", meinte Torsten, „kaum die Wohnung eingerichtet, noch nicht verheiratet und dann so ein dickes Auto … Neid! Ich höre sie schon alle hinter vorgehaltener Hand tuscheln!"

Sie schauten sich an und lachten. Wir erzählen aber nicht jedem, wie wir an so ein schönes Auto gekommen sind… Dann umarmten sie sich und gingen abends noch exklusiv essen. Auf ihren Gönner tranken sie ein Glas Wein.

*

### Arbeitslos – was nun?

Ferdi saß am Frühstückstisch in der Küche und studierte die Stellenanzeigen in der Tageszeitung. Auch er war ein Opfer der Globalisierung; in Polen und anderen Ländern wurde billiger produziert. Dafür durften dann in Deutschland tausende Menschen – wenn sie Glück hatten bekamen sie eine Abfindung – mit knapp über fünfzig Jahren nach Hause in die Arbeitslosigkeit gehen.

Auch Ferdi war einer von ihnen. Arbeitslosengeld war ausgelaufen; nun saß er zu Hause. *Wer nimmt so einen wie mich? Vierundfünfzig Jahre ... und schon schmeißt man mich zum alten Eisen,* dachte er.

„He! Männe – dein Kaffee wird kalt", rief Ute ihm zu.

„Ja ich weiß, bin gleich fertig", murmelte er, faltete die Zeitung zusammen und sah seine Frau an. „Wieder nix drin für mich… Und auf dem Arbeitsamt vertrösten sie mich auch immer aufs Neue. Es ist zum Verrücktwerden. Ich weiß gar nicht, wofür die da sitzen. Einen Millionenüberschuss haben sie sogar erwirtschaftet, stand in der Zeitung. Geld, was den Arbeitssuchenden entzogen wird." Damit schluckte Ferdi den inzwischen kalten Kaffee hinunter, was seine Stimmung auch nicht gerade hob.

Ute stand auf, trug das Geschirr in die Spüle und sagte: „Ich geh zum Discounter um die Ecke einkaufen. Übrigens heißt das jetzt Jobcenter und nicht mehr Arbeitsamt und arbeitslos sind mit dir noch fast dreieinhalb Millionen."

„Das tröstet mich auch nicht. Miete, Strom, Gas – alles wird teurer und wir haben immer weniger Geld."

Ute schnappte sich den Einkaufszettel. „Brauchst du noch etwas?", fragte sie beiläufig. Als Ferdi verneinte, drehte sie sich um und ging.

*

Auf dem Weg ins Geschäft hing sie ihren Gedanken nach. *Ich verstehe ihn ja – er ist gesund und hängt daheim rum. Hätten wir nicht das Geld, das ich von meinen Eltern geerbt habe, wäre es noch enger. Ferdi kommt sich halt abhängig vor; das ist zwar Blödsinn... wofür sind wir verheiratet. In guten wie in schlechten Tagen. Dass sie mal so* schlecht *würden, nun – das hätten wir sicher nicht gedacht. Aber er ist eben noch vom alten Schlag und meint, er müsse die Familie ernähren.* Ganz in Gedanken betrat sie das Gelände und wäre beinahe in ein entgegenkommendes Auto gelaufen, hätte der Fahrer nicht kurz auf die Hupe gedrückt. Sie hob zur Entschuldigung die Hand und schaute gleichzeitig über den Parkplatz. *Der reinste Saustall. Die Leute werfen alles weg, was nicht niet- und nagelfest ist. Dabei stehen hier überall Abfalleimer. Keine gute Visitenkarte für ein Lebensmittelgeschäft,* dachte sie. Dann steckte sie den Chip in die Vorrichtung des Einkaufswagens und marschierte damit in den Laden.

Ute kaufte die Zutaten für eine deftige Linsensuppe ein und stand an der Kasse. Wie immer. Oder hatte sie nur die falsche Zeit erwischt …? Ein paar Minuten, um alles zusammen zu kaufen und dann musste man fast eine viertel Stunde an der Kasse stehen, um das Bisschen zu bezahlen. Innerlich murrend verstaute sie die Sachen in ihrer Tasche und wollte gerade den Laden verlassen, als der Geschäftsführer sie ansprach. „Waren Sie zufrieden beim Einkauf? Haben Sie das, was Sie benötigten gefunden?", fragte er.

Staunend schaute sie an Horst Himmel hoch. Das musste sie auch, er überragte sie um mehr als einen Kopf. Das war Ute auch noch nie passiert. Ein Geschäftsführer fragte die Kunden, ob sie in seinem Haus zufrieden seien.

„Doch – durchaus", antwortete sie. „Nur der Weg zu ihrem Laden sieht saumäßig aus! Überquellende Abfallkörbe; der ganze Hof voll Zigarettenkippen und zwischen den Grünpflanzen ist das Bild auch nicht besser", platzte es aus ihr heraus.

„Ja, ich weiß", seufzte Himmel. „Wir bemühen uns auch, aber … es findet sich niemand, der die Arbeit für vierhundert Euro machen will. Und das bei, immer noch, über drei Millionen Arbeitslosen."

Ute dachte sofort an ihren Ferdi und sagte: „Ich wüsste jemanden, der das übernehmen würde."

Jetzt war es an Himmel, seine Kundin verblüfft anzusehen. „Den schicken Sie mir mal … wenn Derjenige hört, dass da noch weitere Objekte dazugehören, macht er sicher wieder einen Rückzieher."

Sie machten einen Termin aus und Ute marschierte in fast fröhlicher Stimmung nach Hause.

Ferdi fiel Utes lächelndes Gesicht gleich auf. *Sie hat sicher auf dem Weg etwas Lustiges erlebt,* dachte er. Fragen brauchte er allerdings nicht, die Worte sprudelten aus Ute in einem Tempo hervor, dass er sie kaum verstand. Trotzdem ließ er sie erst einmal ausreden. Als sie zum Luftholen eine Pause einlegte, hakte Ferdi ein. „So, nun erzähl mir das alles noch einmal auf Deutsch – und zwar langsam."

Sie wiederholte das Ganze und fragte anschließend: „Was hältst du davon?"

„Na – da werde ich nicht lange überlegen. Am Montag soll ich kommen?"

„Ja, so gegen neunzehn Uhr; dann hat Himmel, so heißt der Geschäftsführer, die Zeit, um mit dir zu reden und du siehst auch gleich, was nach so einem Einkaufstag alles anfällt. Solltest du einverstanden sein, wollte er mit dir gleich noch die anderen Filialen besuchen."

Pünktlich zum vereinbarten Termin wurde Ferdi vorstellig. Eine halbe Stunde später waren sie sich einig und er hatte einen Job!

Die Arbeitszeit konnte er sich selbst einteilen; je nach Bedarf entweder vor Geschäftsöffnung oder kurz bevor der Laden geschlossen wurde. Dass sich die Arbeitszeit in diesem Fall über den Geschäftsschluss hinaus ausdehnte, lag auf der Hand und störte Ferdi nicht im Geringsten.

Nur wenige Tage später stellte sich heraus: Die Geschäftsleitung war mit seiner Arbeit zufrieden; alles war sauber und aufgeräumt.

Ferdi war seinerseits froh, wieder eine Aufgabe zu haben und, was nicht unwichtig war, er konnte wieder etwas zum Haushaltsetat beitragen. Öfter fielen auch Gemüseabfälle an, die er mit nach Hause nehmen durfte. Seine Haustiere freuten sich über diese Abwechslung und sie brauchten weniger Geld für Tierfutter auszugeben.

*

Nun war Samstag und das Wochenende stand vor der Tür. Abends waren Ute und Ferdi bei Freunden eingeladen. Sie hatten schon einen etwas späteren Termin vereinbart, und, damit sie diesen einhalten konnten, half Ute ihrem Mann beim Aufräumen und Fegen. Sie begannen mit der Filiale, die am nächsten an daheim lag. Kurz vor zwanzig Uhr bogen sie mit ihrem Auto auf den Parkplatz der letzten Station ein und stellten das Fahrzeug auf einem reservierten Platz hinter dem Haus, wo tagsüber die Warenannahme stattfand, ab.

Sie beeilten sich und waren knapp zwanzig Minuten später fast fertig. Ferdi brachte die Müllsäcke in die Container und Ute kehrte noch den Rest zusammen, als sie auf einen jungen Mann aufmerksam wurde. Er saß in der Hecke an der Begrenzung des Grundstückes und stöhnte. Ute ging ein paar Schritte auf ihn zu und fragte: „Kann ich Ihnen helfen? Soll ich einen Arzt rufen…?"

„Nee, nee, lassen Sie mal", murmelte der. „Wenn einer Rauschgift nimmt, kann ruhig verrecken…"

Ein Hustenanfall enthob Ute weiterer Fragen. Sie drehte sich abrupt um und ging mit Besen und Schaufel zu ihrem Auto. Aus den Augenwinkeln sah sie noch, wie der junge Mann sich erhob und Richtung Laden ging.

Ute rief Ferdi, der vom Zusammenschieben der Einkaufwagen zurückkam, zu: „Nun sieh dir das an. Jetzt wo, die gleich schließen, geht der einkaufen…"

Ferdi blieb stehen, blickte zurück und hörte im gleichen Moment Utes Aufschrei: „Mensch! Der steht mit einer Pistole in der Hand und einer Maske über dem Gesicht an der Kasse!!!"

Jetzt sah Ferdi ihn auch und wollte schon in Richtung Laden gehen, als der Typ raus gerannt kam. Die Entfernung war zu groß, um ihn noch zu erwischen. Beide sahen nur noch, wie er am Bordstein in ein wartendes Auto sprang und seine Maske auf den Rücksitz warf. Der Fahrer, der in diesem Wagen mit laufendem Motor wartete, gab Gas und brauste mit quietschenden Reifen davon.

Zum Glück waren Ute und Ferdi so geistesgegenwärtig, sich sowohl das Kennzeichen als auch den Autotyp zu merken und spurteten in ihr eigenes Fahrzeug. Von dort riefen sie über Handy die Polizei. Der Beamte bat sie, vor Ort zu bleiben; er würde zwei Kollegen schicken, um das Geschehen zu protokollieren. Den Besuch bei ihren Freunden konnten sie in den Wind schreiben... „Ruf am besten gleich an", riet Ute.

Wie sie bereits vermuteten, war der Abend gelaufen. Bis der Geschäftsführer und die, immer noch arg geschockte, Kassiererin vernommen waren, dauerte eine Weile. Ute und Ferdi fuhren anschließend, ebenfalls ziemlich mitgenommen, nach Hause. Dort hatten sie nur noch das Verlangen zu duschen und bei einem guten Glas Rotwein die Füße hochzulegen.

In der Sonntagszeitung war ein Vierzeiler zu lesen: Überfall auf Discounter. Das von Zeugen notierte polizeiliche Kennzeichen war gestohlen; die Suche nach den Räubern geht weiter.

Und die Freunde? Die Basis für den verpatzten Abend war lange Zeit Gesprächsstoff, wobei die Beiden einhellig feststellten, dass Leute, die dergleichen nicht hautnah selbst erlebten, keine Ahnung haben, wie man reagiert. Sie bekamen immer wieder zu hören: „Ja – warum habt ihr denn nicht gleich die Polizei gerufen." Oder: „warum habt ihr die denn nicht festgehalten... Nahe genug wart ihr doch wohl dran...!"

Zu nah!

*

## Abriss

Es gab Vorschläge und Diskussionen ohne Ende; das Eine zu teuer, das Nächste zu klein geraten... das Dritte beschädigte Bäume, die schon immer dort standen! Doch eines Tages stand es in der Zeitung. Das neue Rathaus wird gebaut. Der große Wurf sollte es werden; eine Art exklusiver City mit Geschäften, Freizeiteinrichtungen, usw.

Das alte Rathaus (das alte?) konnte abgerissen werden. Schon einmal hatten die Stadtoberen ein wahrlich altes, baulich schönes Rathaus abreißen lassen. Als dann dieses hässliche, grüne Ding gebaut war, trauerten viele Mitbürger dem wirklich alten Rathausgebäude nach. Nun also sollte wieder ein neues her. Laut Modell wie eine fliegende Untertasse – über Geschmack lässt sich ja trefflich streiten.

Seit Tagen rollten nun Bagger an und begannen ihr Vernichtungswerk. Wand für Wand, Pfeiler für Pfeiler, Träger für Träger, Stein für Stein wurden abgetragen. Nicht genug damit, wurden auch die Verwaltung und das letzte und älteste Kaufhaus in der Stadt vernichtet. Aber kam es darauf noch an? Was hatte diese Kette nicht schon alles beseitigen lassen. Soziale Einrichtungen und Arbeitsplätze zu Tausenden.

Jedes Mal wenn Martina und Fredi auf ihrer Einkaufstour daran vorbei kamen, erinnerten sie sich, dass es vor Jahren auch ihren Arbeitsplatz kostete

„Ich muss unbedingt ein Foto von den Abbrucharbeiten machen", meinte Fredi. Doch dabei blieb es dann auch, bis ein anderer Termin die Beiden Anfang Februar 2008 in die City führte.

*

„Ich muss gegen fünfzehn Uhr in Wiesdorf sein. Fährst du mich?", fragte Martina.

„Klar, welche Frage. Weißt du, das passt gut; während du deine Sachen erledigst, habe ich Zeit, endlich ein Foto von der Rathausruine zu machen", schnappte er sich seine Fototasche.

Kurz vor dem Abzweig zum Kaufhaus-Parkplatz, staute sich der Verkehr. Als das große Kinogebäude die Sicht freigab, sahen sie den Grund. Zuckendes Blaulicht etlicher Feuerwehrautos, die fast die ganze Auffahrt blockierten. Dann war endlich ein Parkplatz gefunden. Martina und Fredi machten einen Treffpunkt aus, trennten sich und Fredi schlenderte langsam mit seiner Kamera auf die Abbruchstelle zu. Was wollten die ganzen Menschen hier? Und warum starrten sie alle in eine Richtung? Auch Fredis Augen suchten … und wurden fündig. Fast an der letzten Etage des ehemaligen Rathauses und jetzigen Torsos hatte der Bagger eine Wand eingerissen und rein zufällig einen ehemaligen Toilettenraum getroffen. Da saß doch tatsächlich eine Figur auf der Toilette! Die Feuerwehrmänner bemühten sich, eine Leiter zu dem scheinbar Lebensmüden empor zu schieben. Fredi schob sich ein wenig durch die Menge, bis er ein kleines Loch fand, um sein Foto zu machen. Dann ging er zu der verabredeten Stelle, um Martina zu treffen. Natürlich musste er ihr das sofort erzählen; sie würde ihn für verrückt halten. – Es war so, wie er es erwartete.

„Ob du mir das nun glaubst oder nicht. Ich streite nicht mit dir. Warten wir bis morgen früh die Tageszeitung auf dem Tisch liegt!"

Tatsächlich stand am nächsten Tag ein großer Bericht in der Presse mit einer unglaublichen Geschichte: *Die Feuerwehr rettete eine auf der Toilette sitzende, gut gekleidete Schaufensterpuppe!*

Nun gab es wieder einige Fragen zu klären, wenn auch anderer Art. Wer kam auf die verrückte Idee? Wo wurde die Schaufensterpuppe entwendet und wann wurde sie auf dieser Toilette deponiert? Abgesehen davon, dass das Diebstahl war, stellte sich nun die Frage, wer bezahlte den Feuerwehreinsatz? Obwohl dieser unter Umständen als *Übung* deklariert werden könnte.

Fredi bemerkte, er könne sich gut vorstellen, dass die Figur schon seit Schließung des Gebäudes dort oben gesessen habe. „Die Burschen, die das veranstalteten, werden sie wohl nie ermitteln. Letztlich hat die Polizei andere Probleme."

Aber das ist auch schon wieder eine andere Geschichte...

*

*Auch wenn es noch nichtganz soweit ist, zum Abschluss gehen wir jetzt zusammen auf den Weihnachtsmarkt...*

## Auf'm Weihnachtsmarkt

Beim Weihnachtsmarkt, man mag's kaum glauben
Und reibt verwundert sich die Augen
Da gibt es so ein Rentnerpaar
Das war vor Jahren noch nicht da

Die zwei woll'n keine Mandeln kaufen
Und Glühwein woll'n sie auch nicht saufen
Nein, die haben einen Stand
Dort hängen Bücher an der Wand

Selbst geschrieben, selbst gedichtet
Auf dem Einband abgelichtet
Bieten sie hier Prosa feil
Auf'm Weihnachtsmarkt…
   Mensch, ist das geil

Endlich einmal geistige Nahrung
Völlig neu ist die Erfahrung
Zwischen Glühwein, Würstchen, Tand
Ei der Daus – ein Bücherstand

Kauft ihr Leut' und seid gewiss
Wer liest, bestimmt im Vorteil ist
Denn trotz CD's und iPhone-Traum
Ein Buch muss untern Weihnachtsbaum

Und nicht zuletzt, denkt an die Alten
Die hier trotz Frost die Stellung halten
Voll Idealismus und mit Herz
Rentner halt – ganz ohne Scherz

Gastbeitrag von
©Gerhard Krohn, Echzell

# Inhaltsverzeichnis

*Auf den nachfolgenden Seiten können Sie sehen, welche Bücher das Autorenehepaar Krohn in den vergangenen Jahren über BoD herausgegeben hat*

# Bei BoD erschienene Titel

**2015**

Renate Krohn
*Und er blicket stumm auf das freie Land ringsum*

Geschichten aus der Zeit zweier deutscher Staaten
ISBN 978-3-7386-3610-9

**2016**

Jochen und Renate Krohn
*Bobo und Bobinchen*

Tiergeschichten für kleine und große Kinder
ISBN 978-3-7412-5992-0

**2017**

Jochen und Renate Krohn
*Tod in der Berghütte*

Liebenswürdiges und Mörderisches passt durchaus zusammen
ISBN 978-3-7448-4541-0

**2018**

Jochen und Renate Krohn
*Die Ente vor der Schranke*

Geschichten zum Schmunzeln und Nachdenken
ISBN 978-3-7460-2401-1

2018

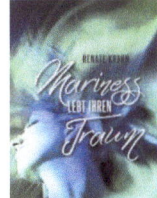

Renate Krohn
*Mariness lebt ihren Traum*

Schauspielerin zu werden ist ihr größter Wunsch
– doch der Weg ist steinig
ISBN 978-3-7481-8743-1

2019

Jochen Krohn
*Der Stein des Anstosses*

Auch wenn man mal nicht so gut drauf ist, Lese-
futter geht immer
ISBN 978-3-7494-7625-1

2019

Renate Krohn
*Warum musste Helenchen sterben*

Wer bringt eine ältliche Bibliothekarin um, deren
einziger Lebenszweck ihre geliebten Folianten
sind
ISBN 978-3-7504-4658-8

2020

Jochen und Renate Krohn
*Der unverhoffte Zeuge*

Das war Pech – einer hat es doch gesehen … und
andere Geschichten mitten aus dem Leben
ISBN 978-3-7526-4946-8

2020

Renate Krohn
*Begegnung mit Ricardo*

Er setzte alles auf eine Karte, ging nach Deutschland, um zu arbeiten. Es kam anders als gedacht – er blieb! Und er baute das *neue* Deutschland mit auf …
ÎSBN 978-3-7526-7910-6

2022

Jochen und Renate Krohn
*Meine Freundin Isabell*

Corona haben wir uns nicht ausgesucht – und da ist einfach mal abschalten angesagt. Das geht am besten mit entspannender Lektüre Essen bei Kerzenschein, Musik hören oder eben … lesen.
Und wenn es dann auch noch lustig wird, macht Lektüre doppelt Spaß
ISBN 978-3-7557-9042-6